ଦି ରିଦମ୍ ଇଟରନାଲ

ଦି ରିଦମ୍ ଇଟରନାଲ

ପ୍ରଫେସର ମଣୀନ୍ଦ୍ର କୁମାର ମେହେର

ସ୍ନାତକୋତ୍ତର ଭାଷା ଓ ସାହିତ୍ୟ ବିଭାଗ
(ଓଡ଼ିଆ, ଇଂରାଜୀ ଓ ଉର୍ଦ୍ଦୁ)
ଫକୀରମୋହନ ବିଶ୍ୱବିଦ୍ୟାଳୟ, ବାଲେଶ୍ୱର

ବ୍ଲାକ୍ ଇଗଲ୍ ବୁକ୍ସ
ଭୁବନେଶ୍ୱର, ଓଡ଼ିଶା

BLACK EAGLE BOOKS
Dublin, USA

ଦି ରିଦମ୍ ଇଟରନାଲ / ପ୍ରଫେସର ମଣୀନ୍ଦ୍ର କୁମାର ମେହେର

ବ୍ଲାକ୍ ଇଗଲ୍ ବୁକ୍ସ : ଭୁବନେଶ୍ୱର, ଓଡ଼ିଶା • ଡବଲିନ୍, ଯୁକ୍ତରାଷ୍ଟ୍ର ଆମେରିକା

BLACK EAGLE BOOKS

USA address:
7464 Wisdom Lane
Dublin, OH 43016

India address:
E/312, Trident Galaxy, Kalinga Nagar,
Bhubaneswar-751003, Odisha, India

E-mail: info@blackeaglebooks.org
Website: www.blackeaglebooks.org

First International Edition Published by
BLACK EAGLE BOOKS, 2022

THE RYTHM ITERNAL
by **Prof. Manindra Kumar Meher**

Cover & Interior Design: Ezy's Publication

ISBN- 978-1-64560-321-4 (Paperback)

Printed in the United States of America

ଉତ୍ସର୍ଗ

ଓଡ଼ିଶାର ପ୍ରାଜ୍ଞ ଓ ବିଦଗ୍ଧ ସାହିତ୍ୟ ସମାଲୋଚକ, ମୋର ପରମ କଲ୍ୟାଣକାମୀ ଗୁରୁଗୌରବର ପ୍ରତୀକ ପ୍ରଫେସର ଦାଶରଥି ଦାସଙ୍କ ସ୍ନେହସିକ୍ତ ହାତରେ ଏହି ଗଳ୍ପ ପୁସ୍ତକଟିକୁ ସମର୍ପଣ କରି ମୁଁ ନିଜକୁ କୃତାର୍ଥ ଜ୍ଞାନ କରୁଛି।

ସ୍ନେହାଶ୍ରିତ

ମଣୀନ୍ଦ୍ର

ଶାଶ୍ୱତ କଳାର ସୁଷମା

ଅଧିକାଂଶ ପାଠକଙ୍କ ମନରେ ଏ ପ୍ରଶ୍ନ ଉଠିବା ଏକାନ୍ତ ସ୍ୱାଭାବିକ ଯେ, ବହିଟିର ନାମକରଣ କରାଯାଇଛି କାହିଁକି ଇଂରାଜୀ ଭାଷାରେ ? ଏହାର ସନ୍ତୋଷଜନକ ଉତ୍ତର ଦେବାର କ୍ଷମତା ମୋର କ'ଣ ରହିଛି ?

ଜୀବନରେ ଯେଉଁଦିନଠୁ ଗଳ୍ପ ରଚନା ଆରମ୍ଭ କରିଛି, ସେଦିନଠୁ ଅନୁଭବ କରିଛି ଯେ, ଗାଳ୍ପିକ ହେବାର ସ୍ୱପ୍ନ ଦେଖିବା କି କୃତ୍ରିମ ଓ ପ୍ରାଣହୀନ ! କଥାବସ୍ତୁ ସଜ୍ଜିକରଣରେ ନିଜସ୍ୱ ପ୍ରତିଭାର ପରିଚୟ ଯେଉଁମାନେ ଦେଇଥାଆନ୍ତି ଯୋଜନାବଦ୍ଧ ଭାବରେ, ତାହା ଦେଖିଲେ, ପଢ଼ିଲେ କିମ୍ବା ସେ ସମ୍ପର୍କରେ ଚିନ୍ତା କଲେ ସର୍ବଦା ମୁଁ ଚକିତ ହୋଇ ଏହି ସତ୍ୟ ଆବିଷ୍କାର କରିପାରେ ଯେ, ମୋ ଭିତରେ ସେହି ପ୍ରତିଭା ଅନୁପସ୍ଥିତ । ଯେକୌଣସି ବିଷୟ ବା ଚରିତ୍ରକୁ ଗଳ୍ପକଳାର ଛାଞ୍ଚରେ ପକାଇ ମୁଁ କଦାପି ଗଳ୍ପ ରଚନାର ପରିକଳ୍ପନା କରିପାରେ ନାହିଁ । ଏ ଦୃଷ୍ଟିରୁ ମୋ ଦ୍ୱାରା ରଚିତ ଗଳ୍ପଗୁଡ଼ିକୁ କେଉଁ ପର୍ଯ୍ୟାୟରେ ଅନ୍ତର୍ଭୁକ୍ତ କରାଯାଇପାରେ, ତାହା ବ୍ୟକ୍ତ କରିବା ପାଇଁ ମୁଁ ଅସମର୍ଥ । ସତକୁ ସତ, ତ୍ରିବାର ସତ୍ୟ - ମୁଁ ଗଳ୍ପ ଲେଖିନାହିଁ, ଲେଖୁନାହିଁ ବା ଲେଖିପାରିବି ନାହିଁ ଏବଂ ଲେଖିବାକୁ ମଧ୍ୟ ଚାହିଁବି ନାହିଁ । ଯେଉଁସବୁ ବିଷୟ ଓ ଚରିତ୍ର ମୋତେ କରିଛନ୍ତି ଭାବାବିଷ୍ଟ, ସେମାନେ ଏପରି ଭାବରେ ରୂପାୟିତ ହେବା ଲାଗି ଚାହିଁଛନ୍ତି । ମୁଁ କେବଳ ତାହାକୁ ଅକ୍ଷରରୂପ ଦେଇଛି ମାତ୍ର । ଏଥିରେ ଲେଖକର ସାମାନ୍ୟତମ କୃତିତ୍ୱ ଖୋଜିବା ମଧ୍ୟ ଅତ୍ୟନ୍ତ କୃତ୍ରିମ ମନେହେବ । ଗଳ୍ପ କାହିଁକି ଆଉ ମୁଁ ଲେଖିବି କହିଲେ ଦେଖି ? ମୋ ପରି ଅନ୍ୟମାନେ ମଧ୍ୟ ଗଳ୍ପ ସୃଷ୍ଟି କରିବାର କ'ଣ ବା ରହିଛି ଆବଶ୍ୟକତା ? ଯେଉଁ ବିଷୟ ସମସ୍ୟା, ସଂକଟ ଓ ଯେଉଁ ଚରିତ୍ରର ସ୍ନେହଶୀଳତା, ସହନଶୀଳତା କିମ୍ବା ବେଦନାବୋଧ ଯଦି ପୀଡ଼ିତ କରୁଛି ତୁମ ସତ୍ତାକୁ, ତା'ହେଲେ ସେସବୁ ଅନୁଭବ

ଲେଖକର କଲମରୁ ଝରିବ ନିଶ୍ଚିତ ଭାବରେ ସେମାନଙ୍କ ଅନ୍ତର୍କଥା ବହନ କରି । ଏଥିରେ କୌଣସି ଲେଖକର ନଥାଏ କୌଣସି କର୍ତ୍ତୃତ୍ୱ ବା କୀର୍ତ୍ତି । ମୋ ପରି ଏକ ବୁଦ୍ଧିହୀନ ମଣିଷ ପକ୍ଷରେ କୌଣସି କଥାବସ୍ତୁର କାଳ୍ପନିକ ସଜ୍ଜିକରଣ ଆଦୌ ସମ୍ଭବ ନୁହେଁ । ଅନ୍ତରର ଗଭୀରତମ କୋଣ ଅନୁକୋଣରେ ଯେଉଁ ଆତ୍ମୀୟତାର ଆବେଗ ମୋ ଅଜାଣତରେ ମୋତେ ବ୍ୟାକୁଳ କରି ରଖିଛି, ସେହି ଅବର୍ଣ୍ଣନୀୟ ବାଷ୍ପରୁଦ୍ଧ କଣ୍ଠର କାରୁଣ୍ୟ କରୁଣା କୋମଳତା ଯେପରି ଭାବରେ ରୂପ ପରିଗ୍ରହ କରିବାକୁ ଚାହିଁଛନ୍ତି, ଅବିକଳ ସେହିପରି ସେମାନଙ୍କୁ ଅଙ୍କନ କରିପାରିଛି ବିମୁଗ୍ଧ ଭାବବିନ୍ଦୁରେ ପରିଣତ ହୋଇ । ମୋତେ ଯଦି କେହି ପଚାରେ ଗଳ୍ପକଳାର ସୌନ୍ଦର୍ଯ୍ୟ ରହିଛି କେଉଁଠି ? ତାହାର ଅତ୍ୟନ୍ତ ସରଳ ଆଉ ନୀରିହ ଉତ୍ତର ହେଉଛି - ଏହି ଭାବ-ସାରଲ୍ୟରେ ହିଁ ଗୁମ୍ଫିତ ଏହି କଳା, ଯାହା ଆମ ଜୀବନର ପ୍ରତିଟି କ୍ଷଣକୁ କମନୀୟ କରି ତୋଳେ ତାହାର ଅପୂର୍ବ କରୁଣା ବଳରେ ।

ଏହି ସଂକଳନରେ ସ୍ଥାନିତ, ଯାହାକୁ ଗଳ୍ପ ବୋଲି ବର୍ଣ୍ଣନା କରିବା ବ୍ୟତୀତ ଅନ୍ୟ ଉପାୟ ନାହିଁ, ସେହି ଆତ୍ମାନୁଭୂତିଭିତ୍ତିକ ଲେଖା ବ୍ୟତୀତ ବେଳେବେଳେ ଆଉ ଏକ ଏକ ମହତ ସ୍ପନ୍ଦନ ଏ ଲେଖକକୁ ତନ୍ମୟ କରି ରଖେ । ଦିବ୍ୟ ଜୀବନର ସାଧକ ଶ୍ରୀଅରବିନ୍ଦଙ୍କର ତପସ୍ୟା ସହିତ ନିଜକୁ ଏକାତ୍ମ କରି ଦେଇଥିବା ଶ୍ରୀମା ମୋ ଜୀବନର ଶ୍ରେଷ୍ଠ ପ୍ରେରଣାଦାୟିନୀ ଶକ୍ତି । ପଣ୍ଡିଚେରୀ ଶ୍ରୀଅରବିନ୍ଦ ଆଶ୍ରମରେ ସେ ଯେତେବେଳେ ଥିଲେ ସାଧନାମଗ୍ନ, ସେତେବେଳେ ଯେଉଁ ସାଂସ୍କୃତିକ କାର୍ଯ୍ୟକ୍ରମଗୁଡ଼ିକର ଆୟୋଜନ ହେଉଥିଲା, ସେଥିରେ ପରିପୂର୍ଣ୍ଣ ହୋଇ ରହିଥିଲା ଏପରି ଏକ ସୂକ୍ଷ୍ମ ତରଙ୍ଗ, ଯାହାର ଉତ୍ସ ଅବସ୍ଥିତ ଅଦୃଶ୍ୟ ସୂକ୍ଷ୍ମ ଜଗତରେ । ଶ୍ରୀମାଙ୍କ ପ୍ରେରଣାରେ 'ଦି ରିଦମ୍ ଇଟରନାଲ୍' ନାମରେ ଯେଉଁ କାର୍ଯ୍ୟକ୍ରମଟିର ପରିକଳ୍ପନା ହୋଇଛି ଓ ନାଟ୍ୟ-ମଞ୍ଚ ଉପରେ ତାହାର ଅଭିନୟ ପ୍ରକାଶ କରିଛି ଚିରନ୍ତନ ସଙ୍ଗୀତର ଧ୍ୱନିକୁ, ତାହାର ଆଧାରରେ ରଚିତ ହୋଇଛି ଏହି ଗଳ୍ପଟି । ପୁସ୍ତକଟିର ନାମକରଣ ସମ୍ପର୍କରେ ଅତ୍ୟନ୍ତ ନିବିଡ଼ ଭାବରେ ଯେତେବେଳେ ମୋର ଅନ୍ତଃସତ୍ତା ସମାଧିସ୍ଥ, ସେତେବେଳେ ହିଁ ଅନ୍ତଃପ୍ରେରଣାର ଏକ ବିରଳ ସଂକେତ ସମୁଜ୍ଜ୍ୱଳ ହୋଇଉଠିଲା ମୋ ଭିତରେ । ଯାହାର ଅନୁପ୍ରେରଣା ଦ୍ୱାରା ପରିଚାଳିତ ହୋଇ ଏହି ନାମ ରଖିବା ପାଇଁ ମୁଁ ଥିଲି ଏକ ନିମିତ୍ତ ମାତ୍ର । ଇଂରାଜୀ ନାମ ବୋଲି ଓଡ଼ିଆ ଗଳ୍ପ ସଂକଳନର ନାମକରଣ ଯେ ହୋଇପାରିବ ନାହିଁ, ଏପରି ଚିନ୍ତନ ମୋତେ ଆଦୌ ବିଚଳିତ କରିଦେଇ ନାହିଁ । ସମଗ୍ର ସଂକଳନଟିରେ ଯେତିକି ଗଳ୍ପର ଭାବବିନ୍ୟାସ ହୋଇଛି, ସେସବୁ ଯଦି ଗୋଟିଏ ସୂତ୍ରରେ ଗୁନ୍ଥି ଦିଆଯାଏ, ତା'ହେଲେ ତାହା ହେବ - ଦି ରିଦମ୍ ଇଟରନାଲ୍ । ଗୋଟିଏ ଗଳ୍ପର ନାମକରଣ ମଧ୍ୟରେ ସଂକଳନସ୍ଥ ସବୁ ଗଳ୍ପର ଭାବ-

ବ୍ୟାପ୍ତିକୁ ସହୃଦୟ ପାଠକମାନେ ନିଶ୍ଚୟ ଅନୁଭବ କରିପାରିବେ ବୋଲି ମୋର ସୁଦୃଢ଼ ବିଶ୍ୱାସ। ଏଠାରେ ଭାଷା ଶାଶ୍ୱତ ଭାବରାଶିର ଏକ ଉଜ୍ଜ୍ୱଳ ସଂକେତ ମାତ୍ର। ଏହି ଭାବଧାରା ଅନୁସରଣରେ ଭାବଗ୍ରାହୀ ପାଠକପାଠିକାବର୍ଗ ଉଦ୍‌ବୁଦ୍ଧ ହେଲେ ନିଜକୁ ଭାଗ୍ୟବାନ ମନେକରିବି ନିଶ୍ଚୟ।

ଏହି ଗଳ୍ପଗୁଡ଼ିକର ପାଣ୍ଡୁଲିପି ପ୍ରସ୍ତୁତିରେ ମୋର ପରମ ଶ୍ରଦ୍ଧାସ୍ପଦ ଓ ଗବେଷକ କବି ଓ କଥାଶିଳ୍ପୀ ଶ୍ରୀଯୁକ୍ତ ମାଧବାନନ୍ଦ ପାତ୍ରଙ୍କ ଅବଦାନ ଅତ୍ୟନ୍ତ ଗୁରୁତ୍ୱପୂର୍ଣ୍ଣ। ସେହିପରି ମୋର ଅତିପ୍ରିୟ ଘନିଷ୍ଠତମ ଛାତ୍ର ଗବେଷକ ଶ୍ରୀଯୁକ୍ତ ଦର୍ପଦଳନ ରଥ ଏହା ସହିତ ନିବିଡ଼ ଭାବରେ ସଂଶ୍ଳିଷ୍ଟ। ଉଭୟଙ୍କ ସୁକଲ୍ୟାଣ ନିମିତ୍ତ ପ୍ରାର୍ଥନା ମୋର ଚିରକାଳର।

ଯେଉଁ ସମ୍ବେଦନଶୀଳ ପାଠକ ପାଠିକା ଓ ଲେଖକ ଲେଖିକା ଏହାରି ମଧ୍ୟରେ ଅନ୍ୱେଷଣ କରିବେ ଶାଶ୍ୱତ କଳାର ସୁଷମା, ସେମାନଙ୍କ ଆଗରେ ମୁଁ ନତମସ୍ତକ।

କିମଧିକମ୍!

ବିନୟାବନତ

ତା: ୦୨.୦୬.୨୦୨୨ **ପ୍ରଫେସର ମଣୀନ୍ଦ୍ର କୁମାର ମେହେର**

ସୂଚୀପତ୍ର

ମଥୁରା ବୁବୁ

'ଭଏଁରା'ର ଦୁଃଖଦ ମୃତ୍ୟୁ ସମ୍ବାଦ ଶୁଣି ମଥୁରା କଥା ମନେପଡ଼ିଯାଉଛି ଆପେ ଆପେ।

ଏତେ ବର୍ଷ ପରେ ମୁଁ ସେହି ନାମରେ ଗଳ୍ପଟିଏ ଲେଖିବା ବେଳକୁ 'ତୁ' ସମ୍ବୋଧନ କରିବାକୁ କିମ୍ବା କେବଳ ତା' ନାଁ ଧରି ଅତୀତ ପ୍ରସଙ୍ଗ ମନେପକାଇବାକୁ ଭଲ ଲାଗୁନାହିଁ। ସେ ବାସ୍ତବିକ ମୋର ପିଉସୀ ପ୍ରତିମା। ସେଥିପାଇଁ ତାକୁ ମଥୁରା ବୁବୁ ନାମରେ ସମ୍ବୋଧନ କଲେ ମୋର ଆତ୍ମା ଲାଭ କରୁଛି ପରମ ଶାନ୍ତି।

ଯେତେବେଳେ ସ୍କୁଲରେ ମୋର ନାମ ଲେଖା ହୋଇନଥାଏ ସେ ବେଳଠୁଁ ତାଙ୍କ ଉଷ୍ଣ କୋଳର ସ୍ପର୍ଶ ପାଇଥିଲି। ମୋର ପିତାମହ ବା ଦାଦାଙ୍କ ହାତ ଧରି ଅପରାହ୍ଣରେ ଯାଉଥିଲି ବାଳିକା ବିଦ୍ୟାଳୟକୁ। ସେହି ପବିତ୍ର ବିଦ୍ୟାନୁଷ୍ଠାନର ପ୍ରତିଷ୍ଠାତା ଥିଲେ ପିତାମହ। କେତେ ପ୍ରକାରର ଫୁଲଗଛ ସ୍କୁଲ ପରିସରରେ ଅତିଥିମାନଙ୍କୁ ସ୍ୱାଗତ କରିବା ପାଇଁ ଅପେକ୍ଷା କରି ରହିଥା'ନ୍ତି। ପ୍ରତିଟି ବୃକ୍ଷଡାଳରୁ ଯେଉଁ ଶ୍ୟାମଳ ମମତା ସଞ୍ଚରି ଆସୁଥିଲା ମୋ ଦେହକୁ, ତାହା ପଚାଶ ବର୍ଷ ଅତିକ୍ରାନ୍ତ ହେଲା ପରେ ମଧ୍ୟ ମୁଁ ଅନୁଭବ କରିପାରୁଛି ସୂକ୍ଷ୍ମସ୍ତରକୁ। ମଥୁରା ବୁବୁଙ୍କୁ ପିତାମହ ସ୍କୁଲରେ ଥଇଥାନ କରିଦେଇଥିଲେ 'ସେବିକା' ଭାବରେ। ସେଥିପାଇଁ ମଥୁରାବୁବୁଙ୍କ ହୃଦୟରେ କେବଳ କୃତଜ୍ଞତାର ଢେଉ ଉଠୁଥିଲା ପ୍ରତିଟି ମୁହୂର୍ତ୍ତରେ। ପିତାମହଙ୍କ ସହିତ ସ୍କୁଲ ପରିସରକୁ ମୁଁ ଯାଏ। ତାଙ୍କର ଘରକୁ ଫେରିବାରେ ବିଳମ୍ବ ହେଉଥିବାରୁ ମଥୁରା ବୁବୁଙ୍କ ଉପରେ ନ୍ୟସ୍ତ ଥିଲା ମୋତେ ଘରକୁ ପହଞ୍ଚାଇଦେବାର ଦାୟିତ୍ୱ। ମଥୁରା ବୁବୁ ମୋତେ ରାସ୍ତାରେ ଚଲାଇ ଚଲାଇ ଆଣିବା ପାଇଁ କେବେହେଲେ ଚାହାନ୍ତି ନାହିଁ। ଅପୂର୍ବ ମମତାରେ ସେ ମୋତେ କୋଳାଗ୍ରତ କରିନେଇ କାଖ କରି ନେଇଆସନ୍ତି ଘର ପର୍ଯ୍ୟନ୍ତ। ସେତିକି ସମୟ ମୋତେ ଲାଗୁଥିଲା ସତେ ଯେମିତି କଳ୍ପନାତୀତ ଏକ ଦେବୀ ପ୍ରତିମାଙ୍କ ବାତ୍ସଲ୍ୟ ସ୍ନେହର ଉଷ୍ମତାରେ ମୁଁ

ଆହ୍ଲାଦିତ। ରାସ୍ତା ସାରା ମୋତେ ମଧୁର କଥା ଶୁଣାଇ ଶୁଣାଇ ସେ ଆସୁଥିଲେ। କିଏ ଯଦି ମୋ ସମ୍ପର୍କରେ ତାଙ୍କୁ ପଚାରୁଥିଲେ ସେ ଗର୍ବର ସହିତ ପିତାମହଙ୍କ ନାମ ଉଚ୍ଚାରଣ କରି ମୋର ପରିଚୟ ଦେଉଥିଲେ ଉଲ୍ଲସିତ ଚିତ୍ତରେ। ସତରେ ସୂର୍ଯ୍ୟାସ୍ତ ବେଳର ସେହି ସମୟ ଟିକକର ଆନନ୍ଦ ମୁଁ କ'ଣ ବ୍ୟାଖ୍ୟା କରିବାରେ ସମର୍ଥ ? ପଶ୍ଚିମ ଆକାଶରୁ ସୂର୍ଯ୍ୟ ଅନ୍ତର୍ହିତ ହେବା ପରେ ଆକାଶ ବକ୍ଷରୁ ଖଣ୍ଡ ଖଣ୍ଡ ମେଘମାଳା ଯେମିତି ରକ୍ତିମ ବର୍ଣ୍ଣ ଧାରଣ କରି ଦର୍ଶକ ମନକୁ ବିଭୋର କରନ୍ତି ମଥୁରା ବୁବୁଙ୍କ ସ୍ନେହ-ସ୍ପର୍ଶ ଥିଲା ତାହାର ଅନୁରୂପ। ସେହି ସମୟରେ ମୋର ଶକ୍ତି ନଥିଲା ବା ଆଜି ବି ନାହିଁ। ସୂର୍ଯ୍ୟାସ୍ତ ବେଳାର ନରମ ରଶ୍ମି ଆଉ ମଥୁରା ବୁବୁଙ୍କ କାଖର ଉଷ୍ଣତା ମଧ୍ୟରେ କି ପାର୍ଥକ୍ୟ ଥିଲା ତାହା ବର୍ଣ୍ଣନା କରିବା ପାଇଁ। ନିରାପଦରେ ତାଙ୍କ କୋଳକୁ ଆଶ୍ରୟ କରି ପ୍ରତିଦିନ ମୁଁ ଫେରି ଆସୁଥିଲି ଘରକୁ। ଘରେ ପହଞ୍ଚିବା ମାତ୍ରକେ ମାଆ, ମାମା ଓ ପିଉସୀଙ୍କ ସହିତ ତାଙ୍କର ଭାବ ଆଦାନ ପ୍ରଦାନର ଦୃଶ୍ୟ ଏବେ ବି ସତେଜ ହୋଇ ରହିଛି ମନ ତଳେ।

ନିଜ ଆତ୍ମକାହାଣୀ ଶୁଣାଇ ସେ କୁହନ୍ତି - 'ଗୋବର ଗୋଟେଇ ଗୋଟେଇ ମୋର ଜୀବନ ବିତୁଥିଲା ଦୁଃଖ ଓ ଦାରିଦ୍ର୍ୟ ଭିତରେ। 'ବାପା' ମୋତେ ସେଠୁ ଉଦ୍ଧାର କରି ନେଇ ଆସିଲେ ଏହି ପବିତ୍ର ଶିକ୍ଷାନୁଷ୍ଠାନକୁ।' 'ବାପା' ବୋଲି ଯାହାଙ୍କ ପ୍ରତି ସେ ସଂକେତ ପ୍ରଦାନ କରୁଥିଲେ, ସେ ଅନ୍ୟ କେହି ନୁହନ୍ତି; ସେ ହେଉଛନ୍ତି ସ୍ୱୟଂ ମୋର ପିତାମହ। ତାଙ୍କୁ 'ବାପା' ବୋଲି ସମ୍ବୋଧନ କରିବାରେ ମଥୁରା ବୁବୁଙ୍କ ହୃଦୟ କିପରି ପ୍ରସାରିତ ଓ ପରିପୂର୍ଣ୍ଣ ହୋଇଉଠୁଥିଲା ତାହା ଅନୁଭବ କରି ଚମତ୍କୃତ ହେଉଛି ଏହି ବୟସରେ। ଯେଉଁଦିନଠୁ ସ୍କୁଲର ସେବିକା ଭାବରେ ସେ ଯୋଗଦେଲେ ସେ ଦିନଠୁ ସ୍କୁଲ ହେଲା ତାଙ୍କ ଘର ଓ ଏହାର ପ୍ରତିଷ୍ଠାତା ପିତାମହ ହେଲେ ତାଙ୍କର 'ପିତା'।

ବାଳିକା ହାଇସ୍କୁଲ ସମ୍ମୁଖରେ ଥିଲା ବାଳକ ଉପ୍ରା ସ୍କୁଲ। ସେହି ସ୍କୁଲରେ ମୋର ନାମଲେଖା ହେଲା ପାଞ୍ଚ ବର୍ଷ ବୟସ ନ ପୂରୁଣୁ। ହେଡମାଷ୍ଟ୍ରେ ମୋ ବୟସ କାଗଜପତ୍ରରେ ବଢ଼ାଇଦେଇ ମୋତେ ଆଦରରେ ଟାଣିନେଲେ ତାଙ୍କର ପ୍ରିୟ ଛାତ୍ର ଭାବରେ। ସ୍କୁଲକୁ ପ୍ରତିଦିନ ସାଙ୍ଗମାନଙ୍କ ସହିତ ମୁଁ ଆସେ। ଯେତେବେଳେ କେହି ସହପାଠୀ ମୋତେ ଆଘାତ ଦିଅନ୍ତି, ସେତେବେଳେ ମଥୁରା ବୁବୁଙ୍କ ଆଶ୍ରୟ ଲାଭ କରିବା ପାଇଁ ସମ୍ମୁଖରେ ଥିବା ବାଳିକା ସ୍କୁଲ ଭିତରକୁ ପ୍ରବେଶ କରେ ମୁଁ ନିଃସଂକୋଚ ଭାବରେ। ଏପରିକି ଯେତେବେଳେ ମୋତେ 'ଦୁଇ' ମାଡ଼େ ସେତେବେଳେ ତତ୍‌କ୍ଷଣାତ୍ ଦଉଡ଼ି ଆସେ ମଥୁରା ବୁବୁଙ୍କ ପାଖକୁ। ସେ ଶୌଚ ପାଇଁ ମୋତେ ସୁଯୋଗ ନ ଦେଇ ଗିଲିଟି ଗଡୁରେ ପାଣି ଭର୍ତ୍ତି କରି ନେଇ ଆସି ମୋତେ କରିଦିଅନ୍ତି ଶୁଦ୍ଧପୂତ। ପୁନଶ୍ଚ ଦଉଡ଼ି ଆସି ଯୋଗଦିଏ ମୁଁ ନିଜ ଶ୍ରେଣୀ କକ୍ଷରେ। ବୟସ ବଢ଼ିବା ପରେ ମଧ୍ୟ ମଥୁରା ବୁବୁ

ତାଙ୍କର ପାଚିଲା କେଶରାଶିକୁ ଅତି ଯତ୍ନର ସହିତ ସଜ୍ଜିତ କରି ରଖିଥିଲେ। ସମଗ୍ର ମୁଖମଣ୍ଡଳଟି ତାଙ୍କର ଉଜ୍ଜ୍ୱଳ ଦିଶୁଥିଲା 'ତପସ୍ୱିନୀ' କାବ୍ୟରେ ବର୍ଣ୍ଣିତ ଆଲୋକ ଲାଭ କରି। କାବ୍ୟ ବର୍ଣ୍ଣିତ ପରିବେଶ ମଣିଷ ମୁହଁକୁ କିପରି ଉତୁରି ଆସିପାରେ ତାହାର ଦୃଷ୍ଟାନ୍ତ ଥିଲେ ମଥୁରା ବୁବୁ।

ଯେତେବେଳେ ସରକାରଙ୍କ ନିୟମ ଅନୁସାରେ ତାଙ୍କୁ ଅବସର ଗ୍ରହଣ କରିବାକୁ ପଡ଼ିଲା, ସେତେବେଳେ ଦୁଃଖାକ୍ରାନ୍ତ ହୃଦୟରେ ବିଦାୟ ନେଇଥିଲେ ସେ ସ୍କୁଲ ପରିସରରୁ। ରହିଲେ ବରପାଲିର କୌଣସି ଏକ କୋଣରେ। କିନ୍ତୁ ପିତାମହଙ୍କଠାରୁ ଆରମ୍ଭ କରି ମୋ ପର୍ଯ୍ୟନ୍ତ ସମସ୍ତଙ୍କ ସହ ତାଙ୍କର ସ୍ନେହ ଥିଲା ସମ୍ପୂର୍ଣ୍ଣ ଅତୁଟ। ମଧ୍ୟରେ ମଧ୍ୟରେ ସେ ଯେତେବେଳେ ପ୍ରବେଶ କରନ୍ତି ଆମ ଗୃହ ପରିସରକୁ, ସେତେବେଳେ ସତେ ଯେମିତି ବାଳିକା ସ୍କୁଲର ଫୁଲ ସବୁ ଆଶୀର୍ବାଦର ରୂପ ନେଇ ଝରିପଡ଼ନ୍ତି ଆମମାନଙ୍କ ଉପରେ। ସେ ଆସିଲେ ଅନୁଷ୍ଠିତ ହୋଇଯାଏ ଏକ ମହୋତ୍ସବ। ସେ ଚାଲିଯିବା ପରେ ତାଙ୍କ ବିଷୟ ଚର୍ଚ୍ଚାରେ ଅନେକ ସମୟ ପ୍ରାଣବନ୍ତ ହୋଇଉଠେ ଆମ ଗୃହ ଅଭ୍ୟନ୍ତର। ସମସ୍ତେ ଅପେକ୍ଷା କରନ୍ତି ମଥୁରା ବୁବୁଙ୍କ ପୁନଃଦର୍ଶନ ନିମନ୍ତେ।

ମଥୁରା ବୁବୁଙ୍କର ଥିଲେ ସାନ ଭଉଣୀଟିଏ। ଦାରିଦ୍ର୍ୟର ଉତ୍ପୀଡ଼ନରେ ସେମାନେ ଯେତେବେଳେ ଅସହାୟ, ସେତେବେଳେ ମଥୁରା ବୁବୁ ତାଙ୍କର ସାନଭଉଣୀ, ତାଙ୍କ ପୁଅ ମାଧବ ଓ ଯାଦବ ତଥା ପୁତ୍ରବଧୂ ଆଉ ନାତିନାତୁଣୀଙ୍କୁ ନିମନ୍ତ୍ରଣ କରି ଆଣିଲେ ବରପାଲିକୁ।

ଏତେ ସାହସ ଆସିଲା ମଥୁରା ବୁବୁଙ୍କ ମନରେ କିପରି? ତାହାର ପ୍ରକୃତ ଉତ୍ତର ହେଉଛନ୍ତି ମୋର ପୂଜ୍ୟ ପିତାମହ। ତାଙ୍କରି ଭରସାରେ ଏହି ସାରା ପରିବାରକୁ ନେଇ ଆସିଲେ ସେ ବରପାଲିକୁ। ପିତାମହଙ୍କ ନିକଟକୁ ଦିନେ ସନ୍ଧ୍ୟାରେ ପହଞ୍ଚି ଏ ସମସ୍ତଙ୍କୁ ସମର୍ପିଦେଲେ ତାଙ୍କ ଶୁଭାନୁଧ୍ୟାୟୀ ହୃଦୟ। ସେବେଠୁ ଆମ ଘରର ଶେଷ ସୀମାରେ ରହିଥିଲା ଯେଉଁ ପ୍ରକୋଷ୍ଠଟି, ତାହା ହେଲା ସେମାନଙ୍କ ବାସସ୍ଥଳୀ। ବଡ଼ଭାଇ ମାଧବ ରହିଲେ ଆମ ଚାଷ ଜମିର ଦାୟିତ୍ୱରେ। ତାଙ୍କୁ 'ହଳିଆ' ଆଖ୍ୟା ଦେବା ପାଇଁ ମୁଁ ଅତ୍ୟନ୍ତ ସଂକୁଚିତ। କାରଣ ସେ ଘରର ବଡ଼ଭାଇ ପରି ବୁଝିଲେ ଜମିଜମାର ସମସ୍ତ ଦାୟିତ୍ୱ। ତାଙ୍କ କାନକୁ ଭଲ ଶୁଣାଯାଏ ନାହିଁ ବୋଲି ତାଙ୍କରି ନାଆଁ ଥିଲା ଭଏଁରା। ମୁଁ ସପ୍ତମ ଶ୍ରେଣୀ ପଢ଼ିବାବେଳେ ଆସିଥିଲେ ସେମାନେ। ଆଉ ମୋର ବିବାହ ପରବର୍ତ୍ତୀ ବହୁକାଳ ପର୍ଯ୍ୟନ୍ତ ମଧ୍ୟ ସେମାନେ ରହିଥିଲେ ଆମ ପାଖରେ। ଏହାରି ମଧ୍ୟରେ ଚାଲିଗଲେ ମଥୁରା ବୁବୁ। ଆଖି ବୁଜିଦେଲେ ତାଙ୍କ ଭଉଣୀ ବି। ମଥୁରା ବୁବୁଙ୍କୁ ଯେଉଁ ପ୍ରତିଶ୍ରୁତି ଦେଇଥିଲେ ମୋର ପିତାମହ, ତାହା କେବେ ଅନ୍ୟଥା ହୋଇନଥିଲା। ୮୬ ବର୍ଷ

ବୟସରେ ପିତାମହ ମଧ୍ୟ ଚିରନିଦ୍ରାରେ ଶୋଇଗଲେ । ଅଥଚ ଯେଉଁ ମାଧବ ରହିଥିଲା ଆମର ବଡ଼ଭାଇ ଭଳି, ସେ ସେହି ମର୍ଯ୍ୟାଦା ଲାଭ କରି ରହିଲା ବହୁକାଳ ବ୍ୟାପୀ । ମୋର ପତ୍ନୀ ଯେତେବେଳେ ଯାଆନ୍ତି ତାଙ୍କର ମାତୃଗୃହକୁ ଆଉ ଫେରିଆସନ୍ତି କିଛିଦିନ ପରେ ଆମ ଘରକୁ, ସେତେବେଳେ ଭଏଁରାକୁ ଦେଖିଲେ ମୁଣ୍ଡିଆ ମାରନ୍ତି ଭକ୍ତିପୂତ ଭଙ୍ଗୀରେ । ଏହି ଗୋଟିଏ ମାତ୍ର ଦୃଷ୍ଟାନ୍ତ ଯଥେଷ୍ଟ, ଭଏଁରା କେଉଁ ଆସନରେ ଅଧିଷ୍ଠିତ ଥିଲା ଆମ ଗୃହରେ ।

ମଥୁରା ବୁବୁ ଆଜି ନାହାନ୍ତି । ଭଏଁରା ଚାଲିଯିବାର ଦୁଃସମ୍ବାଦ ମଧ୍ୟ ମୁଁ ଆଗରୁ ପାଇନଥିଲି । ଆଜି ତାହା ଶୁଣିବା ପରେ ମଥୁରା ବୁବୁଙ୍କ ଅବଦାନକୁ ଭୁଲିପାରି ନାହିଁ ମୁଁ । ଯଦି ଆଜି ବି ଥାଆନ୍ତେ ମଥୁରା ବୁବୁ ତା'ହେଲେ ତାଙ୍କର ଯେକୌଣସି ସମ୍ପର୍କୀୟ ଆତ୍ମୀୟଙ୍କୁ ଆଣି ରଖିଦିଅନ୍ତେ ଆମ ଗୃହରେ । ସେ ଜାଣିଥିଲେ ଯେ, ଏ ଘରେ ଯିଏ ରହିବ ସେ ସାରା ଜୀବନ ନିରାପଦରେ ଅତିବାହିତ କରିବ । ଆଉ ଆମେ ମଧ୍ୟ ଏକଥା ଜାଣିଛୁ ଯେ ଯାହାଙ୍କୁ ଆଣି ସେ ରଖିଦେବେ ଆମ ଗୃହରେ, ସେ ଉପରକୁ ଦିଶୁଥିବେ ଆମ ଘରେ ଆଶ୍ରୟ ନେଇଥିବା ନିରୀହ ମାଧବ ପରି କିନ୍ତୁ ନିଜ ହୃଦୟରେ ସେ ଆମ ସମସ୍ତଙ୍କୁ ଆଶ୍ରୟ ଦେଇ ଆମମାନଙ୍କୁ ହିଁ ରକ୍ଷା କରୁଥିବେ ସକଳ ଆପଦ ବିପଦରୁ । ମଥୁରା ବୁବୁଙ୍କୁ ପିତାମହ ଦେଇଥିଲେ ଅଖଣ୍ଡ ଆଶା ଓ ଭରସା । ଆଉ ମଥୁରା ବୁବୁ ନିଜ ଅନ୍ତଃସ୍ଥଳରେ ସ୍ନେହ ଓ ଶ୍ରଦ୍ଧାର ସ୍ୱର୍ଗୀୟ ଅଟ୍ଟାଳିକାରେ ଦେବୀ ଶକ୍ତି ପରି ଆମକୁ ରଖିଥିଲେ ସୁରକ୍ଷିତ । ଆଉ କ'ଣ ଥରେ ଫେରିଆସିବେ ମଥୁରା ବୁବୁଙ୍କ ପରି ଅଥବା ମାଧବ ପରି ଆଉ କେହି ?

■

(ପଲ୍ଲୀବାଣୀ ସ୍ୱତନ୍ତ୍ର ସଂଖ୍ୟା, ୨୦୨୧)

ଦି ରିଦମ୍ ଇଟରନାଲ

ଏ ନୃତ୍ୟର ନାମକରଣ ସ୍ୱୟଂ ଶ୍ରୀମାଙ୍କ ଦ୍ୱାରା ପ୍ରଦତ୍ତ । ଯିଏ ମଞ୍ଚ ଉପରେ ନୃତ୍ୟ ରଚନା କଲେ ସେ ସୁବିଖ୍ୟାତ ନୃତ୍ୟଶିଳ୍ପୀ ଶୋଭା ମିତ୍ର ।

: "ତୁମେ ଅସମ୍ଭବକୁ ଜୟ କରିଛ ।"

ଶୋଭା ମିତ୍ରଙ୍କ ଦୁଇ ଆଖି ହୋଇଯାଇଥିଲା ଏତେ କୋମଳ ଓ ପ୍ରେମପୂର୍ଣ୍ଣ ଯେ ତାହା ବର୍ଣ୍ଣନା କରିବାର ଶକ୍ତି କୌଣସି ସାଧାରଣ ଲେଖକର ନଥାଏ ।

ପଣ୍ଡିଚେରୀ ଶ୍ରୀ ଅରବିନ୍ଦ ଆଶ୍ରମରେ ଶ୍ରୀମାଙ୍କ ଅନନ୍ୟ କୃପାଲାଭ କରି ଶୋଭା ଏପରି ରୂପରେ ପରିଶୋଭିତ ହୋଇଥିଲେ, ଯାହା ବର୍ଣ୍ଣନାତୀତ । ଆଶ୍ରମର ବିଭିନ୍ନ କାର୍ଯ୍ୟକ୍ରମରେ ସେ ଯେତେବେଳେ ନୃତ୍ୟ ପରିବେଷଣ କରନ୍ତି ସେ ସବୁ ଅନୁଭୂତି ଅସାମାନ୍ୟ । ତେବେ 'ଦି ରିଦମ୍ ଇଟରନାଲ' ନୃତ୍ୟ ପ୍ରଦର୍ଶନ ବେଳକୁ କ'ଣ ଯେ ଘଟିଗଲା ମୁହୂର୍ତ୍ତକରେ ତାହାର ରହସ୍ୟ ଉନ୍ମୋଚନ କରିବା ଥିଲା ଅସମ୍ଭବ ।

କାର୍ଯ୍ୟକ୍ରମର ଦିନ ନିକଟତର । ଏହାରି ମଧ୍ୟରେ ଶୋଭାଙ୍କ ଶରୀରରେ ଦେଖାଗଲା ଅଶୋଭନୀୟ ଯନ୍ତ୍ରଣାର ଦାଗ । ତାଙ୍କ ଜଙ୍ଘର ଦୁଇ ପାଖରେ ଦୃଶ୍ୟମାନ ହେଲା ଦୁଇଟି ବିରାଟ ବଥ । ଆଉ ସ୍ୱାଭାବିକ ଭାବରେ ସେ ଚାଲିପାରିଲେ ନାହିଁ । ବସିପାରିଲେ ନାହିଁ । ବଡ଼ କଷ୍ଟରେ ରିହର୍ସାଲ ଚାଲେ । ନିର୍ଦ୍ଧାରିତ ତାରିଖଟି ପରିବର୍ତ୍ତିତ କରିଦେଲେ ହୁଅନ୍ତାନି ? ଶ୍ରୀମାଙ୍କ ନିକଟରେ ପ୍ରାର୍ଥନା କଲେ ଶୋଭା । ଏପରିକି କେଉଁ କାରଣରୁ ସେ ଏ ପ୍ରସ୍ତାବଟି ଦେଉଛନ୍ତି ତାହା ମଧ୍ୟ ସ୍ପଷ୍ଟ ଭାବରେ ବ୍ୟକ୍ତ କଲେ । ଅଥଚ ମାଆଙ୍କ ଉତ୍ତର ଶୁଣି ସ୍ତବ୍ଧ ହୋଇ ରହିଗଲେ ସେ – "ତାରିଖ ବଦଳାଇବା ସମ୍ଭବ ନୁହେଁ ।" ଆଶ୍ରମରେ କେତେ କେତେ ହୃଦୟସ୍ପର୍ଶୀ ନୃତ୍ୟରେ ଅଂଶଗ୍ରହଣ କରି ସେ ଅସଂଖ୍ୟ ଦର୍ଶକଙ୍କୁ ପ୍ରଦାନ କରିଛନ୍ତି ଅଭୁଲା ଅନୁଭୂତି । ତା'ହେଲେ ପୂର୍ବବର୍ତ୍ତୀ ତାଙ୍କର

ସବୁ ସଫଳତା କ'ଣ ପାଣି ଫୋଟକା ଭଳି ଫାଟିଯିବ ଏ କାର୍ଯ୍ୟକ୍ରମରେ ? ଷ୍ଟେଜ ଉପରେ ମହାକାଳୀଙ୍କ ନୃତ୍ୟ ପ୍ରଦର୍ଶନ କରି ସେ ଯେଉଁ ସାଫଲ୍ୟ ଲାଭ କରିଥିଲେ ତାହା ବି ମନେପଡ଼ିଗଲା ଏହି କ୍ଷଣଟିରେ । ମଞ୍ଚ ଉପରକୁ ପାଦ ଦେବା ସଂଗେସଂଗେ ଶୋଭାଙ୍କ ସୌନ୍ଦର୍ଯ୍ୟ ହୋଇଯାଏ ଅଦ୍ଭୁତ ଭାବରେ ପରିବର୍ତ୍ତିତ । ନୃତ୍ୟ ଓ ସଂଗୀତ ବିଭାଗର ଦାୟିତ୍ୱ ସେ ତୁଲାଇଛନ୍ତି କି ନିଷ୍ଠାରେ ସତେ ! ମା' ପସନ୍ଦ କରନ୍ତି ଉଚ୍ଚକୋଟୀର ରାଗ ସଂଗୀତ । ପୃଥିବୀ ବିଖ୍ୟାତ ସଂଗୀତଜ୍ଞ ବିଥୋଭେନ, ମୋଜାର୍ଟ - ଏ ସମସ୍ତଙ୍କ ସଂଗୀତ ସହିତ ଭାରତୀୟ ଶାସ୍ତ୍ରୀୟ ସଂଗୀତ ଥିଲା ମାଆଙ୍କର ଏକାନ୍ତ ପ୍ରିୟ । ସେ ତାଙ୍କର ଏହି ଅତିପ୍ରିୟ ଶିଷ୍ୟା ଶୋଭାଙ୍କୁ ସଚେତନ କରିଦେଇଥିଲେ ଯେ - ଯେଉଁ ସଂଗୀତରେ ଆଧ୍ୟାତ୍ମିକତାର ଧ୍ୱନି ଅନୁପସ୍ଥିତ, ତାହା ନିମ୍ନ ପ୍ରାଣର କୁରୁଚିକୁ ଉତ୍ତେଜିତ କରିବାରେ ଉଦ୍ଦିଷ୍ଟ । ଏ ପ୍ରକାରର ହାଲୁକା ଉତ୍ତେଜନାରୁ ଏକ ଭିନ୍ନ ସୂକ୍ଷ୍ମତର ସୋପାନକୁ ଉତ୍ତୀର୍ଣ୍ଣ କରିନେବାକୁ ସେ ଚାହୁଁଥିଲେ ତାଙ୍କ ଶିଷ୍ୟ ଶିଷ୍ୟାମାନଙ୍କୁ । କହୁଥିଲେ ଏ ପୃଥିବୀର ପରିମଣ୍ଡଳ ଊର୍ଦ୍ଧ୍ୱରେ ଏପରି ଏକ ରହିଛି ସୂକ୍ଷ୍ମସ୍ତର, ଯାହା ହେଉଛି କଳାର ଜଗତ । ସେଠାରେ ଅନ୍ତର୍ନିହିତ ସଂଗୀତର ଦିବ୍ୟ ମାଧୁର୍ଯ୍ୟ କ୍ୱଚିତ ଅବତରଣ କରିଆସେ ଏ ପୃଥିବୀ ପୃଷ୍ଠକୁ । ଶୋଭା ହୃଦୟଙ୍ଗମ କରିସାରିଥିଲେ ଯେ ମାଆ ତାଙ୍କୁ ନିଜର ଯନ୍ତ୍ର ଭାବରେ ନିର୍ମାଣ କରିବାକୁ ଚାହୁଁଛନ୍ତି ଏବଂ ତା' ମଧ୍ୟ ଦେଇ ଊର୍ଦ୍ଧ୍ୱସ୍ଥ କଳାମୟ ଜଗତର ମହିମାନ୍ୱିତ ସୌନ୍ଦର୍ଯ୍ୟକୁ ପୃଥିବୀ ପୃଷ୍ଠକୁ ଓହ୍ଲାଇ ଆଣିବା ପାଇଁ ନିରନ୍ତର ପ୍ରଦାନ କରିଚାଲିଛନ୍ତି ଶକ୍ତିର ଅସଂଖ୍ୟ ତରଙ୍ଗମାଳା । ଶୋଭା 'ସଂଗୀତମାଳା' ଅନୁଷ୍ଠାନର ଦାୟିତ୍ୱ ନେବା ପରେ ତାଙ୍କୁ ମିଳିଥିଲା ଗୋଟିଏ ଛୋଟ ଅର୍ଗାନ ଆଉ ହାର୍ମୋନିୟମ । ମାଆ ଯେତେବେଳେ ଅର୍ଗାନ ବାଦନ କରନ୍ତି, ସେତେବେଳେ ସେ ସମାଧିସ୍ଥ । ମାଆଙ୍କର ଏହି ସମୟର ଚିତ୍ରଟି ତାଙ୍କ ହୃଦୟରେ ନିଖୁଣ ଭାବରେ ରୂପାୟିତ । ମାଆ ଅର୍ଗାନ ବାଦନର ଅମୋଘ ଉପାୟ ବତାଇ ଦେଇଥିଲେ । ତାହା ହେଲା ଅର୍ଗାନ ବଜାଇବା ପୂର୍ବରୁ ଶ୍ରୀ ଅରବିନ୍ଦଙ୍କ ଚେତନାରେ ଧ୍ୟାନସ୍ଥ ହେବା । ଶୋଭାଙ୍କର ମନେପଡ଼ିଯାଉଛି ଯେଉଁଦିନ ନୃତ୍ୟନାଟିକା ପ୍ରଦର୍ଶନବେଳେ ସେ ମହାକାଳୀ ରୂପରେ ଅବତୀର୍ଣ୍ଣ । ମହାକାଳୀଙ୍କ ଚେତନାକୁ ନିଜ ମଧ୍ୟକୁ ଓହ୍ଲାଇ ଆଣିବା କ'ଣ ସହଜ କଥା ? ଶୋଭା ଜାଣିପାରୁନଥିଲେ ଯିଏ ଅସଲ ମହାକାଳୀ ଅର୍ଥାତ୍ ଶ୍ରୀମା, ତାଙ୍କରି ସମ୍ମୁଖରେ କିପରି ଅସୁରମାନଙ୍କ ସହିତ କରିବେ ଯୁଦ୍ଧ ? ମନେପଡ଼ିଯାଉଛି ଷ୍ଟେଜ ଉପରକୁ ଦୁଇଟି ଲମ୍ବା ଲମ୍ଫ ଦେଇ ଯେମିତି ଧୁମ୍ କରି ସେ ପଡ଼ିଯାଇଥିଲେ ତାଙ୍କ ହାତରେ ଥିବା ଖଡ୍ଗଟି ଭାଙ୍ଗି ହୋଇଗଲା ଦୁଇଖଣ୍ଡ । ଖଣ୍ଡେ ରହିଲା ଶୋଭାଙ୍କ ହାତରେ । ଆଉ ଖଣ୍ଡେ ଯାଇ ପଡ଼ିଲା ଶ୍ରୀମାଙ୍କ ପାଦ ସନ୍ନିକଟରେ । ସେଦିନର ଯେଉଁ ଶାରୀରିକ କମ୍ପନ ସେ ଅନୁଭବ କରିଥିଲେ ସେଥିରୁ ଜାଣିପାରିଲେ ଯେ ସେ ଯେମିତି ଅନ୍ୟ ଜଣେ ମଣିଷ ।

'ଦି ରିଦମ ଇଟରନାଲ' ଅର୍ଥାତ ଶାଶ୍ୱତ ଛନ୍ଦ। ଏଥିପାଇଁ ଶ୍ରୀ ଅରବିନ୍ଦଙ୍କ ଲେଖାରେ କିଛି କିଛି ଅଂଶ ନେବା ପାଇଁ ମାଆ ଦେଇଥିଲେ ନିର୍ଦ୍ଦେଶ। ଶୋଭା କେଡ଼େ ଆଗ୍ରହରେ 'ସାବିତ୍ରୀ' ମହାକାବ୍ୟର ପ୍ରଥମ ପର୍ବ, ପ୍ରଥମ ସର୍ଗ ମଧ୍ୟରୁ ଆରମ୍ଭ କରିଥିଲେ ତାଙ୍କର ନୃତ୍ୟନାଟିକା ରଚନାଧାରା। ଆଶ୍ରମର ସୁନୀଲ ଦା'ଙ୍କ ମ୍ୟୁଜିକ ବାଜିବ। ତା'ପରେ ଶ୍ରୀମାଙ୍କ କଣ୍ଠରେ ସାବିତ୍ରୀର ଯେଉଁ ଅଂଶ ରେକର୍ଡିଂ କରାଯାଇଛି, ତାହାର ଆବୃତ୍ତିକୁ ସଂଯୋଜିତ କରିଦିଆଯିବ। ସୁନୀଲ ଦା'ଙ୍କ ମ୍ୟୁଜିକ, ତେଜ୍ ଦା'ଙ୍କ ଆଲୁଅର ଖେଳ ଆଉ ମାଆଙ୍କ କଣ୍ଠର ସ୍ୱର ସମ୍ମିଳିତ ହୋଇଯିବ ଗୋଟିଏ ବିନ୍ଦୁରେ। ଏଠାରେ କୌଣସି ନାଚ ରହିବ ନାହିଁ। ପୃଥିବୀ ମଧ୍ୟରୁ କ୍ରମେ କ୍ରମେ ବାହାରି ଆସିବେ ଏକ ଏକ ଋତୁ-ରାଣୀ। ଶ୍ରୀ ଅରବିନ୍ଦ ଏହି ଋତୁଚକ୍ରକୁ ଯେଉଁ ଭାଷାରେ ବର୍ଣ୍ଣନା କରିଛନ୍ତି, ତାହା ଧ୍ୱନିତ ହୋଇଉଠିବ ଦିବ୍ୟ ଜନନୀଙ୍କ ମଧୁର କଣ୍ଠରେ। ମାଆଙ୍କ ନିର୍ଦ୍ଦେଶରେ ଏହି ସ୍କ୍ରିପ୍ଟଟିକୁ ପ୍ରସ୍ତୁତ କରିଛନ୍ତି ଶୋଭା। ଏପରିକି ମହାକବି କାଳିଦାସଙ୍କ 'ଋତୁ ସଂହାର'ରୁ କେତୋଟି ଶ୍ଳୋକ ନେଇ ଆଉ କବିଗୁରୁ ରବୀନ୍ଦ୍ରନାଥଙ୍କ ପ୍ରକୃତି ଅଧାରିତ କେତୋଟି ଗୀତକୁ ନିର୍ବାଚନ କରିଛନ୍ତି ଶୋଭା। ମନେପଡ଼ିଗଲା ମାଆଙ୍କ ଉଚ୍ଚାରିତ ଏକ ବାକ୍ୟ ତାଙ୍କର। କେମିତି ଏ ଲେଖାଟିର ସଂଯୋଜନା କରିବେ ବୋଲି ଚିନ୍ତା କଲାବେଳେ ମା' କହିଥିଲେ - "ମୁଁ କାହାକୁ କୌଣସି ଦାୟିତ୍ୱ ଦେଲେ ସେହି ଦାୟିତ୍ୱକୁ କାର୍ଯ୍ୟକାରୀ କରିବାର ଶକ୍ତି ମଧ୍ୟ ତାକୁ ଦିଏ।"

ଷ୍ଟେଜରେ କାର୍ଯ୍ୟକ୍ରମ ଆରମ୍ଭ ହୁଏ। ଧରିତ୍ରୀମାତାଙ୍କର ଆବିର୍ଭାବ ଘଟେ। ମାୟା ମିତ୍ରଙ୍କ ଗୀଟାର ବାଦନରେ ଥରିଉଠେ ପରିବେଶ। ରବୀନ୍ଦ୍ର ସଂଗୀତର କୋରସରେ ଅପୂର୍ବ ରୂପ ପରିଗ୍ରହ କରନ୍ତି ଧରିତ୍ରୀ ମାତା। ଶୋଭାଙ୍କର ଏ କଥା ମଧ୍ୟ ମନେପଡୁଛି ଯେ ଓଡ଼ିଶାର ସୁପ୍ରସିଦ୍ଧ ଓଡ଼ିଶୀ ନୃତ୍ୟଶିଳ୍ପୀ ସଂଯୁକ୍ତା ପାଣିଗ୍ରାହୀଙ୍କୁ ଆମନ୍ତ୍ରଣ କରିବାର ପ୍ରସ୍ତାବ ସେ ଦେଇଥିଲେ। ଅଥଚ ଆସିଲା ଏକ ଆକସ୍ମିକ ଟେଲିଗ୍ରାମ ବାର୍ତ୍ତା। ସଂଯୁକ୍ତା ପହଞ୍ଚି ପାରିବେ ନାହିଁ।

ଶୋଭାଙ୍କ ଗୋଡ଼ର ଦୁଇ ବଥର ଯନ୍ତ୍ରଣା ଆହୁରି ବର୍ଦ୍ଧିତ ହୋଇଗଲା ଏହା ଶୁଣି। କହିଲେ ମାଆଙ୍କୁ - "ମଧୁମୟୀ ମାଆ। ମୁଁ ଅସୁସ୍ଥ। କେମିତି ନାଚିବି?" ମାଆ ସେଦିନ ଶୋଭାଙ୍କ ମୁଣ୍ଡ ଉପରେ ହାତ ବୁଲାଇ ଦେଇ କହିଥିଲେ ସବୁ ଠିକ୍ ହୋଇଯିବ। ଆଉ ତାରିଖ ବଦଳିଲା ନାହିଁ। ନିର୍ଦ୍ଧାରିତ ରାତ୍ରିରେ ହିଁ ଅଭିନୀତ ହେଲା ସେହି ଅସାମାନ୍ୟ କାର୍ଯ୍ୟକ୍ରମ। ଡିସେମ୍ବର ମାସର ଶୀତରାତି। ଶୋଭା କେବଳ ହୃଦୟ ଭିତରେ ଡାକୁଥାନ୍ତି ମାଆ ମାଆ ବୋଲି। ସମଗ୍ର ଥିଏଟର ଦର୍ଶକମାନଙ୍କ ଦ୍ୱାରା ପରିପୂର୍ଣ୍ଣ। ରାତି ଆଠଟାରେ ବାଜିଲା ଘଣ୍ଟା। ଷ୍ଟେଜ ଉପରେ ଅସାଧାରଣ ଆଲୁଅର କ୍ରୀଡ଼ା। ତା'ପରେ ଶ୍ରୀମାଙ୍କ

କଣ୍ଠନିଃସୃତ ଅନ୍ତର୍ଭେଦୀ ଆବୃତ୍ତି । ଆଲୁଅର ବନ୍ୟା ଆସି ଯେତେବେଳେ କେନ୍ଦ୍ରୀଭୂତ ହେଲା ଶୋଭାଙ୍କ ଶରୀରରେ ସେହି ଆଲୁଅର ମହୋତ୍ସବରେ ହଜିଗଲେ ସେ ଅକଳ୍ପନୀୟ ଭାବରେ ଏତେ ଦିନ ଧରି ଯେମିତି ନାଚିଥିଲେ ତା'ଠାରୁ କାହିଁ କେତେ ଗୁଣରେ ଅଧିକ ନିମଜ୍ଜମାନତାରେ ନିଜକୁ ବିସ୍ମରିଗଲେ ସେ । ବଥର ଯନ୍ତ୍ରଣା କେଉଁଠି ? ମନେପକାଇବା ପାଇଁ ଆଉ ବେଳ ନଥିଲା । ପ୍ରତିଟି ଋତୁରାଣୀଙ୍କ ସହିତ ତାଙ୍କର ଦ୍ୱୈତ ନାଚ । ଅସାଧାରଣ ଅର୍କେଷ୍ଟ୍ରାର ବାଜଣା । ଷ୍ଟେଜରେ ଏକ ଅପୂର୍ବ ଆନନ୍ଦର ବନ୍ୟା । ପୃଥିବୀ ପୃଷ୍ଠକୁ ଆଗମନ କରିଛି ନୂତନ ଆକାଂକ୍ଷା, ନୂତନ ଜୀବନ, ନୂଆ ପ୍ରାଣ । ଯେମିତି ଶ୍ରୀମାଙ୍କ କଣ୍ଠଧ୍ୱନିରେ ଶୁଭାରମ୍ଭ ହୋଇଥିଲା କାର୍ଯ୍ୟକ୍ରମର, ସେହି କଣ୍ଠରେ ଆବୃତ୍ତି ହେଉଥିବା ସାବିତ୍ରୀର ପଦାବଳୀ ସହିତ ଧୀରେଧୀରେ ନଇଁ ଆସୁଥିଲା ଯବନିକା । ମଞ୍ଚ ଏବଂ ଦର୍ଶକଙ୍କ ମଧ୍ୟରେ ସୃଷ୍ଟି ହୋଇଥିଲା ଏକ ସ୍ୱର୍ଗୀୟ ବାତାବରଣ । ଛଅଟି ଋତୁ ନିରବରେ ପୃଥିବୀକୁ ପ୍ରଦକ୍ଷିଣ କରୁଥିବାର ଓ ସ୍ନିଗ୍ଧ ହାଲୁକା ନୀଳ ଓ ଗୋଲାପୀ ରଙ୍ଗର ଆଲୁଅ ଆଉ ସ୍ୱର୍ଗୀୟ ସଂଗୀତର ଲାଳିତ୍ୟ ମଧ୍ୟରେ ଯେପରି ପର୍ଦ୍ଦା ନଇଁ ଆସିଲା – ସେ ମୁହୂର୍ତ୍ତକୁ ଶୋଭା କ'ଣ ଆଜୀବନ ଭୁଲିବା ସମ୍ଭବ ?

ପରଦା ପତନ ସମାପ୍ତ । ସମଗ୍ର ପରିବେଶରେ କେବଳ ବିରାଜିତ ନିଃସୀମ ନିରବତା । କେତେ ସମୟ ଧରି ସମସ୍ତେ ନିଜକୁ ସମ୍ପୂର୍ଣ୍ଣ ବିସ୍ମରି ଯାଇସାରିଥିଲେ । ଯେତେବେଳେ ମନେପଡ଼ିଲା ଯେ, ସେମାନେ ଜଣେ ଜଣେ ଦର୍ଶକ, ସେତେବେଳେ କରତାଳିରେ ପ୍ରକମ୍ପିତ ହେଲା ଦୀର୍ଘ ସମୟ ଧରି ଅଡିଟୋରିୟମ । ଷ୍ଟେଜ ଅନ୍ଧକାରାବୃତ୍ତ । ଶୋଭା ସହିତ ଗ୍ରୀନରୁମକୁ ଚାଲିଗଲେ ସମସ୍ତେ । ଅଭିନନ୍ଦନର ସ୍ରୋତସ୍ୱିନୀ ସ୍ପର୍ଶ କଲା ଶୋଭାଙ୍କୁ । ଏତେ ଉଦ୍‌ବେଳନ ମଧ୍ୟରେ ତଥାପି ଶୋଭା ମିତ୍ରଙ୍କ ସମଗ୍ର ସତ୍ତା ଥିଲା ଅବିଚଳିତ ଓ ଶାନ୍ତ । ସତେ ଯେମିତି ଅଭିନନ୍ଦନ ନୁହେଁ, ରାଶି ରାଶି ଶାନ୍ତିଧାରାର ପ୍ରବହମାନତାରେ ସେ ଭିଜିଯାଉଛନ୍ତି ଗୋଟାପଣେ । ଶୋଭାଙ୍କର ବିଶ୍ୱାସ ଥିଲା ମାଆଙ୍କ ଉପରେ । ବିନ୍ଦୁଏ ଅବିଶ୍ୱାସ ଥିଲା ନିଜ ଉପରେ । ସେ କ'ଣ ମାଆଙ୍କ କରୁଣାର ଆଧାର ସତକୁ ସତ ହୋଇପାରିବେ ? ଦିନେ ନୁହେଁ, ଦୁଇ ଦିନ ନୁହେଁ, ନିଜ ଅନ୍ତର୍ଜଗତରେ ବିରାଟ ପରିବର୍ତ୍ତନ ସେ ଅନୁଭବ କରିଚାଲିଥିଲେ ନିରନ୍ତର ଦିନକୁ ଦିନ । ଭିନ୍ନ ଏକ ଜଗତକୁ ତାଙ୍କର ଯେ ଉତ୍ତରଣ ଘଟିଯାଇଛି ଏହା ଆଉ ଜାଣିବାର ବାକି ନଥିଲା ତାଙ୍କ ପାଇଁ । ଏ କାର୍ଯ୍ୟକ୍ରମଟିର ପୁନଶ୍ଚ ନୃତ୍ୟାୟନ ଅନୁଷ୍ଠିତ ହେଲା । କାର୍ଯ୍ୟକ୍ରମ ଅନ୍ତେ ଶ୍ରୀମା ଶୋଭାଙ୍କୁ ଦର୍ଶନ ଦେବା ହୋଇଥିଲା ସ୍ଥିରୀକୃତ । ବିଭିନ୍ନ ରଙ୍ଗର ଓ ସୁବାସର ସ୍ନିଗ୍ଧ ସତେଜ ପୁଷ୍ପାଞ୍ଜଳି ନେଇ ପହଞ୍ଚିଥିଲେ ସେ ମା'ଙ୍କ ଚରଣ ତଳେ । ମାଆ ଶୋଭାଙ୍କ ଦୁଇ ସୁକୋମଳ ହାତ ପାପୁଲିକୁ ଧୀରେଧୀରେ ସ୍ନେହସିକ୍ତ ରୀତିରେ ଉତ୍ତୋଳିତ କରିନେଇ

ତାଙ୍କ ଦୁଇ ଉଷ୍ଣ ମଧୁର ହାତ ପାପୁଲିରେ ଛନ୍ଦି ଧରିଲେ। ଶୋଭାଙ୍କ ଆଖିରେ ପ୍ରସ୍ଫୁଟିତ ଅପରିସୀମ ସୌନ୍ଦର୍ଯ୍ୟକୁ ମାଆ ଅନେକ ସମୟ ସ୍ଥିର ଚିତ୍ତରେ ଅନାଇ ରହିଲେ। ମାଆଙ୍କ ଉଭୟ ଚକ୍ଷୁରେ ଯେଉଁ ଐଶ୍ୱର୍ଯ୍ୟ ସେଦିନ ଫୁଟି ଉଠୁଥିଲା, ମନେହେଲା ଶୋଭା ସତେ ଯେମିତି ପ୍ରତ୍ୟକ୍ଷ କରୁଛନ୍ତି ମହାଲକ୍ଷ୍ମୀଙ୍କ ଦିବ୍ୟ ଦୃଷ୍ଟିକୁ।

ହୃଦୟ ଭିତରେ ମାଆଙ୍କ ଉଚ୍ଚାରିତ ଯେଉଁ ଅଭିନନ୍ଦନର ସ୍ୱର ପ୍ରତିଧ୍ୱନିତ ହୋଇଉଠେ ପ୍ରତି ମୁହୂର୍ତ୍ତରେ ତାହା ହେଉଛି ସେଇ ଶବ୍ଦ - 'ତୁମେ ଅସମ୍ଭବକୁ ଜୟ କରିଛ।'

ଶୋଭା ମାତୃ ଆଶୀର୍ବାଦରେ ସମ୍ପୂର୍ଣ୍ଣ ବିଗଳିତା, ଏକ ମହାଚେତନା। ଜାଣିଥିଲେ ସେ ନିଜ ପ୍ରତିଟି ରକ୍ତ କଣିକା ମଧ୍ୟରେ ଗୁଞ୍ଜରିତ ହୋଇଉଠୁଛି ଯେଉଁ ସଂଗୀତ, ତାହାର ମର୍ମାର୍ଥ ହେଲା - 'ମାଆ, ମୁଁ ନୁହେଁ ଅସମ୍ଭବକୁ ଜୟ କରିଛନ୍ତି ଆପଣ।'

■

(୨୦୨୨ ମସିହା ଜୁଲାଇ ୩୦ ତାରିଖ 'ଧରିତ୍ରୀ' ସାହିତ୍ୟାୟନରେ ପ୍ରକାଶିତ।)

ଶେଷ ଦେଖା : ଶେଷ ସାର୍‌ଙ୍କ ସହିତ

ପ୍ରିୟଜନ ବା ଗୁରୁଜନଙ୍କ ସହିତ ଶେଷ ଦେଖାର ସ୍ମୃତି ମଣିଷକୁ କିପରି ବିଗଳିତ କରେ ଏକଥା କିଏ ବା ନ ଜାଣେ ! ମୋର ଅତିପ୍ରିୟ ଓ ପୂଜନୀୟ ଶେଷ ସାର୍‌ଙ୍କ ସହିତ ଅନ୍ତିମ ସାକ୍ଷାତ ସେଇପରି ମୋ ଜୀବନର ଏକ ଆନନ୍ଦମୟ ଘଟଣା, ଯାହା ବର୍ତ୍ତମାନ ମନେପଡ଼ିଲେ ଅଶ୍ରୁସିକ୍ତ ହୋଇଯାଏ ମୋର ଦୁଇଟି ନୟନ ।

ପ୍ରାଥମିକ ବିଦ୍ୟାଳୟରେ ଯେତେବେଳେ ମୁଁ ପ୍ରବେଶ କରିଥିଲି, ସେହି ସମୟରୁ ସାର୍‌ଙ୍କୁ ଦେଖିଥିଲି । ଯେତେବେଳେ ତୃତୀୟ ଶ୍ରେଣୀକୁ ଉତ୍ତୀର୍ଣ୍ଣ ହେଲି ମୁଁ, ସେତିକିବେଳେ ହିଁ ତାଙ୍କ ପ୍ରତ୍ୟକ୍ଷ ସାନ୍ନିଧ ମତେ ଅଭିଭୂତ କରିଥିଲା । ମୁଁ ପାଠ ଜାଣୁନଥିବା ପିଲାଙ୍କ ଭିତରେ ଗଣା ହେଉଥିଲି । ସେଥିପାଇଁ ଅନ୍ୟମାନଙ୍କର ଉପହାସ ଓ ବିଦ୍ରୂପର ପାତ୍ର ହୋଇଯାଇଥିଲି । ମୋର ଏ ଦୁର୍ଦ୍ଦଶାରୁ ମତେ କିଏ ମୁକ୍ତି ଦେବ ଏକଥା ସେଇ ଛୋଟ ବୟସରେ କେମିତି ବା ଭାବିପାରିଥାନ୍ତି ! ଏବେ ଭାବୁଚି 'ଶେଷଦେବ' ସାର୍ ମୋ ପାଇଁ ପ୍ରଥମ ଦେବଦୂତ ହୋଇ ଯେପରି ଅବତରଣ କରିଥିଲେ ଆମ ସ୍କୁଲ ପରିସରରେ ।

ଦେଖିବାକୁ ଖୁବ୍ ପତଳା । ପିନ୍ଧୁଥିଲେ ଧଳା ରଙ୍ଗର ପରିଷ୍କାର ଧୋତି ଖଣ୍ଡେ । ଆକାଶୀରଙ୍ଗର ଫୁଲସାର୍ଟଟି ତାଙ୍କୁ ଖୁବ୍ ମାନୁଥିଲା । ତାଙ୍କର ମୁଣ୍ଡ କୁଣ୍ଡେଇବାର ଶୈଳୀ ଥିଲା କଳାତ୍ମକ । ପିଲାଙ୍କୁ ଦେଖୁ ଦେଖୁ ତାଙ୍କ ମୁହଁର ଶୁଭ୍ର ହସ ପଦ୍ମର ପାଖୁଡ଼ା ପରି ଝରିପଡୁଥିଲା ଅବିରତ । କିଛିଦିନ ଧରି ସେ ମୋର ଗତିବିଧି ନିରୀକ୍ଷଣ କରିଥିଲେ । ଖୁବ୍ ନିବିଷ୍ଟ ଚିତ୍ତରେ । ଆଉ ତା'ପରେ ହିଁ ମୋର ସ୍ଥାନର ଘଟିଥିଲା ବୈପ୍ଳବିକ ପରିବର୍ତ୍ତନ । ଖାଲି ଆଗଧାଡ଼ିରେ ନୁହେଁ, ସାର୍ ଯେଉଁ ଚୌକିରେ ବସୁଥିଲେ ଠିକ୍ ତାଙ୍କରି ତଳେ ରାମଚନ୍ଦ୍ରଙ୍କ ପାଖରେ ହନୁମାନଙ୍କ ଉପବେଶନ ପରି ତାଙ୍କ ପାଦ ତଳେ ବସୁଥିଲି ସାରାଦିନ । ପାଠ ଜାଣୁନଥିବା ଛାତ୍ରଟିଏର ସ୍ଥାନ ଶିକ୍ଷକଙ୍କ କେତେ ନିକଟରେ ଉଦ୍ଦିଷ୍ଟ

ହୋଇପାରେ ତାହା ଆଜି କଳ୍ପନା କଲେ ସାର୍‌ଙ୍କ ପ୍ରତି କେବଳ କୃତଜ୍ଞତାର ଭାବରେ ହୃଦୟ ଆଚ୍ଛନ୍ନ ହୋଇଯାଉଛି। ସେଇ ଶିକ୍ଷାଦାତା ଗୁରୁଦେବଙ୍କ ଚରଣ ତଳେ ବସି କଳା ରଙ୍ଗର ସିଲଟ ଉପରେ ଚକ୍ ଖଡ଼ିରେ ମୁଁ ଶିଖିଥିଲି ଯୋଗ ବିଯୋଗ, ଗୁଣନ ହରଣ, ସମ୍ପୂର୍ଣ୍ଣ ଭାବରେ ତାଙ୍କର ପ୍ରତ୍ୟକ୍ଷ ତତ୍ତ୍ୱାବଧାନରେ। ଗଣିତ ପରି କଠିନ ବିଦ୍ୟା ପ୍ରତି ସାରା ଜୀବନ ମୁଁ ବୀତସ୍ପୃହ ରହିଥିଲେ ମଧ୍ୟ ସେ ସମ୍ପର୍କିତ ଯେଉଁ କାମଚଳା ଜ୍ଞାନ ମୁଁ ଆୟତ୍ତ କରିଛି ତାହା ତାଙ୍କରି ହିଁ ମହତଦାନ। ପାଠ ପଢ଼ାଇବାବଳେ ତୀକ୍ଷ୍ଣ ଦୃଷ୍ଟିରେ ସାର୍‌ଙ୍କ ଦୃଷ୍ଟି ମୋ ସିଲଟ ଉପରେ ଆବଦ୍ଧ ହୋଇ ରହୁଥିଲା। ତାଙ୍କର ପରିଷ୍କାର ପରିଚ୍ଛନ୍ନ କୋମଳ ହାତରେ ମୋର ଟିକିଟିକି ନରମ ଆଙ୍ଗୁଠି ହାତରେ ଧରି ସେ ଶିଖାଇ ଦେଇଥିଲେ ଅଙ୍କ ରୂପକ କଠିନ ପାଠର ପ୍ରାରମ୍ଭିକ ତତ୍ତ୍ୱ।

ସେ ଦିନଗୁଡ଼ିକର ସ୍ମୃତି ଭୁଲିଯିବା କେବେ ବି ମୋ ପାଇଁ ସମ୍ଭବ ହୋଇନାହିଁ। ସ୍କୁଲ ପାଠ ସମ୍ପର୍କିତ ମୋର ଜ୍ଞାନର ଅଭାବ ସତ୍ତ୍ୱେ ମୋ ବ୍ୟକ୍ତିତ୍ୱର ଏକ ଆଲୋକିତ ଦିଗ ହେଉଛି ସାମାନ୍ୟ ସ୍ନେହ ସ୍ପର୍ଶକୁ ବି ସାରା ଜୀବନ ଯତ୍ନର ସହିତ କୃତଜ୍ଞ ଚିତ୍ତରେ ମନେରଖିବା। ସେଇ କୃତଜ୍ଞତାର ପୂଜା ବେଦୀରେ ଶେଷ ସାର୍‌ଙ୍କ ଉଦ୍ଦେଶ୍ୟରେ ସର୍ବଦା ଜଳୁଛି ଭକ୍ତିର କୋମଳ କିରଣ ବିକିରଣ କରୁଥିବା ଛୋଟିଆ ଦୀପଟିଏ। ଏକାଧିକ ଶିକ୍ଷକଙ୍କ କ୍ରୁର ଆଚରଣର ଶିକାର ହୋଇଥିଲେ ମଧ୍ୟ ଶେଷ ସାର୍‌ଙ୍କ ସ୍ନେହଦାନର ଦୃଶ୍ୟ ଆଖି ଆଗରେ ଉଦ୍‌ଭାସିତ ହେଲେ ସ୍କୁଲ ପରିସର ଆଶ୍ରମଟିଏ ପରି ମୋ ଆଖିକୁ ଏବେ ବି ଦେଖାଯାଏ ସୁନ୍ଦର ଓ ଶ୍ରୀମନ୍ତ। ସ୍କୁଲରେ କେତେ ପ୍ରକାରର ଫୁଲ ଫୁଟୁ ନଥିଲା ! ଗଙ୍ଗଶିଉଳି, ଗେଣ୍ଡୁ, ରଜନୀଗନ୍ଧା, ମଧୁମାଳତୀ – କେତେ ନା କେତେ ଫୁଲ ଗଛ। ସବୁଠାରୁ ମୋର ପ୍ରିୟ ଥିଲା ଗଙ୍ଗଶିଉଳି। ତା'ର କମଳା ରଙ୍ଗର ଡେମ୍ପରେ ମୁଁ ଲେଖୁଥିଲି ମୋର ଓ ସାଙ୍ଗମାନଙ୍କର ନାଁ ସାଦାଖାତାରେ ମୋର। ଶେଷଦେବ ସାର୍‌ଙ୍କ ନାଁ ସେଥିରେ ଲେଖା ହୋଇଥିବା ମୋର ଆଜି ମନେପଡୁନି ମାତ୍ର ତାଙ୍କର ସେଇ ସୁମଧୁର ନାମଟି ଗଙ୍ଗଶିଉଳି ଫୁଲରେ ସଜ୍ଜିତ ହୋଇ ମୋ ହୃଦୟର ପୂଜା ପ୍ରକୋଷ୍ଠରେ ପରିଶୋଭିତ ହେଉଛି।

ତରୁଣ ବୟସରେ ଉପନୀତ ହୋଇ ପ୍ରଥମ ଚାକିରି ଜୀବନ ଆରମ୍ଭ କରିଥିଲେ ସାର୍ ସେଇ ସ୍କୁଲରେ। କିନ୍ତୁ ମୁଁ ଏକଥା କଳ୍ପନାରେ ବି ଭାବିନଥିଲି ଯେ ଅବସର ଗ୍ରହଣ ପର୍ଯ୍ୟନ୍ତ ସାର୍ ମୋର ସେଦିନର ନିଷ୍ପାପ ମୁଖମଣ୍ଡଳକୁ ସାଇତି ରଖିଥିଲେ ତାଙ୍କର ହୃଦୟ ସଂଗ୍ରହାଳୟରେ। ମୁଁ ତାଙ୍କର ଛାତ୍ର ବୋଲି କି ଗୌରବାନ୍ୱିତ ଅନୁଭବ କରୁଥିଲେ ସେ, ତାହା ବୁଝିପାରିଥିଲି ପରବର୍ତ୍ତୀ କାଳରେ।

ମୁଁ ଯେତେବେଳେ କଲେଜ ଛାତ୍ର, ସେତେବେଳେ ଅନେକ ସମୟରେ

ଦେଖାହୁଏ ସାର୍‌ଙ୍କ ସହିତ। ନିଜ ପ୍ରିୟ ଛାତ୍ରମାନଙ୍କୁ ଦେଖି ମଧ୍ୟ ନ ଦେଖିଲା ପରି ନମସ୍କାର ଆଶାରେ ଯେଉଁ ଶିକ୍ଷକମାନେ ମୁହଁମୋଡ଼ି ଚାଲିଯାଉଥାନ୍ତି ଗମ୍ଭୀର ରୂପରେ, ସେ ଧରଣର ଶିକ୍ଷକ ନଥିଲେ ଶେଷ ସାର୍। ସାଇକେଲରେ ଯିବାବେଳେ ଶହେ ଦୁଇଶହ ମିଟର ଦୂରରୁ ଦେଖିଲେ ବି ନାଁ ଧରି ଡାକନ୍ତି ସେ। ନିକଟତର ହୋଇଆସନ୍ତି ସେ ଚୁମ୍ବକ ପ୍ରତି ଲୁହା ଆକୃଷ୍ଟ ହେବା ପରି। ଶ୍ରଦ୍ଧାପୂର୍ଣ୍ଣ ସ୍ୱରରେ ପଚାରନ୍ତି ଭଲ ମନ୍ଦ। କହନ୍ତି କଥା ହସ ହସ ମୁହଁରେ ଓ ଅଯାଚିତ ଆଶୀର୍ବାଦ ଢାଳିଦେଇ ଚାଲିଯାନ୍ତି ନିଜ ବାଟରେ।

କଲେଜରେ ଯେତେବେଳେ ମୁଁ ଅଧ୍ୟାପକ ଭାବରେ ନିଯୁକ୍ତି ପାଇଲି ସେତେବେଳେ ତାଙ୍କର ଦୁଇ ଯାଆଁଳା ପୁଅ ଓ ଗୋଟିଏ ଝିଅକୁ ପାଇଥିଲି ଛାତ୍ରଛାତ୍ରୀ ରୂପରେ। ସାର୍ ମୋ ଉପରେ ଯେତିକି ସ୍ନେହ ଓ ସଦିଚ୍ଛା ଢାଳି ଦେଇଥିଲେ ସେଇ ପରିମାଣରେ ଆବେଗ ପ୍ରକାଶ କରିବା ପାଇଁ ଚାହୁଁଥିଲି ମୁଁ ସେମାନଙ୍କ ଉଦ୍ଦେଶ୍ୟରେ। ଦେଉଥିଲି ସ୍ୱତନ୍ତ୍ର ଦୃଷ୍ଟି ଆଉ ଆମର ପ୍ରିୟ ସାର୍ ସେମାନଙ୍କ ଅନ୍ତରରେ ମୋର ଯେଉଁ ରୂପ ଅଙ୍କନ କରି ଦେଇଥିଲେ, ତାହାକୁ ଅତୁଟ ରଖି ସେ ତିନିହେଁ ମୋ ପ୍ରତି ପ୍ରକଟ କରୁଥିଲେ ଅସାଧାରଣ ଭକ୍ତି। ସେମାନେ ଥିଲେ ମୋ ପାଇଁ ଏକ ଏକ ମାଧ୍ୟମ ସାର୍‌ଙ୍କ ସମ୍ପର୍କରେ ଭାବ ଆହରଣ ପାଇଁ।

ଦିନେ ହଠାତ୍ ସାର୍‌ଙ୍କ ପୁଅ କୁଶ ଆସି ମତେ କହିଲେ ଯେ ବାପା ଆମ ଘର ସମ୍ମୁଖରେ ଥିବା ସରକାରୀ ଡାକ୍ତରଖାନାରେ ଶଯ୍ୟାଶାୟୀ। ସେତେବଳେ ଖରାଦିନ। ଦରକାର ହେଉଥିଲା ଏକ ଫ୍ୟାନର। ଆଉ ଦରକାର ହେଉଥିଲା ଲବ କୁଶଙ୍କ ପାଇଁ ମସିଣା। ସବୁ କିଛି ଘରୁ ପଠାଇବାର ବ୍ୟବସ୍ଥା ହେଲା। ମୁଁ ନିଜେ ଗଲି ସାର୍‌ଙ୍କୁ ଦେଖିବା ପାଇଁ। ସାର୍ ସୁସ୍ଥ ହୋଇଗଲା ପରେ ମୋତେ ଦେଖିବା ପାଇଁ ବାରମ୍ବାର ଆସିଲେ। ବାରମ୍ବାର ଏତେ ଶ୍ରଦ୍ଧାରେ ଟେବୁଲ ଫ୍ୟାନଟିଏ ପଠାଇ ଦେଇଥିବା ଯୋଗୁଁ ଆଉ ମସିଣା ଚାଦର, ତକିଆ ଆଦି ପଠାଇବାର ବ୍ୟବସ୍ଥା କରିଥିବା ଯୋଗୁଁ ତାଙ୍କ କୃତଜ୍ଞତା ପ୍ରକାଶ ଥିଲା ଅସରନ୍ତି। ସବୁବେଳେ କଥା ଆରମ୍ଭ କରିବେ ସେ 'ବାବୁ ମଣୀନ୍ଦ୍ର ! ତୁ ମୋର ଜୀବନ ରକ୍ଷା କରିଦେଲୁ।' ତାଙ୍କ କଥା ଶୁଣି ଲଜ୍ଜାରେ ମୁଁ କିଛି ଉତ୍ତର ଦେଇପାରେ ନାହିଁ। କେବଳ ତାଙ୍କର କୃତଜ୍ଞତାଭରା ଆଖି ଦୁଇଟିକୁ ଓ ତାଙ୍କ ମୁହଁରେ ଲାଖି ରହିଥିବା ଆଶୀର୍ବାଦ ସୂଚକ ଶୁଭ୍ରହସ ଧାରେକୁ ବିହ୍ୱଳ ହୋଇ ଦେଖେ।

ଅନେକ ଦିନ ବିତିଗଲା ପରେ ହଠାତ୍ ସେ ଦିନେ ଆବିର୍ଭୂତ ହେଲେ ଆମ ଗୃହ ସମ୍ମୁଖରେ। ସେତିକିବେଳେ ମୋର ଫାଇଲ୍ ପତ୍ର ଧରି ମୁଁ ଠିକ୍ ବାହାରିଥାଏ କଲେଜକୁ ଯିବା ପାଇଁ। କୌଣସି ଗୌରଚନ୍ଦ୍ରିକା ନ କରି ସିଧାସଳଖ ସେ କହିଲେ ବାବୁ ସ୍କୁଲରୁ ମୋର ବିଦାୟ ନେବାର ଦିନ ପାଖେଇ ଆସିଲାଣି। ଯେଉଁଦିନ ମୋତେ ସ୍କୁଲ

ତରଫରୁ ବିଦାୟ ଦିଆଯିବ ସେଦିନ ତୁ ମୋ ପାଖରେ ନଥିଲେ ମତେ ଭଲ ଲାଗିବ ନାହିଁ। ତାଙ୍କ କଥାରେ ସ୍ୱୀକୃତ ହୋଇ ମୋର କୃତଜ୍ଞତାପୂର୍ଣ୍ଣ ସମ୍ମତି ଜଣାଇ ମୁଁ ଚାଲିଯାଇଥିଲି କଲେଜକୁ।

ସେ ତାଙ୍କର ଶେଷ କର୍ମମୟ ଜୀବନ ଅତିବାହିତ କରୁଥିଲେ ତାଙ୍କ ଗାଁ ସ୍କୁଲ ଫୁଲାପାଲିରେ। ମୁଁ ଯଥାସମୟରେ ନିର୍ଦ୍ଦିଷ୍ଟ ମୁହୂର୍ତ୍ତରେ ସାର୍‌ଙ୍କ ବିଦାୟ ସମ୍ବର୍ଦ୍ଧନା ଉତ୍ସବରେ ଉପସ୍ଥିତ ହେବା ପାଇଁ ଯାଇଥିଲି। ମତେ ଦେଖି ତାଙ୍କର ଆନନ୍ଦର ସୀମା ନଥିଲା। ତାଙ୍କର ସହକର୍ମୀମାନଙ୍କୁ ସେଇ ମୋ ସମ୍ପର୍କରେ ପ୍ରଶଂସାସୂଚକ ମନ୍ତବ୍ୟ ଦାନ କରି ସେ ପରିବେଶକୁ ଯେମିତି ଏକ ପବିତ୍ର ଯଜ୍ଞସ୍ଥଳରେ ପରିଣତ କରିଦେଉଥିଲେ ମୋ ମୁହଁରେ ଭାଷା ସ୍ଫୁରୁ ନଥିଲା। କେବଳ ନତମସ୍ତକ ହୋଇ ପ୍ରଣାମ କରିବାର ମୁଦ୍ରାରେ ଛିଡ଼ା ହୋଇଥିଲି ଅବିଚଳିତ ହୋଇ। ବିଦାୟ ସମ୍ବର୍ଦ୍ଧନା ସଭାଟି ଥିଲା ଅତ୍ୟନ୍ତ ଭାବଗର୍ଭକ। ଅନ୍ୟ ସମସ୍ତଙ୍କ ବକ୍ତବ୍ୟ ପ୍ରଦାନ ପରେ ମତେ ଯେତେବେଳେ ସାର୍‌ଙ୍କ ସମ୍ପର୍କରେ ନିଜ ଅନୁଭବ ବ୍ୟକ୍ତ କରିବା ପାଇଁ ଅନୁରୋଧ କରାଗଲା, ସେତେବେଳେ ମୋ ହୃଦୟର ସବୁ ପୁଞ୍ଜିଭୂତ ଆବେଗ ବହିଗଲା ନୃସିଂହନାଥର ଝରଣା ପରି। ଆହା ! ସେଇ ଆବେଗରେ ଆପ୍ଲୁତ ହେଇ ସାର୍‌ଙ୍କଠାରୁ ଆରମ୍ଭ କରି ତାଙ୍କର ସହକର୍ମୀବୃନ୍ଦ ଓ ଛାତ୍ରଛାତ୍ରୀମାନେ କିପରି ସ୍ତବ୍ଧ ହୋଇ ରହିଥିଲେ ତାହା ମନେପଡ଼ିଲେ ଆଜି ବି ଅପୂର୍ବ ଭାବରେ ପୂର୍ଣ୍ଣ ହୋଇଉଠୁଛି ଅନ୍ତର ମୋର।

ମୁଁ ଭାବିଥିଲି ସାର୍‌ଙ୍କ ସହକର୍ମୀ ଓ ଛାତ୍ରଛାତ୍ରୀମାନଙ୍କ ଦ୍ୱାରା ସଂଗୃହୀତ ଅର୍ଥରେ ବ୍ୟବସ୍ଥା କରାଯାଇଥିବ ମଧ୍ୟାହ୍ନ ଭୋଜନର। ସବୁ ସ୍ଥାନରେ ଚିରାଚରିତ ରୀତିରେ ତାହା ହିଁ ହୋଇଥାଏ। କିନ୍ତୁ ଏ ସ୍ଥଳରେ ଯାହା ଦେଖିଲି ମୁଁ ବିସ୍ମିତ ନ ହୋଇ ରହିପାରିଲି ନାହିଁ। ସଭା ଶେଷ ହେବା ପରେ ଏକ ଦୀର୍ଘ ଶୋଭାଯାତ୍ରା ସ୍କୁଲରୁ ବାହାରି ସାର୍‌ଙ୍କ ଘର ପର୍ଯ୍ୟନ୍ତ ପହଞ୍ଚିଲା। ସାର୍‌ଙ୍କ ସହକର୍ମୀ ଓ ସମସ୍ତ ଛାତ୍ରଛାତ୍ରୀ ସାର୍‌ଙ୍କ ଗଳାରେ ଅଜସ୍ର ଫୁଲମାଳା ଅଜାଡ଼ି ଦେଇ ତାଙ୍କୁ ଘରକୁ ପହଞ୍ଚାଇ ଦେଇ ଆସିବେ ସ୍ଥିର ହୋଇଥିଲା ନିର୍ଦ୍ଧାରିତ କାର୍ଯ୍ୟକ୍ରମ। ଶୋଭାଯାତ୍ରା ଯେତେବେଳେ ବାହାରିଲା ସେତେବେଳେ ଅଜସ୍ର ଶିଶୁ କଣ୍ଠରୁ ଝଙ୍କୃତ ହେଲା ସ୍ୱଭାବକବି ଗଙ୍ଗାଧର ମେହେରଙ୍କ ରଚିତ ଭକ୍ତି କବିତାର ଚିରନ୍ତନ ପଦପଂକ୍ତି। 'ବିଶ୍ୱ ଜୀବନ ହେ ତୁମ୍ଭଙ୍କୁ କରୁଣାସିନ୍ଧୁ/ ବୋଲିବାକୁ ମନ ବଳୁନାହିଁ ଯେଣୁ ସିନ୍ଧୁ ତୁମ୍ଭ କୃପାବିନ୍ଦୁ...' ଏ ଶବ୍ଦ ଉଚ୍ଚାରଣର ପବିତ୍ରତା ସଂଗୀତର ଧ୍ୱନିରେ ଆକାଶ ପବନକୁ କଲା ହିଲ୍ଲୋଳିତ। ମୁଁ ସମ୍ବରଣ କରିପାରୁନଥିଲି ମୋର ଆବେଗକୁ। ସମ୍ବରଣ କରିପାରୁନଥିଲି ଆଖିରୁ ଝରିଆସୁଥିବା କୃତଜ୍ଞତାର ଲୋତକ ବିନ୍ଦୁକୁ। ପୁଣି ନିରବତା ଅବଲମ୍ବନ କରି ସ୍ତମ୍ଭୀଭୂତ ହେବା ବ୍ୟତୀତ ଆଉ କିଛି କରିପାରୁନଥିଲି।

ଶୋଭାଯାତ୍ରା ଯାଇ ପହଞ୍ଚିଲା ସାର୍‌ଙ୍କ ଘରେ ଆଉ ସେଇଠି ହିଁ ସାର୍‌ଙ୍କ ଦ୍ୱାରା ଆୟୋଜିତ ହୋଇଥିଲା ମଧ୍ୟାହ୍ନ ଭୋଜନ। ବିଦାୟ ସମ୍ବର୍ଦ୍ଧନାବେଳେ ଯିଏ ବିଦାୟ ନିଅନ୍ତି ଅନୁଷ୍ଠାନରୁ ତାଙ୍କୁ ସମ୍ମାନ ଦେବା ପାଇଁ ଅନୁଷ୍ଠାନ ତରଫରୁ ସିନା ଅୟୋଜିତ ହୁଏ ଭୋଜି ସଭାର, କିନ୍ତୁ ଏଇଠି ଲକ୍ଷ୍ୟ କଲି ତା'ର ମହତ ବ୍ୟତିକ୍ରମ। ସାର୍ ନିଜେ ତାଙ୍କ ବିଦାୟ ବେଳାରେ ସମସ୍ତଙ୍କୁ ଆପ୍ୟାୟିତ କଲେ ନିଜ ଘରେ ପ୍ରସ୍ତୁତ ହୋଇଥିବା ସୁସ୍ୱାଦୁ ଦିବ୍ୟ ଅନ୍ନଭୋଜନ ପ୍ରଦାନ କରି।

ଏଇଭଳି ଥିଲେ ଆମର ଅତିପ୍ରିୟ ଶେଷଦେବ ସାର୍। ମୁଁ ସମ୍ବଲପୁର ବିଶ୍ୱବିଦ୍ୟାଳୟରେ ଅଧ୍ୟାପକ ହେବା ପରେ ଘଟିଥିଲା ତାଙ୍କର ଦେହାନ୍ତ। ମାତ୍ର ମୃତ୍ୟୁ ସମୟ ପର୍ଯ୍ୟନ୍ତ ସେ ଦିଶୁଥିଲେ ତରୁଣ ଶିକ୍ଷକ ପରି ପ୍ରାଣବନ୍ତ। ଆଉ ତାଙ୍କ ସହିତ ଦେଖା ହେବାର ସୁଯୋଗ ତ ନଥିଲା। ବିଦାୟ ସମ୍ବର୍ଦ୍ଧନା ଦିନର ସେଇ ଦେଖା ହିଁ ଥିଲା ଶେଷ ଦେଖା। ସେଇ ଶେଷ ସାକ୍ଷାତ ମନରୁ ଲିଭିଯିବାର ବିଷୟ ତ ଆଦୌ ନୁହେଁ। ତାଙ୍କର ଆଶିଷ ଭରା ମୁଖମଣ୍ଡଳର ଛବିକୁ ବିସ୍ମରିଯିବା ଅସମ୍ଭବ। ଆଉ ଅସମ୍ଭବ କୁନି କୁନି ପିଲାମାନଙ୍କ କଣ୍ଠରୁ ନିନାଦିତ ହୋଇଥିବା 'ବିଶ୍ୱ ଜୀବନ ହେ...' ରୂପକ ଭାବମୟ ସଂଗୀତର ମନ୍ତ୍ରଧ୍ୱନି।

ଆଉ କିଛି ଭାବିପାରୁ ନାହିଁ ମୁଁ। ଆଉ କିଛି ଲେଖିପାରୁ ନାହିଁ। କେବଳ ଏତିକି ଭାବୁଛି, ସବୁ ଶିକ୍ଷକଙ୍କ, ଅଧ୍ୟାପକମାନଙ୍କ ବିଦାୟ ସମ୍ବର୍ଦ୍ଧନା ଏପରି ଶୈଳୀରେ ହୁଅନ୍ତା ନାହିଁ!! ସହକର୍ମୀ ଆଉ ଛାତ୍ରଛାତ୍ରୀମାନେ ବିଦାୟୀ ଶିକ୍ଷକଙ୍କୁ ଆପ୍ୟାୟିତ କରିବା ବଦଳରେ ବିଦାୟୀ ଶିକ୍ଷକ ସମସ୍ତଙ୍କୁ ଘରକୁ ଡାକିନେଇ ଏପରି ସୁମିଷ୍ଟ ଭୋଜନରେ ସମସ୍ତଙ୍କୁ ପରିତୃପ୍ତ କରିଦିଅନ୍ତେ ନାହିଁ! ଶିକ୍ଷକ ତ ନେବା ପାଇଁ ନୁହେଁ ଦେବା ପାଇଁ ହିଁ ଆବିର୍ଭୂତ ହୋଇଥାନ୍ତି ଏ ପୃଥିବୀରେ!!!

■

ମନସ୍ୱିନୀ ନାନୀ

ମନସ୍ୱିନୀ ନାନୀଙ୍କ କଥା ମନେପଡ଼ିବା ମାତ୍ରକେ ତାଙ୍କ ଲିଖିତ ଚିଠିର ଅକ୍ଷର ସ୍ପଷ୍ଟ ଭାବରେ ଆଖି ଆଗରେ ଉଦ୍‌ଭାସିତ ହୋଇଉଠେ। ଭୁବନେଶ୍ୱରରୁ ଆସି ନାନୀ ଯଦି ବରପାଲିରେ ରହିନଥାନ୍ତେ ତା'ହେଲେ ତାଙ୍କ ସହିତ ଏହି ନିବିଡ଼ତା ସମ୍ଭବ ହୋଇନଥାନ୍ତା।

ବଡ଼ବାପା ସଚିବାଳୟର ଅର୍ଥ ବିଭାଗରେ ଥିଲେ କାର୍ଯ୍ୟରତ। ସପରିବାର ଯେତେବେଳେ ସେମାନେ ସମସ୍ତେ ଆସନ୍ତି ବରପାଲିକୁ, ସେତେବେଳେ ମନେହୁଏ ଯେମିତି ଏକ ମହୋତ୍ସବ ଆରମ୍ଭ ହେଲା। ମାସେ ଦେଢ଼ମାସ କାଳ ରହିବା ପରେ ସମସ୍ତେ ଯେତେବେଳେ ଫେରିଯାଆନ୍ତି ଭୁବନେଶ୍ୱରକୁ, ତା'ପର ମୁହୂର୍ତ୍ତଠାରୁ କେତେଦିନ ପର୍ଯ୍ୟନ୍ତ ମୁଁ ନିଜର ବାକ୍‌ଶକ୍ତି ହରାଇଦିଏ। ଏକୁଟିଆ ଖଳାରେ ବସି ଅର୍ଥାତ୍ ଯେଉଁଠି ଧାନମଡ଼ା ହୁଏ ସେଇଠି ଛୋଟିଆ ଖଟଟିଏ ଉପରେ ବସି ମୁହଁ ତଳକୁ କରି ହାତରେ ଧରିଥିବା ଗୋଟିଏ କାଠି ଦ୍ୱାରା ମାଟି ଉପରେ ଟାଣୁଥାଏ କେବଳ ଅନେକ ଗାର। ସେଇ ଗାରଗୁଡ଼ିକ ଯେ ମୋ ହୃଦୟର ବେଦନାକ୍ତ ଅଶ୍ରୁଧାର ଥିଲା ତାହା କ'ଣ ସେତେବେଳେ ମୁଁ ଜାଣିପାରୁଥିଲି ? ଆଜି ଏଇ ଦିନଗୁଡ଼ିକର କଥା ମନେପଡ଼ିଲେ କିପରି ନୀଳ ଆକାଶକୁ ନିଃସଙ୍ଗ ଭାବରେ ମୁଁ ଚାହିଁ ରହୁଥିଲି ତାହା ଉଦ୍‌ବେଳିତ କରିଦିଏ ଅନ୍ତଃସ୍ଥଳକୁ।

ସମସ୍ତ ଭାଇଭଉଣୀଙ୍କ ମେଳରେ କଟିଯାଉଥିଲା ଉତ୍ସବମୟ ଦିନଗୁଡ଼ିକ। କିନ୍ତୁ ମନସ୍ୱିନୀ ନାନୀ ଯେତେବେଳେ ବଡ଼ବାପାଙ୍କ ସହିତ ଆସିଲେ ଏକୁଟିଆ, ସେତେବେଳେ ଉତ୍ସବ ନୁହେଁ ସୃଷ୍ଟି ହେଲା ଯେଉଁ ଅନ୍ତରଙ୍ଗ ଭାବ ବିନିମୟର ବାତାବରଣ; ତାହା ମୋ ପାଇଁ ଥିଲା ବାସ୍ତବରେ ଅନନ୍ୟ। ମୋର ବୟସ ବଢ଼ିଲା ପରେ ମଧ୍ୟ ମୋ କଣ୍ଠସ୍ୱର କିପରି ଝିଅମାନଙ୍କ ପରି ଶୁଣାଯାଉଛି – ଏକଥା କହି ମନସ୍ୱିନୀ ନାନୀ ଥଟ୍ଟା କରନ୍ତି ମୋତେ। ବୟସରେ ଅନେକ ତାରତମ୍ୟ ହେତୁ ମୁଁ ଟିକିଏ ସଂକୁଚିତ ହୋଇ ରହୁଥିଲି

ତାଙ୍କ ପାଖରେ। ସେହି ସଂକୋଚର ପ୍ରାଚୀରକୁ ଭାଙ୍ଗିଦେବା ପାଇଁ ସ୍ନେହର ହାତୁଡ଼ି ନେଇ ପହଞ୍ଚିଥିଲେ ବରପାଲିକୁ ମନସ୍ୱିନୀ ନାନୀ। ତାଙ୍କ ଆସିବାର ମୁଖ୍ୟ କାରଣ କ'ଣ ଥିଲା ତାହା ନ କହିଲେ କିପରି ଜଣାପଡ଼ିବ ତାଙ୍କ ଆଗମନର ରହସ୍ୟ? ଅସଲ କଥା ହେଲା ନାନୀଙ୍କ ବିବାହ ବୟସ ହୋଇସାରିଥିଲା। ଭୁବନେଶ୍ୱରରେ ରହିଲେ କେଉଁ ବରପାତ୍ର ଏତେ ଦୂରକୁ କନ୍ୟାପାତ୍ରୀ ଅନ୍ୱେଷଣରେ ଯିବେ ଏହି ଚିନ୍ତା ବଡ଼ବାପାଙ୍କୁ ପ୍ରେରଣା ଦେଇଥିଲା ନାନୀଙ୍କୁ ବରପାଲି ଆଣିବା ପାଇଁ। ବରପାଲିରେ ଦୁଇ ତିନି ମାସ ରହିବା ମଧ୍ୟରେ ଯେଉଁ ବରପାତ୍ରମାନଙ୍କର ଆଗମନ ହେବ ସେମାନଙ୍କ ମଧ୍ୟରୁ କାହାରି ନା କାହାରି ସହିତ ସମ୍ବନ୍ଧ ଚୂଡ଼ାନ୍ତ ହୋଇଯାଇପାରେ। ଏହି କାରଣରୁ ମନସ୍ୱିନୀ ନାନୀ ତାଙ୍କ ବାପା ମା' ଭାଇଭଉଣୀ ସମସ୍ତଙ୍କୁ ଭୁବନେଶ୍ୱରରେ ଛାଡ଼ିଦେଇ ବଡ଼ବାପାଙ୍କ ଇଚ୍ଛା ଅନୁସାରେ ଆସିଲେ ବାଧ୍ୟ ହୋଇ ବରପାଲିକୁ। ଏଥିପାଇଁ ମଝିରେ ମଝିରେ ସେ ଯେ ଲୁହ ଗଡ଼ଉନଥିଲେ ତାହା ନୁହେଁ। ଭୁବନେଶ୍ୱରରୁ ଯେତେବେଳେ ଚିଠି ଆସେ କୁନି ନାନୀଙ୍କଠାରୁ ସେତେବେଳେ ଭାବପ୍ରବଣ ହୋଇଯାଆନ୍ତି ମନସ୍ୱିନୀ ନାନୀ। ମୁଁ ଯେ ତାଙ୍କ ପାଖରେ ଥିଲି, ମୁଁ ଯେ ତାଙ୍କର କାକାଙ୍କ ପୁଅ ହୋଇଥିଲେ ବି ସଂପୂର୍ଣ୍ଣ ଭାବରେ ନିଜ ଭାଇ ପରି ଏକଥା ସେ କ'ଣ ସେତେବେଳେ ଭାବିପାରୁ ନଥିଲେ?

ଧୀରେଧୀରେ ମନସ୍ୱିନୀ ନାନୀ ସେଇ ଭାବପ୍ରବଣତାରୁ ଉତ୍ତୀର୍ଣ୍ଣ ହୋଇ ମୋର ନିକଟତର ହେଉଥିଲେ ଓ ମୁଁ ମଧ୍ୟ ତାଙ୍କର ନିକଟତର ହୋଇଯାଉଥିଲି ସ୍ୱାଭାବିକ ଭାବରେ। ସେ ହିଁ ଆମ ପିଢ଼ିର ଭାଇଭଉଣୀଙ୍କ ମଧ୍ୟରେ ଏକୁଟିଆ ଶିଖିଥିଲେ ବଙ୍ଗଳା ଭାଷା। ଘରେ ବାପା ବଡ଼ବାପାମାନେ ପଢୁଥିବା ବଙ୍ଗଳା ପୁସ୍ତକ ଓ ପତ୍ରପତ୍ରିକା ପଢ଼ି ସେ ସମୟ ବିତାନ୍ତି। ଅନେକ ସମୟରେ ସେ ମୋତେ ଅଭୁଲା କାହାଣୀ କହନ୍ତି ଭାରି ଆବେଗମୟ ସ୍ୱରରେ। ବିଶ୍ୱକବି ରବୀନ୍ଦ୍ରନାଥଙ୍କ କାବୁଲିୱାଲା ଗଳ୍ପଟି ତାଙ୍କଠାରୁ ଶୁଣିଥିଲି ମୁଁ ପ୍ରଥମକରି। ମୁଁ ତ ପାଠପଢ଼ାରେ ଆଦୌ ମନୋଯୋଗୀ ନଥିଲି। ମନସ୍ୱିନୀ ନାନୀ ମୋତେ ପାଠ ପଢ଼ାଇ ବସିଲେ ମୋର ଶିକ୍ଷୟିତ୍ରୀ ଭଳି ଲାଗୁଥିଲେ। ଆଉ କାହାଣୀ କହିଲେ ମନେହେଉଥିଲେ ସତକୁ ସତ ମୋର ନାନୀ ଭଳି। ଏଥିପାଇଁ ମୁଁ ତାଙ୍କଠାରୁ ପାଠ ଅପେକ୍ଷା ଗପ ଆଉ ତାଙ୍କ ଅନୁଭୂତିର କାହାଣୀ ଶୁଣିବାକୁ ବେଶୀ ଭଲ ପାଉଥିଲି। ସେ ଜାଣୁଥିଲେ ଯେ ପରୀକ୍ଷାରେ ମୁଁ କେମିତି କରୁଥିବି। ସେଥିଲାଗି ବଡ଼ ବିବ୍ରତ ହୁଅନ୍ତି ସେ। ବଡ଼ବାପା ଆଗରୁ ବରପାଲି ହାଇସ୍କୁଲରେ ଥିଲେ ଶିକ୍ଷକ। ସେଥିପାଇଁ ନାନୀ ମୋ ଉଦ୍ଦେଶ୍ୟରେ କହନ୍ତି – 'ବାପା ଯଦି ଏଇଠି ଥାଆନ୍ତେ ତା'ହେଲେ ତୁ କ'ଣ ଏଇଭଳି ଅବସ୍ଥାରେ ଥାଆନ୍ତୁ?' ଏ କଥାଟି ମୋତେ ଭାରି ଛୁଏଁ। ବାସ୍ତବରେ ବଡ଼ବାପା ଯଦି ବରପାଲି ଛାଡ଼ି ଯାଇନଥାନ୍ତେ ତା'ହେଲେ ମୁଁ ମଣିଷ ହୋଇପାରିଥାଆନ୍ତି। କିନ୍ତୁ ସେ

ଭୁବନେଶ୍ୱର ଯାଇ ନଥିଲେ ମୋର ସବୁ ଭାଇଭଉଣୀ କ'ଣ ଏଭଳି ଉଚ୍ଚକୋଟୀର ମଣିଷ ହୋଇପାରିଥାଆନ୍ତେ ? ତେବେ ବଡ଼ବାପାଙ୍କର ଆଉ ଭାଇଭଉଣୀଙ୍କର ଆନ୍ତରିକ ଇଚ୍ଛା ଥିଲା ମୋତେ ଭୁବନେଶ୍ୱର ନେଇଯିବା ପାଇଁ। ମାତ୍ର ବାପା ମା'ଙ୍କର ଏକମାତ୍ର ସନ୍ତାନ ହୋଇଥିବା ହେତୁ ଓ ମଝିରେ ମଝିରେ ମୁଁ ଗମ୍ଭୀର ଭାବରେ ଅସୁସ୍ଥ ହୋଇପଡୁଥିବା କାରଣରୁ ମୋତେ ବାପା ନିଜ ପାଖରୁ ଅନ୍ତର କରିବାକୁ ଚାହୁଁନଥିଲେ।

ମୁଁ ଅଷ୍ଟମ ଶ୍ରେଣୀରେ ପଢୁଥିଲେ ମଧ୍ୟ ନାନୀଙ୍କ ଦୃଷ୍ଟିରେ ମୁଁ ଥିଲି ଶିଶୁଟିଏ ପରି ନିରୀହ, ସରଳ ଓ ନିଷ୍କପଟ। ସେଥିପାଇଁ ପ୍ରତିଦିନ ନିଜ ପାଖରେ ସେ ମୋତେ ଶୁଆଇ କହୁଥିଲେ ହିନ୍ଦୀ ସିନେମାର କଥାବସ୍ତୁ ସବୁ। ମୋର ମନେପଡୁଛି 'ଦୋ ଆଁଖେଁ ବାରା ହାଥ୍'ର କାହାଣୀ ଏପର୍ଯ୍ୟନ୍ତ ସତେଜ ହୋଇରହିଛି ମୋ ସ୍ମୃତିରେ। ଯାହା ସବୁ କଥା କହୁଥିଲେ ନାନୀ, ତାହା ବର୍ଣ୍ଣନା କଲେ ଆଜିର ଏ ପ୍ରସଙ୍ଗଟି ଏକ ନୂଆ ମୋଡ଼ ନେଇଯିବ। ନାନୀ ନିଜେ ରହିଯିବେ ପରଦା ଅନ୍ତରାଳରେ। ସେଥିପାଇଁ ସେସବୁ କଥା ଉଲ୍ଲେଖ ନକରି କେବଳ ନାନୀଙ୍କ କଥା କହିବା ପାଇଁ ମୋର ପ୍ରିୟ ଛାତ୍ର ଦର୍ପଦଳନ ହାତରେ କଲମ ଧରାଇ ଦେଇଛି ମୁଁ। ମନସ୍ୱିନୀ ନାନୀଙ୍କ ସେହି ଅଭୁଲା ଦିନର ସ୍ମୃତି ସବୁ ଫୋନ୍‌ରେ କହିବାବେଳେ ଦର୍ପଦଳନ ଟାକୁ ଟିପି ରଖୁଛନ୍ତି ତାଙ୍କର ସୁନ୍ଦର ହସ୍ତାକ୍ଷରରେ।

ବରପାଲିର ଯୁଆଡ଼କୁ ଗଲେ ନାନୀଙ୍କ ସହିତ ଯାଇଛି ବାରମ୍ବାର। ମୋର ହିନ୍ଦୀ ସିନେମା ଦେଖିବାର ଅଭ୍ୟାସ ହୋଇଗଲା ନାନୀଙ୍କ ପାଇଁ ହିଁ। ମା', ନାନୀ ଓ ମୁଁ ଯାଉଥିଲୁ ହଲ୍‌କୁ ସିନେମା ଦେଖିବା ପାଇଁ। ଏବେ ବି ମନେପଡୁଛି କେମିତି ଦେଖିଥିଲୁ 'ଫାଗୁନ୍' ଚଳଚ୍ଚିତ୍ର। ତା' ପରେ ପରେ ମୁଁ ଏଥର ଏକୁଟିଆ ଟକିଜ୍‌କୁ ଯାଇ ସିନେମା ଦେଖି ଆସିବାରେ ଆଉ କିଛି ଅସ୍ୱାଭାବିକତା ଅନୁଭବ କରୁନଥିଲି। ମୁଁ ଯେଉଁ ସିନେମା ଦେଖିଆସେ ନାନୀ ସେସବୁ ପୂର୍ବରୁ ଦେଖି ସାରିଥାଆନ୍ତି ଭୁବନେଶ୍ୱରରେ। କେତେ ସିନେମାର ଚରିତ୍ର କେତେ ସିନେମାର ସଂଳାପ ଓ ସଂଗୀତ ମୋତେ ସେ ଶୁଣାଇଛନ୍ତି ଯାହାର ତାଲିକା କରିବା କଷ୍ଟସାଧ୍ୟ। ସବୁ ଚରିତ୍ରକୁ ଜୀବନ୍ତ କରି ମୋ ଆଗରେ ଏପରି ଥୋଇଦିଅନ୍ତି ସେ ଯାହା ଆଉ ଭୁଲିଯିବା ସମ୍ଭବ ହୁଏନାହିଁ। ଦିନେଦିନେ ରାତିରେ ଆମ ଏକମହଲା ଘରର ଉପରେ ତୋଳାଯାଇଥିବା ଢବାଘରକୁ ଚଢ଼ିଯାଇ କାନ୍ଥର ଛୋଟଛୋଟ ଗବାକ୍ଷ ମଧ୍ୟରେ ଲାଠି ପୂରାଇ ଆମେ ସେ ପାଖରେ ଥିବା କଇଁଆ ତୋଳୁଥିଲୁ ଲୁଚିଲୁଚି। ସେ ପାଖରେ ଥିଲା ଯେଉଁ ସାହି, ସେଇ ସାହିର ଲୋକଙ୍କ ଦୃଷ୍ଟି କାଳେ ଆମ ପ୍ରତି ଆକର୍ଷିତ ହେବ ଏଇ ଆଶଙ୍କାରେ ଖୁବ୍ ସନ୍ତର୍ପଣରେ ସାବଧାନତାର ସହିତ ଏହି ମହାନ କାର୍ଯ୍ୟଟି ସଂପାଦନ କରିବାକୁ ପଡୁଥିଲା। ତା'ପରେ ଖାଲି ହସିହସି ଗଡ଼ିଯାଉଥିଲୁ ଅନେକ

ସମୟ। ନାନୀ କ'ଣ ଭୁବନେଶ୍ୱରରେ ଥାଇ ଚାଷଜମି ଦେଖିଥିଲେ ? ସେଥିପାଇଁ ତାଙ୍କ ସହିତ ଆମେ ଯାଇଥିଲୁ ଆମର କୃଷିକ୍ଷେତ୍ରକୁ। ସେତେବେଳେ ପହ୍ଲାରୁଆ ଚାଲିଥାଏ। ନାନୀଙ୍କର କି ସଉକ ! ନିଜେ ଜମିର କାଦୁଅ ଭିତରକୁ ପଶିଯାଇ ଯେଉଁ ସ୍ତ୍ରୀଲୋକମାନେ ଧାନଗଛ ଲଗାଉଥିଲେ ସେମାନଙ୍କ ସହିତ ମିଶି ସେ ବି ଲଗାଇଲେ ଅନେକ ଚାରା। ଚାଷକ୍ଷେତରୁ କ'ଣ ଫେରିବାକୁ ଇଚ୍ଛା ହେଉଥିଲା ? ସେଠି ପିଉସୀ ଆମଘରେ ଥିବା ଇନ୍ଦୁନାନୀ, ମୁଁ ଓ ମନସ୍ୱିନୀ ନାନୀ ଘରୁ ନେଇ ଯାଇଥିବା ଭାତ ଡାଲି ତରକାରୀ ଖାଇ ଯେଉଁ ସ୍ୱାଦ ଅନୁଭବ କରିଥିଲୁ ଆଉ ଜୀବନରେ ତା'ର ପୁନରାବୃତ୍ତି ଘଟିନାହିଁ।

ନାନୀଙ୍କ ବରପାଲି ଅବସ୍ଥାନ କାଳରେ ଯେଉଁମାନେ ତାଙ୍କୁ ଦେଖିବା ପାଇଁ ଆସୁଥିଲେ ସେମାନଙ୍କର ସତ୍କାର କରିବାର ଦାୟିତ୍ୱ ଅର୍ପିତ ହୋଇଥିଲା ମୋ ଉପରେ। ତେବେ ଯେଉଁ ଆଶା ନେଇ ବଡ଼ବାପା ମନସ୍ୱିନୀ ନାନୀଙ୍କୁ ବରପାଲିରେ ଛାଡ଼ି ଯାଇଥିଲେ, ତାହା ସହଜରେ ଚୂଡ଼ାନ୍ତ ହୋଇପାରୁନଥିଲା। ନାନୀ ଆଉ କେତେ ଦିନ ବା ରହିଥାନ୍ତେ ଏକୁଟିଆ ବରପାଲିରେ ! ବଡ଼ବାପା ତାଙ୍କୁ ଭୁବନେଶ୍ୱର ନେଇଯିବା ପାଇଁ ପହଞ୍ଚି ଆସିଲେ ଦିନେ। ସେଦିନରୁ ମୋର ସବୁ ସୁଖ ଯେମିତି କିଏ ଛଡ଼ାଇ ନେଲା। ମୁଁ ନାନୀଙ୍କୁ ଛାଡ଼ିବା ପାଇଁ ଆଦୌ ଚାହୁଁନଥିଲି। ଆଉ ଯଦି ନାନୀ ଭୁବନେଶ୍ୱର ଯାଆନ୍ତି ତା'ହେଲେ ତାଙ୍କ ସହିତ ଯିବା ପାଇଁ ରାହା ଧରି କାନ୍ଦିଥିଲି ଅତି ଛୋଟ ପିଲାଙ୍କ ପରି ଘଣ୍ଟା ଘଣ୍ଟା ଧରି। ମୁଁ ସେଇପରି କାନ୍ଦୁଥିବା ଅବସ୍ଥାରେ ହିଁ ମନସ୍ୱିନୀ ନାନୀଙ୍କୁ ବିଦାୟ ନେବାକୁ ପଡ଼ିଲା ବାପା ମା'ଙ୍କୁ ପ୍ରଣାମ କରି।

ନାନୀ ଯିବା ପରେ ଘର ପରିଣତ ହୋଇଯାଇଥିଲା ମହାଶୂନ୍ୟତାରେ। କେତେ ଦିନ ଯେ ସେ ନିଃସଙ୍ଗତା ମୋତେ କନ୍ଦାଇଥିଲା ତାହା ମନେପକାଇବାବେଳେ ଆଜି ବି ଲାଗୁଚି କାନ୍ଦ କାନ୍ଦ। ନାନୀ ଭୁବନେଶ୍ୱରରୁ ଚିଠିରେ ଲେଖିଥିଲେ - "ଛୁଆବାବୁ, ମୋ ଆସିଲାବେଳେ ତୁ କାନ୍ଦୁଥିବାରୁ ମୋତେ ଆଦୌ ଭଲ ଲାଗିଲା ନାହିଁ।" ଆହୁରି କେତେ କଥା। ନାନୀ ବାରମ୍ବାର ଚିଠି ଲେଖନ୍ତି ଆଉ ମୋତେ ଚିଠି ଦେବା ପାଇଁ ସବୁବେଳେ ସ୍ନେହସିକ୍ତ ନିର୍ଦ୍ଦେଶ ଦେଉଥାଆନ୍ତି। ମୁଁ ଗୋଟିଏ ଚିଠି ଦେଇଥିବା ମୋର ମନେପଡୁଛି। ସେଥିପାଇଁ ନାନୀ ଲେଖିଥିଲେ "ଛୁଆବାବୁ, ତୁ ଗୋଟିଏ ଚିଠି ଦେଇ କ'ଣ ବୁଢ଼ା ହୋଇଯିବୁ ?" ତାଙ୍କର ଏକଥା ପଢ଼ି କି ହସ ମାଡ଼ିଥିଲା ମୋତେ ! ନାନୀ ପୁଣି ଲେଖନ୍ତି, "ବାବୁ, ମୁଁ ଜମିରେ ଲଗାଇଥିବା ଧାନଗଛ ସବୁରେ ଧାନ ଆସିଲାଣି କି ମୋତେ ଜଣାଇବୁ।" ତାଙ୍କର ଏସବୁ ଚିଠି ମୁଁ ସାଇତି ରଖିଛି। ତାଙ୍କର ଅକ୍ଷର କି ସୁନ୍ଦର ! ସେଇ ନାନୀ ଯେତେବେଳେ ବିବାହିତା ହୋଇ ବରପାଲିରୁ ବିଦାୟ ନେଲେ ରାଉରକେଲାକୁ, ମୋତେ ମାତ୍ର ଗୋଟିଏ ଚିଠି ଲେଖିଥିଲେ; ଆଉ ଦ୍ୱିତୀୟ ଚିଠି ଲେଖିବା ପାଇଁ ଅବସର

ପାଉନଥିଲେ। ମନେମନେ ମୁଁ ଝାଉଁଳି ପଡୁଥିଲି। ମୋର ତାଙ୍କରି କଥା ହିଁ ମନେପଡୁଥିଲା ଆଉ ମୁଁ ଭାବୁଥିଲି ନାନୀ ତାଙ୍କର ବିବାହ ପରେ ଏଇ ଗୋଟିଏ ଚିଠି ଲେଖି କ'ଣ ବୁଢ଼ୀ ହୋଇଯିବେ ?

ସତକୁ ସତ ନାନୀ ହୋଇଗଲେ ବୁଢ଼ୀ। ଆଉ ଯେଉଁଦିନ ତାଙ୍କ ହାତର କାଚ ଭାଙ୍ଗିଗଲା ଚିରଦିନ ପାଇଁ, ମଥାରୁ ସିନ୍ଦୂର ଟୋପା ଲିଭିଗଲା ଅଚାନକ, ସେ ଦିନଠାରୁ ନାନୀଙ୍କ ମୁହଁକୁ ଅନାଇବା ମୋ ପାଇଁ ଥିଲା ଦାରୁଣ ଯନ୍ତ୍ରଣା। କିଏ ଭାବିଥିଲା ଏପରି ଅଘଟଣ ଏତେ ଶୀଘ୍ର ଘଟିବ ବୋଲି ? ଏଇ କାଲି ମାତ୍ର ନାନୀଙ୍କ ବିବାହର ସାହାନାଇ ଶୁଭୁଛି କାନରେ। ଆଉ ଆଜି ଯେଉଁ କାରୁଣ୍ୟର ସ୍ୱର ଭାସିଆସୁଛି ଅଦୃଶ୍ୟ ବଂଶୀରୁ, ତାହା ଶୁଣିବା ପାଇଁ ନା ଶକ୍ତି ଅଛି ମୋର, ନା ନାନୀଙ୍କୁ ସାନ୍ତ୍ୱନା ଦେବାର ଭାଷା ଅଛି ମୋ ପାଖରେ ?

ସମସ୍ତ ଦୁଃଖ ଯନ୍ତ୍ରଣାକୁ ସହ୍ୟ କରି ବି ନାନୀ ଭଣଜା ଭାଣିଜୀମାନଙ୍କୁ କିପରି ମନୁଷ୍ୟ କଲେ ତାହା ଜାଣନ୍ତି ସିଏ ଆଉ ଜାଣନ୍ତି ବିଶ୍ୱବିଧାତା। ଅତ୍ୟନ୍ତ ଦାରିଦ୍ର୍ୟ ନିପୀଡ଼ିତ ଅବସ୍ଥାରେ ଥାଇ ବି ନାନୀ ଥିଲେ ଅପୂର୍ବ ଧୈର୍ଯ୍ୟ ଓ ସାହସିକତାର ପ୍ରତୀକ ହୋଇ। ଆଜି କେତେବେଳେ ସେ ରହୁଛନ୍ତି ବଲାଙ୍ଗୀରରେ। କେତେବେଳେ ରହୁଛନ୍ତି ପୁଣି ଡାକ୍ତର ହୋଇଥିବା ରିଙ୍କି ଭାଣିଜୀ ପାଖରେ। ପୁଣି କେତେବେଳେ ରହନ୍ତି ସବା ସାନ ଭଉଣୀ ବୁଇ ପାଖରେ।

ମୁଁ ଆଜି ସେଇଠି, ଯେଉଁଠି ଥିଲେ ଦିନେ ନାନୀ। ଅର୍ଥାତ୍ ଓଡ଼ିଶାର ରାଜଧାନୀ ଭୁବନେଶ୍ୱରରେ। ଓଡ଼ିଆ ବିଭାଗରେ ଅଧ୍ୟାପନା କରି ବର୍ତ୍ତମାନ ପୁଣି ଫକୀରମୋହନ ବିଶ୍ୱବିଦ୍ୟାଳୟ, ବାଲେଶ୍ୱରରେ ଅବସ୍ଥାପିତ ମୁଁ। ନାନୀଙ୍କ ଏ ଅଯୋଗ୍ୟ ଭାଇଟି ଏ ସ୍ଥାନକୁ ପହଞ୍ଚିଲା କେମିତି ? ସେ କଥା ଏଇ ମୂର୍ଖ ଭାଇଟି ଜାଣେ। ମନସ୍ୱିନୀ ନାନୀ ସେଦିନଗୁଡ଼ିକରେ ବରପାଲିରେ ଥିବାବେଳେ ଯାହା ତା' ଅନ୍ତରରେ ଭରିଦେଇଥିଲେ ତାହାରି ବଳରେ ସେ ଆସି ପହଞ୍ଚିଛି ଏହି ସ୍ଥାନରେ ତା'ର ସମସ୍ତ ଅକ୍ଷମତା ସତ୍ତ୍ୱେ। କିଛି ତ ମହାନ୍ ଜ୍ଞାନ ଅର୍ଜନ କରିପାରିନାହିଁ ସେ। ଯଦି ତା' ଭିତରେ ଅଛି କାଣିଚାଏ ଶ୍ରଦ୍ଧା, ତାହା ମନସ୍ୱିନୀ ନାନୀଙ୍କ ପ୍ରଦତ୍ତ ଯୂଇଫୁଲଟିଏ ଯେପରି। ନିପଟ-ନିର୍ବୋଧ ମୋ ପରି ଏକ ବାଳକ ଅସୀମ କରୁଣା ବଳରେ ଯଦି ସ୍ନେହ-ସଞ୍ଚାର-କ୍ଷମ କ୍ଷୁଦ୍ର ଜୁଳୁଜୁଳିଆ ପୋକଟିଏ ହୋଇପାରିଛି, ତାହା ମଧ୍ୟରେ ରହିଛି ତାଙ୍କରି ଦାନ, ଯାହାଙ୍କ ଦିବ୍ୟସ୍ପର୍ଶରେ କାଳିଦାସ ବନ୍ଦନା କରିପାରନ୍ତି ବିଦ୍ୟାଦାତ୍ରୀ ସରସ୍ୱତୀଙ୍କ ମହିମା। ଦସ୍ୟୁ ରତ୍ନାକର ବାଲ୍ମିକୀ ହେବା ପରି ମୋ ଭିତରୁ ଅଜ୍ଞାନ ଉଇହୁଙ୍କା ଅପସୃତ ହୋଇଥିଲା। ଯିଏ ଆଖିରେ ମୋର ଭରିଦେଲେ ସହାନୁଭୂତିର ଅଞ୍ଜନ, ସିଏ ମୋର ଏହି ସ୍ନେହମୟୀ ନାନୀ। ନିର୍ବୋଧ

ସରଳ ମନଟିଏ ଭିତରେ ଯିଏ ସଞ୍ଚାର କରନ୍ତି ଅଦ୍ଭୁତ ବୋଧଶକ୍ତି। ସେହି ବିଦ୍ୟୁତ ରେଖାର ଏକ ଜ୍ୟୋତିର୍ମୟ କଣିକା ହେଉଛନ୍ତି ମନସ୍ୱିନୀ ନାନୀ। ସେ ମୋ ପାଇଁ ବାଣୀବିହାର ସମ୍ମୁଖରେ ସ୍ଥାପିତ ମା' ବିଦ୍ୟାଦାତ୍ରୀ ବାକ୍‌ଦେବୀଙ୍କ ଜୀବନ୍ତ ବିଗ୍ରହ ପରି। ଆମର ପ୍ରପିତାମହ, ଯାହାଙ୍କୁ ଆମେ 'ଫଟୁବାବା' ବୋଲି କହୁ ସେହି ଓଡ଼ିଆ ସାହିତ୍ୟର ମହାନ ସ୍ରଷ୍ଟା ଗଙ୍ଗାଧରଙ୍କ ଭାଷାରେ ମନସ୍ୱିନୀ ନାନୀଙ୍କୁ ସମ୍ବୋଧନ କରି କମ୍ପିତ କଣ୍ଠରେ ଗାଇବାକୁ ଇଚ୍ଛା ହେଉଛି -

"କିଏ ଗୋ ତୁ ଜ୍ୟୋତିର୍ମୟୀ
ଶୁଦ୍ଧ ଶୁଭ୍ର ବେଶା
ଇନ୍ଦ୍ର ନୀଳ ଦ୍ୟୁତିଜିତ
ମନୋହର କେଶା ?"

ଗଙ୍ଗାଧରଙ୍କ 'ତପସ୍ୱିନୀ' ମହାକାବ୍ୟରେ ବର୍ଣ୍ଣିତ ଏହି ଅଲୌକିକ ଶକ୍ତିସମ୍ପନ୍ନା ବିଦ୍ୟାଦାତ୍ରୀ ମହାଦେବୀ ଆମ ଘରେ ମୋ ପାଇଁ ମନସ୍ୱିନୀ ନାନୀ ରୂପରେ ଆସିଥିଲେ କିଛି ଦିନ ପାଇଁ, ଆଉ ତାଙ୍କର ଏଇ ପ୍ରିୟ ଛୁଆବାବୁ ଛୋଟଭାଇ ମୁଣ୍ଡରେ ଆଶିଷଭରା ହାତ ରଖିଦେଇଥିଲେ କେଉଁ ଦିବ୍ୟ ପ୍ରେରଣାରେ ସମ୍ମୋହିତ ହୋଇ। ଜ୍ୟୋତିର୍ମୟୀ ମୋର ପ୍ରିୟ ମନସ୍ୱିନୀ ନାନୀ ମୋ ପାଇଁ ସେଦିନଠୁ ହୋଇରହିଛନ୍ତି ଅସାମାନ୍ୟ ପ୍ରେରଣାଦାୟିନୀ। ଆଜି ନାନୀଙ୍କୁ ସମ୍ବୋଧନ କରି କହିବାକୁ ଇଚ୍ଛା ହେଉଛି - "ନାନୀ ! ତମେ କ'ଣ ଭାବୁଛ ମୁଁ ବଡ଼ ହୋଇଯାଇଛି ବୋଲି ? ତମେ କ'ଣ ଭାବୁଛ ମୁଁ ପ୍ରକୃତରେ କିଛି ଜ୍ଞାନ ଆହରଣ କରିପାରିଛି ବୋଲି? କିଛି ପାରିନାହିଁ ମୁଁ। ସେଦିନ ଯେମିତି ଛୁଆବାବୁ ଆଉ ଅବୋଧ 'ଛୋଟଭାଇ' ହୋଇ ରହିଥିଲି, ଆଜି ବି ମୁଁ ଅପରିବର୍ତ୍ତିତ। କହିଲ ଦେଖି, ମୋ କଥା ସେଇ ଅଷ୍ଟମ ଶ୍ରେଣୀର ଛୁଆବାବୁ ଭଳି ଝିଅଙ୍କ କଣ୍ଠସ୍ୱର ପରି କ'ଣ ତୁମକୁ ଶୁଭୁନାହିଁ ?

■

(୨୦୨୧ ମସିହା 'କାହାଣୀ' ଶରତ ସଂଖ୍ୟାରେ ପ୍ରକାଶିତ।)

ମଞ୍ଜରୀ

ଅଭିଯୋଗ ଏକାଧିକ ବାର ଶୁଣିସାରିଛି ତା'ର ଶୁକମୁନିଙ୍କ ମାଧ୍ୟମରେ। ସେ ଅଭିଯୋଗ ଆଉ କିଛି ନୁହେଁ। ତାହା ହେଲା "ମଣୀନ୍ଦ୍ରକୁ ଆମ ସାରା ପରିବାର ଏତେ ସ୍ନେହ ଦେଇଛୁ, ଅଥଚ ସେ ଆମକୁ ପଚାରେ ନାହିଁ ବା ଫୋନଟିଏ ମଧ୍ୟ କରେ ନାହିଁ।"

ଶୁକମୁନିଙ୍କଠାରୁ ଏ ଅଭିଯୋଗ ଶୁଣି ମୁଁ ଦୁଃଖିତ ହେବା ବଦଳରେ ଆନନ୍ଦିତ ହୁଏ। କାରଣ ଯେଉଁ ସ୍ନେହର ଧାରା ମୂଳରୁ ସାନବୁବୁଙ୍କଠାରୁ ପ୍ରବାହିତ ହୋଇ ଆସୁଥିଲା, ତାହା ଏ ପର୍ଯ୍ୟନ୍ତ ରହିଛି ଅବ୍ୟାହତ ହୋଇ। ମଞ୍ଜରୀର ଅଭିଯୋଗ ହେଉଛି ତା'ର ଅଭିମାନର ସଂକେତ। ଆଉ ସେହି ଅଭିମାନ ଭିତରେ ପରିପୂର୍ଣ୍ଣ ହୋଇ ରହିଛି ଅସାମାନ୍ୟ ଶ୍ରଦ୍ଧାର ପୁଷ୍ପଗୁଚ୍ଛ। ସେଥିପାଇଁ ଶୁକମୁନିଙ୍କ ଉଦ୍ଦେଶ୍ୟରେ ମୁଁ ସର୍ବଦା କହେ - ମଞ୍ଜରୀର ସମସ୍ତ ଅଧିକାର ରହିଛି ମୋ ବିଷୟରେ କହିବା ପାଇଁ।

ମଞ୍ଜରୀ - ଟିକି ଭଉଣୀ ମୋର। ସାନପିଉସୀଙ୍କର ସବା ସାନଝିଅ। ମୋ ଠାରୁ ବୟସରେ ସାନ ହେଲେ ମଧ୍ୟ ମୋତେ ସବୁବେଳେ ନାଁ ଧରି ଡାକେ। ତା'ର ଅସଲ ନାମଟି ମନେପଡ଼ିଯାଉଛି। ତାହା ହେଲା 'ଗୋଲବଦନୀ'। ଛୋଟବେଳେ ତାକୁ ଏହି ନାଁରେ ଡାକି ଆମେ ଅନୁଭବ କରୁଥିଲୁ ଅପୂର୍ବ ଆନନ୍ଦ। ପରବର୍ତ୍ତୀ ସମୟରେ ମଞ୍ଜରୀ ବୋଲି ଡାକିଲୁ ସିନା ! କିନ୍ତୁ ଗୋଲବଦନୀର ରୂପଟି ସତେଜ ହୋଇ ରହିଛି ହୃଦୟ ଭିତରେ। ମଞ୍ଜୁଳା ନାନୀ, ମଞ୍ଜରୀ ଓ ମୁଁ ଏକାଠି କେତେ ଯେ ବୁଲିଛୁ ତାହାର ହିସାବ ନାହିଁ। ମଞ୍ଜରୀ କୁନିଝିଅଟିଏ ହୋଇଥିବାରୁ ସେ ସମୟରେ ସମ୍ପୂର୍ଣ୍ଣ ସଚେତନ ହୋଇପାରିନଥିଲା। ସେ କେବଳ ମଞ୍ଜୁଳା ନାନୀ ଓ ମୋତେ ଅନୁସରଣ କରୁଥିଲା ବିଶ୍ୱସ୍ତ ଭାବରେ। ଆମର ପ୍ରତ୍ୟେକଟି କାର୍ଯ୍ୟ, ପ୍ରତ୍ୟେକଟି ଖେଳ, ପ୍ରତ୍ୟେକଟି ଭ୍ରମଣାନୁଭୂତିରେ ଭାଗ ନେଇ ସେ ଲାଭ କରୁଥିଲା ଅଶେଷ ଆନନ୍ଦ।

ସାନବୁବୁ ବା ମୋର ସାନପିଉସୀ ଯେତେବେଳେ ଥାଆନ୍ତି ସୋନପୁରରେ,

ସେତେବେଳେ ମୁଁ ତା' ପାଖକୁ ଦେଇଛି ଅନେକ ଚିଠି। ସେ ମଧ୍ୟ ମୋ ନିକଟକୁ ପଠାଇଛି ସେହିଭଳି ଅସଂଖ୍ୟ ପତ୍ର। ଚିଠି ଲେଖିସାରି ସେ ଲେଖେ, 'ଆକାଶେ ଚନ୍ଦ୍ରମା ଜଳରେ କଇଁ / ଚିଠି ଦେବ ଦାଦା ଭୁଲିବ ନାହିଁ।' ଚିଠି ଲେଖିବା ବେଳକୁ ସେ ମୋତେ 'ଦାଦା' ସମ୍ବୋଧନ କରେ। ତା' ଚିଠିଗୁଡ଼ିକ ମଧ୍ୟରେ ଭର୍ତ୍ତି ହୋଇ ରହିଥାଏ ତାହାର ସରଳ ହୃଦୟର କେତେ ଭାବାନୁଭୂତି ଓ ମଝିରେ ମଝିରେ ସେ ବିବୃତ କରେ ଏକ ଏକ ମର୍ମସ୍ପର୍ଶୀ କାହାଣୀ। ସେଗୁଡ଼ିକ ବାରମ୍ବାର ପାଠ କରୁଥିଲେ ମଧ୍ୟ ତୃପ୍ତି ଆସେ ନାହିଁ ମନକୁ। ଇଚ୍ଛା ହୁଏ ଆହୁରି ଆହୁରି ପଢ଼ିବାକୁ।

ମନୋରମା ନାନୀଙ୍କ ଶୁଭବିବାହ ସମୟରେ ଅମେ ଯାଇଥାଉ ସୋନପୁରକୁ। ଛୋଟ ଛୋଟ କଥାରେ ମଞ୍ଜରୀ ଆମକୁ ହସାଏ ବହୁତ। ବୁବୁଙ୍କ ଘରକୁ ଲାଗିଥିଲା ଯେଉଁ ପଡ଼ୋଶୀ ଘର, ସେତେବେଳେ ସେଇ ଘରେ ଥିବା ଝିଅ ଟୁଉକୁମୂଷିର ବିବାହ ସରିଲା। ସେ ତା' ଶାଶୁଘରୁ ତା' ସ୍ୱାମୀଙ୍କ ସହିତ ଆସିଥାଏ ମାତୃଗୃହକୁ। ଦିନେ ଏକ ନିରୋଳା ପରିବେଶରେ ମଞ୍ଜରୀ ତାଙ୍କ ଘରକୁ ପ୍ରବେଶ କରି ଦେଖିଦେଲା ଯେ ଟୁଉକୁମୁଷି ତା' ସ୍ୱାମୀ କୋଳରେ ଶୋଇଛି। ଏତେ ବଡ଼ ଝିଅ ହୋଇ ସ୍ୱାମୀଙ୍କ କୋଳରେ ଶୋଇବା କି ଅସ୍ୱାଭାବିକ କଥା ! ଛୁଆମାନେ ସିନା ଶୁଅନ୍ତି ମାଆ ବାପାଙ୍କ କୋଳରେ। ଏ ଟୁଉକୁମୁଷି ଏତେ ବଡ଼ ହେଲା ପରେ କାହିଁକି ଶିଶୁଟିଏ ପରି ଶୋଇଛି ତା' ସ୍ୱାମୀଙ୍କ କୋଳରେ ଏହା ଦେଖି ମଞ୍ଜରୀ ହାସ୍ୟ ସମ୍ବରଣ କରିପାରିନଥିଲା। ଦାମ୍ପତ୍ୟ ପ୍ରେମ ସମ୍ପର୍କରେ ଅନଭିଜ୍ଞ ଆମ ଭଳି ଶିଶୁ ଓ କିଶୋର ବୟସର ଭାଇ ଭଉଣୀମାନେ ତା' କଥା ଶୁଣି ଏବଂ ତା'ର ପ୍ରତିପାଦିତ ସତ୍ୟକୁ ଉପଲବ୍ଧି କରି ତା' ସାଙ୍ଗରେ ଖୋଲାପ୍ରାଣ ନେଇ ହାସ୍ୟମୁଖର କରିଦେଉ ସମ୍ପୂର୍ଣ୍ଣ ପରିବେଶଟିକୁ।

ସାନବୁବୁଙ୍କ ମହାପ୍ରୟାଣ ପରେ ମଞ୍ଜରୀର ବିବାହ ଅନୁଷ୍ଠିତ ହୋଇଥିଲା। ବିବାହ ପୂର୍ବରୁ ସେ ଥିଲା ଯେମିତି ବିବାହ ପରେ ମଧ୍ୟ ଦିଶୁଥିଲା ଓ କଥା କହୁଥିଲା ସେମିତି। ସାନବୁବୁ ଯେତେବେଳେ ଥିଲେ ସଶରୀରେ, ସେତେବେଳେ ସୋନପୁର କଲେଜରେ ଓଡ଼ିଆ ଅଧ୍ୟାପକ ଭାବରେ ମୁଁ ପ୍ରଥମେ ଯୋଗ ଦେଲି। ରହିଲି ସାନବୁବୁଙ୍କ ଆଶ୍ରମ ପରି ଶାନ୍ତି ପ୍ରଦାୟକ ଗୃହରେ। ଘର ଆଗରେ ରହିଥାଏ ବିରାଟ ବିରାଟ ବରଗଛ। ଘର ବାରଣ୍ଡାରେ ଜାଫରି କବାଟ। ବାହାରକୁ ଦେଖାଯାଏ ଅତ୍ୟନ୍ତ କଳାପୂର୍ଣ୍ଣ ନିବାସଟିଏ ପରି। ସେତେବେଳେ ପିଉସା ରେମଣ୍ଡା ମହାବିଦ୍ୟାଳୟରେ ଅଧ୍ୟକ୍ଷ ଥିବା ହେତୁ ଅବସ୍ଥାନ କରୁଥାନ୍ତି ସେଇଠି। ତାଙ୍କ ସାଙ୍ଗରେ ସାନଭାଇ ମୃତ୍ୟୁଞ୍ଜୟ ରହି ପାଠ ପଢୁଥାଏ ଯୁକ୍ତ ଦୁଇ ବିଜ୍ଞାନରେ। ମନୋରଞ୍ଜନ ଦାଦା ବାଉଁଶୁଣୀ ଗାଁରେ ନବ ପ୍ରତିଷ୍ଠିତ କଲେଜର ଓଡ଼ିଆ ଅଧ୍ୟାପକ ରୂପେ ଯୋଗ ଦେଇଥାଆନ୍ତି। ତେଣୁ ଘରେ ସାନବୁବୁ,

ମଞ୍ଜରୀ ଓ ମୁଁ - ଏହି ତିନିଜଣ ସଦସ୍ୟ ରହିଥାଉ ଏକାଠି। ମୁଁ ପ୍ରତିଦିନ ସକାଳ ସାତଟାରୁ ଚାଲିଯାଏ କଲେଜ। କେବେ ଦିନ ଗୋଟାଏ ଦୁଇଟାରେ ବା କେବେ ଅପରାହ୍ନ ଚାରିଟା ପାଞ୍ଚଟା ବେଳକୁ ଫେରିଆସେ। ମୁଁ ଆସିଲା ପରେ ମଞ୍ଜରୀର ଆଗ୍ରହ ଥାଏ କଲେଜରେ କ'ଣ ସବୁ ଘଟିଗଲା ତାହା ଜାଣିବା ପାଇଁ। କାରଣ ସେ ବି ଥିଲା ସେହି କଲେଜର ଛାତ୍ରୀ। ମୋତେ ପଚାରେ ଅନେକ କଥା। ମୁଁ ଗୋଟି ଗୋଟି କରି ମନେରଖି ପାରିଥିବା ପିଲାଙ୍କ ନାମ ଧରି ତା' ଆଗରେ ବର୍ଣ୍ଣନା କରେ ମୋର ସକଳ ଅନୁଭୂତି। ମାତ୍ର ମଞ୍ଜରୀ ମୋ'ଠାରୁ ଅଧିକ ବୁଦ୍ଧିମତୀ। ଏପଟେ ମୋ'ଠାରୁ ସେ ପିଲାଙ୍କ ଖବର ସଂଗ୍ରହ କରିବାବେଳେ ମୋର ଅନୁପସ୍ଥିତିରେ ତା'ର ସାଙ୍ଗସାଥୀମାନଙ୍କ ଘରକୁ ଯାଇ ମୋ ବିଷୟରେ ଖବର ସଂଗ୍ରହ କରି ଫେରିଆସିଥାଏ। ମୁଁ ଘରକୁ ପହଞ୍ଚିବା ପରେ ଦିନେ କହିଲା "ତୁ ତ ପିଲାମାନଙ୍କୁ ଏହି ଦୁଇ ଚାରିଦିନ ଭିତରେ ବଶୀଭୂତ କରିସାରିଲୁଣି। କି ଆଶ୍ଚର୍ଯ୍ୟ କଥା, ଯାହା ମାଡାମମାନେ ପାରିବେ ନାହିଁ, ସେହି ଅସମ୍ଭବ କାର୍ଯ୍ୟ ତୁ କରିଦେଇ ପାରୁଛୁ।" ମୁଁ କହିଲି - ନା ନା ତାହା ନୁହେଁ। ସୋନପୁର କଲେଜର ପିଲାମାନେ ଅତ୍ୟନ୍ତ ଭଦ୍ର, ମାର୍ଜିତ ଓ ଶିଷ୍ଟାଚାର-ପରିଶୋଭିତ।" ସେ ଯଦିଓ ମୋ କଥା ଅସ୍ୱୀକାର କରିପାରିଲା ନାହିଁ, ତଥାପି ଛାତ୍ରଛାତ୍ରୀମାନଙ୍କ ଉପରେ ମୋର ଯାଦୁକରୀ ପ୍ରଭାବ ସମ୍ପର୍କରେ ଯାହା ଶୁଣିଥିଲା ତାହାକୁ ମଧ୍ୟ ଅବିଶ୍ୱାସ କରିପାରୁନଥିଲା। ମୁଁ ତାକୁ ପଚାରିଲି "ଆଉ ପିଲାମାନେ କ'ଣ କହୁଛନ୍ତି ?" ସେ କହିଲା ମୋ ସାଙ୍ଗଝିଅମାନେ କହିଲେ, "ନୂଆ ଓଡ଼ିଆ ଅଧ୍ୟାପକ ତୁମ ଭାଇ ଦେଖିବା ପାଇଁ ସୁଦର୍ଶନ। ମାତ୍ର ଅଭାବ ଖାଲି ଗୋଟିଏ କଥାରେ। ସେ ସାର୍ଟ ଇନ୍ କରି ପିନ୍ଧୁନାହାନ୍ତି। ଏହା ହେଲେ ସେ ଟପ୍ ହିରୋ ପରି ଦେଖାଯାଆନ୍ତେ।" ଏକଥା ସତ ଯେ ମୁଁ ପ୍ରକୃତରେ ସାର୍ଟ ଇନ୍ କରି ପିନ୍ଧିବାର ଅଭ୍ୟାସ କରିନାହିଁ। ସେଥିପାଇଁ ଘରେ ଓ ବାହାରେ ଛାତ୍ରଛାତ୍ରୀମାନଙ୍କଠାରୁ ସବୁବେଳେ ଶୁଣିଆସିଛି ଏହି ପ୍ରସ୍ତାବ ଦେବାର ଆନ୍ତରିକତା। ତଥାପି ସେ ଦିଗରେ ମୁଁ ଯେ ଅକ୍ଷମ ତାହା ପ୍ରମାଣିତ ହୋଇଯାଇଛି ଚାକିରିକାଳର ଏହି ଶେଷ ପର୍ଯ୍ୟାୟରେ।

ସୋନପୁରରେ ଥିବାବେଳେ ସମଗ୍ର ଘରଟିକୁ ଯଦି ଆନନ୍ଦ ମୁଖରିତ କରି କିଏ ରଖୁଥିଲା, ସେ ହେଉଛି ମଞ୍ଜରୀ। ତା' ମୁହଁରେ ଦୁଃଖ କି ଅବସାଦର ଚିହ୍ନବର୍ଣ୍ଣ ନଥାଏ। ସବୁବେଳେ ହସେ ଓ ହସାଏ। ସାନବୁବୁ ମୋର ଖାଇବା ପିଇବାରେ ଥିଲେ ସର୍ବଦା ଯତ୍ନଶୀଳା। ମଞ୍ଜରୀ ବୁବୁଙ୍କୁ ଅନୁସରଣ କରି ମୋର ଯତ୍ନ ନେଉଥିଲା ଅତ୍ୟନ୍ତ ଆନ୍ତରିକତା ସହକାରେ। ସେ ବି ପତ୍ରପତ୍ରିକାରେ ପ୍ରକାଶିତ ମୋ ଲେଖାସବୁକୁ ପଢ଼େ। 'ଅଙ୍କୁର' ପତ୍ରିକାରେ ପ୍ରକାଶିତ 'ବର୍ଷା' ଗଳ୍ପ ସମ୍ପର୍କରେ ସେ ଯେପରି ଉଚ୍ଛ୍ୱସିତ ମନ୍ତବ୍ୟ

ଦେଇଥିଲା ତାହା ଏ ପର୍ଯ୍ୟନ୍ତ ମୋର ମନେଅଛି। ଏକାଧିକ ଲେଖାକୁ ମୋର ସେ ହିନ୍ଦୀରେ ମଧ୍ୟ ଅନୁବାଦ କରିଥିଲା।

ସୋନପୁରରେ ମୋର ରହଣୀକାଳ ମାତ୍ର ଦୁଇମାସ ମଧ୍ୟରେ ସୀମିତ। ବରପାଲି କଲେଜରେ ନିଯୁକ୍ତି ପାଇବା ପରେ ଫେରିଆସିଥିଲି ଘରକୁ। ଏଥିରେ ବୁବୁ ଓ ମଞ୍ଜରୀ ଅତ୍ୟନ୍ତ ଦୁଃଖିତ ହୋଇଥିଲେ। ଘର ଯେତେବେଳେ ଥିଲା ନିଛାଟିଆ, ସେତେବେଳେ ମୋର ଉପସ୍ଥିତି ସେମାନଙ୍କୁ ଦେଇଥିଲା ଅଶେଷ ଆନନ୍ଦ। ଅଥଚ ଯେଉଁ ଶୂନ୍ୟସ୍ଥାନ ପୂରଣ କରିଥିଲି ତାହାକୁ ପୁନଶ୍ଚ ଶୂନ୍ୟ କରିଦେଇ ପ୍ରତ୍ୟାବର୍ତ୍ତନ କଲି ବରପାଲିକୁ। ବରପାଲି ଆସିବା ପରେ ବୁବୁଙ୍କ କଥା ଆଉ ମଞ୍ଜରୀର ଗଭୀର ଆନ୍ତରିକତା ମୋତେ ସର୍ବଦା ଆଚ୍ଛନ୍ନ କରି ରଖିଥାଏ। ସୋନପୁର ମହାବିଦ୍ୟାଳୟରେ ଅଧ୍ୟାପକ ଭାବରେ ଯୋଗଦେବା ପୂର୍ବରୁ ମୁଁ ବରପାଲି କଲେଜରେ ଅନରାରୀ କ୍ଲାସ୍ ନେଉଥିଲି। ସେଇ ସମୟ ମଧ୍ୟରେ ଶୁକମୁନିଙ୍କ ସହିତ ଗଢ଼ିଉଠିଥିଲା ମୋର ଆବେଗାତ୍ମକ ସମ୍ପର୍କ। ମୁଁ ତାଙ୍କୁ ଦିନେ ସୋନପୁର ନେଇଯାଇ ବୁବୁ ଓ ମଞ୍ଜରୀ ସହିତ ପରିଚିତ କରାଇ ଦେଇଥିଲି। ମଞ୍ଜରୀ ସେଇଦିନଠାରୁ ଶୁକମୁନିଙ୍କୁ ପାଇଗଲା ତା'ର ସାନଭାଇ ଭାବରେ। ସେଥିପାଇଁ ପରା ଯାହା ମୋତେ ସେ କହିପାରେ ନାହିଁ ଶୁକମୁନି ସହିତ ଘଣ୍ଟା ଘଣ୍ଟା ଧରି ଭାବ ବିନିମୟ କରେ ସର୍ବଦା। ମୋତେ ଦିନେ ଭାରି ଆବେଗଦୀପ୍ତ କଣ୍ଠସ୍ୱରରେ ପଚାରିଲା - 'ତୁ ଶୁକମୁନିଙ୍କୁ ପାଇଲୁ କେମିତି ?' ମୁଁ ଉତ୍ତର ଦେଲି - 'ତପସ୍ୟା କରି।' ସେ ହାସ୍ୟ ସମ୍ବରଣ କରିନପାରି ମୋ ଉଦ୍ଦେଶ୍ୟରେ କହିଲା, 'ଓଃ ସତରେ ତପସ୍ୟା କରି ଯେମିତି ପାଇଛୁ! ସବୁବେଳେ ତ ବିଳାସ ବ୍ୟସନ ଆଉ ଆରାମରେ ଦିନ କଟୁଛି ତୋର। କେତେବେଳେ ତପସ୍ୟା କଲୁ କହ ଟିକିଏ ?' ମୁଁ ଉତ୍ତର ଦେଲି, 'ସେ ତପସ୍ୟା ବାହାରର ନୁହେଁ, ବା ଦୃଶ୍ୟମାନ ନୁହେଁ। ତାହା ଅନ୍ତର୍ଜଗତର।' ମଞ୍ଜରୀ ଆଉ ଥରେ ଉଚ୍ଚାରଣ କଲା, 'ଖୁଓ' ଅର୍ଥାତ୍ ଓଃ ଏସବୁ ଯେମିତି ମନଗଢ଼ା କାହାଣୀ!!!

ସାନବୁବୁ ସପରିବାର ଯେତେବେଳେ ଆସିଲେ ବରଗଡ଼କୁ, ସ୍ଥାୟୀ ଭାବରେ ରହିବା ସକାଶେ, ସେତେବେଳେ ମୋ ଆନନ୍ଦର ସୀମା ନଥିଲା। ମୁଁ ପ୍ରାୟ ମଝିରେ ମଝିରେ ବରଗଡ଼ ନ ଯାଇ ରହିପାରେ ନାହିଁ। ସେତେବେଳେ ମଞ୍ଜରୀ ସହିତ ଦେଖାହୁଏ ବାରମ୍ବାର ଓ ବୁବୁଙ୍କ ସ୍ୱାସ୍ଥ୍ୟଭଗ୍ନ ହେବା ସମ୍ପର୍କରେ ସେ କହେ ତା'ର ଅନୁଭୂତି। ମାଆ ପାଖରେ ବସି ସେ ଶେଷ ମୁହୂର୍ତ୍ତ ପର୍ଯ୍ୟନ୍ତ ତାଙ୍କ ସେବା କରିଆସିଛି। ବୁବୁଙ୍କ ତିରୋଧାନ ଅନ୍ତେ ସେ ହିଁ କହିଥିଲା ବୁବୁଙ୍କ ଇଚ୍ଛା ଥିଲା ବରପାଲି ମାଟିରେ ତାଙ୍କର ସଂସ୍କାର କାର୍ଯ୍ୟ ସମ୍ପନ୍ନ ହେଉ। ମଞ୍ଜରୀର କଥା ଅନୁସାରେ ବୁବୁଙ୍କ ଶେଷ ଇଚ୍ଛାକୁ ଆମେ

ଦେଇଥିଲୁ ଯଥୋଚିତ ସମ୍ମାନ। ତା'ର ଅନେକ ଦିନ ପରେ ମଞ୍ଜରୀର ବାହାଘର। ମୁଁ ସମ୍ବଲପୁର ବିଶ୍ୱବିଦ୍ୟାଳୟରେ ଅଧ୍ୟାପନା କଲାବେଳେ ମଞ୍ଜରୀ ସପରିବାର ରହେ ବୁର୍ଲାରେ। ଏତେ ପାଖରେ ଥାଇ ମଧ୍ୟ ଆମେ ପରସ୍ପରକୁ ଯେତିକି ସାକ୍ଷାତ କରିବା ସ୍ୱାଭାବିକ ହୋଇଥାନ୍ତା ତାହା ମୋର କାର୍ଯ୍ୟବ୍ୟସ୍ତତା ଓ ସ୍ୱାସ୍ଥ୍ୟଭଗ୍ନ ହେତୁ ହୋଇପାରୁନଥିଲା। ମଞ୍ଜରୀ ବୁର୍ଲା ପାଖରେ ଏକ ସ୍କୁଲରେ ଅଛି ଶିକ୍ଷୟିତ୍ରୀ। ବେଳେବେଳେ ତା' ସହ ବସ୍‌ରେ ଦେଖା ହୋଇଯାଏ। ଥରେ ଦୁଇଥର ତାଙ୍କ ଘରକୁ ଯାଇଛୁ ଆମେ। ସେ ବି ତା' ସ୍ୱାମୀଙ୍କ ସହିତ ସେହି ଥରେ ଦୁଇଥର ହିଁ ଆସିଛି ଆମ ପାଖକୁ। ଯାହା ବାଲ୍ୟ ଓ କୈଶୋର କାଳରେ ଘଟିଯାଇଛି ତାହାର ପୁନରାବୃତ୍ତି କେତେ କଷ୍ଟକର ତାହା ଅନୁଭବ କରିଛି ମୁଁ ମର୍ମେ ମର୍ମେ। ସମ୍ବଲପୁର ବିଶ୍ୱବିଦ୍ୟାଳୟରୁ ମୁଁ ଆସିଲି ବାଣୀବିହାରକୁ। ବର୍ତ୍ତମାନ ବାଲେଶ୍ୱରର ବ୍ୟାସବିହାରରେ ମୋର ଶିକ୍ଷାଦାନ। ଏହାରି ମଧ୍ୟରେ ମୁଁ ଯୋଗାଯୋଗ ରଖିପାରେ ନାହିଁ ତା' ସହିତ। ସେଇଥିପାଇଁ ହିଁ ତାହାର ବଡ଼ ଅଭିମାନ। ମନର କଥା ରୋକିନପାରି ସେ କହିଦିଏ ତା' ସାନଭାଇ ଶୁକମୁନିଙ୍କୁ। ଶୁକମୁନି ମୋର କର୍ଣ୍ଣଗୋଚର କରିଥାନ୍ତି ତାକୁ ଯଥା ସମୟରେ। ମୁଁ ମଞ୍ଜରୀର ଅଭିମାନର ଉତ୍ତର ଦେବା ପାଇଁ କେଡ଼େ ଅକ୍ଷମ, ତାହା ମୋ'ଛଡ଼ା କେହି କ'ଣ ଜାଣିପାରିବେ? ଏବେ ବି ସାନଭଉଣୀ ମଞ୍ଜରୀକୁ ଉଦ୍ଦେଶ୍ୟ କରି ମୋର ଅନ୍ତରାତ୍ମା କହିଉଠୁଛି, "ମଞ୍ଜରୀ! ତୁ କ'ଣ ଜାଣୁ ଯେ ଏବେ ତୋତେ ସୁଦୀର୍ଘ ଚିଠିସବୁ ଲେଖିବାକୁ ମୋର କେତେ ଇଚ୍ଛା ହୁଏ! ତୋ ଛୋଟ ବେଳର ଅଙ୍କାବଙ୍କା ଅକ୍ଷରରେ ଲେଖା ଚିଠି ସବୁକୁ ମୁଁ ସାଇତି ରଖିଛି ସାନବୁବୁଙ୍କ ଚିଠିଠାରୁ ଆରମ୍ଭ କରି। ମୁଁ ସିନା ବିଶ୍ୱବିଦ୍ୟାଳୟର ପ୍ରଫେସର ହେଲି, କିନ୍ତୁ ଜୀବନରେ ସାଂସାରିକ ପ୍ରୟୋଜନ ସକାଶେ ଯାହା କରିବା କଥା ତାହା କ'ଣ କରିପାରିଲି? ନା ସୁନ୍ଦର ଘରଟିଏ ତୋଳିପାରିଲି, ନା ବ୍ୟାଙ୍କ ବାଲାନ୍ସ ବଢ଼ାଇ ପାରିଲି ଭବିଷ୍ୟତ ପାଇଁ। ମୋର ଶ୍ରେଷ୍ଠ ସମ୍ପତ୍ତି କ'ଣ ଜାଣୁ? ତୋ ଚିଠିଗୁଡ଼ିକ ହେଉଛି ମୋର ସର୍ବଶ୍ରେଷ୍ଠ ଐଶ୍ୱର୍ଯ୍ୟ। ତା' ସହିତ ତୋ ସହିତ ବିତାଇଥିବା ସବୁ ମଧୁର ମୁହୂର୍ତ୍ତ ଆଉ ବର୍ତ୍ତମାନ ତୋର ଅଭିମାନ। ଏହିତକ ମନେପକାଇ ପକାଇ ମୁଁ ବିତାଇବି ଅନ୍ତିମ ଜୀବନ। ହଁ, ମନେପଡ଼ିଯାଉଛି ତୋର ସ୍ୱାମୀ ଭାଇଠୁ ଅଧିକ ନିଜର ଲାଗେ ଯାହାଙ୍କୁ ସେହି ପ୍ରିୟ ଅନୁଜ ଅକ୍ଷୟଙ୍କ କଥା। ସେହିପରି ତୁମ ଦୁହିଁଙ୍କ ବୁଦ୍ଧିମତ୍ତା ଓ ସହୃଦୟତାର ସଂକେତ ତୋର ଗୋଟିଏ ବୋଲି ଝିଅ ମୋର ପ୍ରିୟ ଭାଣିଜୀ। ତୁ ତ ଜାଣୁ ମୁଁ ତ ଘର ତୋଳି ପାରିନି। ମୁଁ ଭାବେ ମୋ ସାନଭଉଣୀ ମଞ୍ଜରୀର ହୃଦୟ ହିଁ ମୋ ଘର। ଏହି ଦି' ବର୍ଷ ତଳେ ମୁଁ, ତୋର ଭାଉଜ ଆଉ ଶୌଭିକ ଯାଇଥିଲୁ ଯେତେବେଳେ ଜ୍ୟୋତିବିହାର,

ସେତେବେଳେ ତୁମ ନବନିର୍ମିତ ପ୍ରାସାଦସମ ଦୁଇ ମହଲା ଘରଟିକୁ କେଡ଼େ ଆଗ୍ରହରେ ଦେଖାଇ ଦେଇଥିଲ ତୁମେ ଦୁହେଁ। ମୋର ମନେହେଲା ତୁମେ ଯେମିତି ତୁମ ପାଇଁ ନିର୍ମିତ ଗୃହ ନୁହେଁ, ଆମ ପାଇଁ ସୁନିର୍ମିତ ଅଟ୍ଟାଳିକା ଦେଖାଇ ଦେଉଛ ସଶ୍ରଦ୍ଧଚିତ୍ତରେ। ସତରେ ତୋ ହୃଦୟ ପରି ସେ ଘର ବି କ'ଣ ଆମର ନୁହେଁ? ମୁଁ ଅପେକ୍ଷା କରି ରହିଛି ସେଇ ଘରେ ବିତାଇବା ପାଇଁ ଅନ୍ତିମ ଜୀବନର କେତୋଟି ମୁହୂର୍ତ୍ତ। ଯେମିତି ବିତାଇଥିଲି ପ୍ରଥମ ଅଧ୍ୟାପନା ସମୟର ଦିବସ ସବୁ ସୋନପୁର ଘରରେ ତୋର ସଂଗୀତମୟ ସାନ୍ନିଧ୍ୟ ମଧ୍ୟରେ।

■

(୨୦୨୦ ମସିହା 'ଅପୂର୍ବା' ଶାରଦୀୟ ସଂଖ୍ୟାରେ ପ୍ରକାଶିତ।)

ମଞ୍ଜୁଳା ନାନୀ

କି ଯାଦୁ ଜାଣିନଥିଲେ ମଞ୍ଜୁଳା ନାନୀ ! ସେଇ ଛୋଟବେଳର ଘଟଣା ସବୁ ଚଳଚ୍ଚିତ୍ର ପରି ଭାସିଯାଉଛି ଆଖି ଆଗରେ । ସାନବୁବୁ ବା ମୋର ସାନପିଉସୀ ଯେତେବେଳେ ସପରିବାର ଆସୁଥିଲେ ଆମ ଘରକୁ, ସେତେବେଳେ ସତେ ଯେମିତି ଘରର ପ୍ରତିଟି ଧୂଳିକଣା ପାଲଟି ଯାଉଥିଲା ସ୍ୱର୍ଣ୍ଣରେଣୁ ହୋଇ । ମୋର ଶିରାରେ ଶିରାରେ ଖେଳି ଯାଉଥିଲା ସାଗରର ଅସଂଖ୍ୟ ଲହରୀମାଳା । ହୃଦୟ ଭିତରେ କଅଁଳି ଉଠୁଥିଲା ରକ୍ତ ଗୋଲାପର ଲାଲ ପାଖୁଡ଼ା ସବୁ । କି ଅପୂର୍ବ ପୁଲକ ! କି ଅଭୂତ ଆକର୍ଷଣ ! ! ପିଉସୀଙ୍କଠାରୁ ଆରମ୍ଭ କରି ଦାଦା, ନାନୀ, ସାନଭଉଣୀଙ୍କ ପର୍ଯ୍ୟନ୍ତ ଆଉ ସାନଭାଇ ପର୍ଯ୍ୟନ୍ତ ମଧ୍ୟ ମୋ ଅନ୍ତରକୁ ପରିପୂର୍ଣ୍ଣ କରିଦେଉଥିଲେ ଏପରି ଏକ ପୂର୍ଣ୍ଣିମା ରାତିର ମହୋତ୍ସବରେ, ଯାହା ଥିଲା ବାସ୍ତବରେ ବର୍ଣ୍ଣନାତୀତ । ମୁଁ ଏସବୁ ସମ୍ପର୍କରେ କେତେବର୍ଷ କାଳ ନିରବ ରହିବାର କାରଣ ହେଉଛି ମୋ ପାଖରେ ନଥିଲା କୌଣସି ଶବ୍ଦ - ସେହି ସ୍ନେହାକର୍ଷଣକୁ ବ୍ୟକ୍ତ କରିବା ପାଇଁ । ଆଜି ବି ଶବ୍ଦାଭାବରେ ମୁଁ ଦରିଦ୍ର । କିପରି ପ୍ରକାଶ କରିବି ସେହି ଐଶ୍ୱର୍ଯ୍ୟଶାଳୀ ଅନୁଭୂତିକୁ ?

ମୈଥିଳୀନାନୀ, ମନୋରମା ନାନୀ, ମନୋରଞ୍ଜନ ଦାଦା, ମଞ୍ଜୁଳା ନାନୀ, ସାନଭଉଣୀ ମଞ୍ଜରୀ ଆଉ ସାନଭାଇ ମୃତ୍ୟୁଞ୍ଜୟ - ଏ ସମସ୍ତେ ସାନବୁବୁଙ୍କୁ ବେଢ଼ି ରହିଥିବା ଥିଲେ ଏକ ଉଜ୍ଜ୍ୱଳ ନକ୍ଷତ୍ରମାଳା । କାହା ସହିତ ବା ଘନିଷ୍ଠତାର କଥା ବର୍ଣ୍ଣନା କରିବି ? ଯେହେତୁ ଆଜି ମଞ୍ଜୁଳାନାନୀଙ୍କ ସ୍ନେହ ସ୍ପର୍ଶରେ ମୋର ସୂକ୍ଷ୍ମ ସତ୍ତା ପରିସ୍ପନ୍ଦିତ ତାଙ୍କରି କଥା ଯାଉଛି କହିବାକୁ ।

ସତରେ ମଞ୍ଜୁଳା ନାନୀ ଆୟତ୍ତ କରିଥିଲେ ଅଭୂତ ଯାଦୁଖେଳ । ଅଧିକାଂଶ ସମୟ ମଞ୍ଜୁଳାନାନୀ, ମଞ୍ଜରୀ ଓ ମୁଁ ଏକାଠି ହୋଇ ବୁଲୁଥିଲୁ ବରପାଲିର ରାସ୍ତାରେ

ରାସ୍ତାରେ। ସକାଳ ହେଉ କି ଦ୍ୱିପ୍ରହରବେଳା ହେଉ କି ସନ୍ଧ୍ୟାକାଳୀନ ମୁହୂର୍ତ୍ତ ହେଉ ସବୁକିଛି ଥିଲା ଆମ ସକାଶେ ଉତ୍ସବମୟ। ଆମେ ତିନିହେଁ ଯାଉଥିଲୁ ନୃପରାଜ ଉଦ୍ୟାନକୁ। ସେଠି ତିଆରି ହୋଇଥିବା ସିମେଣ୍ଟ ବେଞ୍ଚରେ ବସୁଥିଲୁ ଘଣ୍ଟା ଘଣ୍ଟା ଧରି। କେତେବେଳେ ଘରୁ ଖାଦ୍ୟ ପଦାର୍ଥ ସବୁ ବିଭିନ୍ନ ପାତ୍ରରେ ପୂରାଇ ସେଠାକୁ ନେଇଯାଉଥିଲୁ ଟିଫିନ୍ କରିବା ପାଇଁ। ସେହିପରି 'ଗଙ୍ଗାଧର ସ୍ମୃତି ଭବନ' ପରିସରର ଧୂଳିମାଟି ଆମ ପାଇଁ ହୋଇଯାଇଥିଲା ପାରିବାରିକ ଆତ୍ମୀୟତାର ଅବିର। ସେଠି ବିତୁଥିଲା ବହୁ ଫୁଲଫୁଟା ମୁହୂର୍ତ୍ତ। ପୁଣି ବସ୍ ଷ୍ଟେସନ ପରିସରରେ ବୁଲୁଥିଲୁ ଆଉ କିଣୁଥିଲୁ କେତେ ଲଜେନ୍‌ସ ଓ ବିସ୍କୁଟ। ମଞ୍ଜରୀ ସେତେବେଳେ ଅତି ଛୋଟ ଥିବାରୁ ବେଶୀ କିଛି କଥା ଜାଣିନପାରି ଆମ ଦୁଇଜଣଙ୍କୁ ଅନୁସରଣ କରୁଥିଲା ଅତ୍ୟନ୍ତ ବିଶ୍ୱସ୍ତ ଭାବରେ। ସବୁ ଯାଦୁ କରୁଥିଲେ ମଞ୍ଜୁଳା ନାନୀ। ତାଙ୍କର ପ୍ରତିଟି କାର୍ଯ୍ୟ ଥିଲା କି ଅଲୌକିକ ! ଗୀତ ଖାତା ତିଆରି କରିଥିଲେ ସେ। ମୋତେ ତାହା ଦେଇଥିଲେ ସଂଗୀତାଭ୍ୟାସ କରିବା ସକାଶେ। ମଞ୍ଜୁଳାନାନୀଙ୍କ ଗୀତ ଗାଇବା ମଧ୍ୟରେ ସାଙ୍ଗୀତିକ ମୂର୍ଚ୍ଛନା ସୀମିତ ନଥିଲା। ତାଙ୍କର ପ୍ରତ୍ୟେକ ବାକ୍ୟାଳାପରୁ ଝରୁଥିଲା ଲତା ମଙ୍ଗେସକରଙ୍କ ସୁମଧୁର ଧ୍ୱନି।

ବେଳେବେଳେ ଆମେ ତିନି ଜଣ ରାସ୍ତାରେ ବଢୁଥାଉ ଆଗକୁ ଆଗକୁ। ମୁଁ କହେ ମଞ୍ଜୁଳାନାନୀ, ଆଜି ମୋ ପାଖରେ ପଇସା ନାହିଁ। କ'ଣ କିଣିବା ? କ'ଣ ଖାଇବା ? ମଞ୍ଜୁଳାନାନୀ କହିବେ - ଏହି କଥା ତ, ଚିନ୍ତା କରନା। ତା'ପରେ ଆମ ଦୁଇଜଣଙ୍କୁ ବିସ୍ମିତ ବିମୂଢ଼ କରିଦେଇ ଦୌଡ଼ି ଯାଆନ୍ତି ଆଗକୁ। ଆମେ ଚକିତ ହୋଇ କ'ଣ ହେଲା ବୋଲି ଯେତେବେଳେ ଦ୍ରୁତଗତିରେ ପହଞ୍ଚୁ ତାଙ୍କ ପାଖକୁ, ସେତେବେଳେ ସେ ହାତମୁଠା ଖୋଲିଦେଇ ପ୍ରଦର୍ଶନ କରନ୍ତି ଚକ୍ ଚକ୍ କରୁଥିବା ଆକର୍ଷଣୀୟ ମୁଦ୍ରା ସବୁ। କହନ୍ତି - ଏହି ପରା ମୋ ଆଗରେ ଧୂଳି ଭିତରେ ଚିକ୍ ଚିକ୍ କରୁଥିଲା ଏ ପଇସାଗୁଡ଼ାକ। ଆମେ ଖୁସିରେ ନାଚିଉଠୁ। ତା' ପରେ ଆରମ୍ଭ ହୁଏ ଗୁପ୍‌ଚୁପ୍ ଖାଇବା କିମ୍ବା ବରପାଲିର ଚାଉଳବରା ବା ଗରମ ଗରମ ପକୁଡ଼ି ରାସ୍ତା ସାରା ଖାଇ ଖାଇ ବୁଲିବା। ବସ୍ ଷ୍ଟେସନରେ ଯେଉଁ କେତୋଟି ଦୋକାନ ରହିଥିଲା ତାହା ମଧ୍ୟରେ ଗୋଟିଏ ଦୁଇଟି ଦୋକାନରେ ବାଜି ଉଠୁଥିଲା ରେଡିଓର ସଂଗୀତ। ସେହି ସଂଗୀତ ଧ୍ୱନିର ତାଳରେ ଆମେ ପାଦ ମିଶାଇ ଚାଲିଥିଲୁ ସେହି ସାଂଗୀତିକ ସଂହତିର ଏକ ଏକ ଛନ୍ଦ ହୋଇ। କେମିତି ବିତିଯାଉଥିଲା ଦିନରାତି ତାହା ଜଣାପଡୁନଥିଲା। ଘର ଭିତରେ ମଧ୍ୟ ଆମେ ତିନି ଜଣ ମିଶି କରୁଥିଲୁ ଅଲଗା ରୋଷେଇ। ଆୟୋଜନ କରୁଥିଲୁ ଭୋଜି ଭାତର। ଚୁଲିରେ ଜଳୁଥିବା ନିଆଁ ଫୁଙ୍କୁଥିଲୁ ବାଉଁଶନଳାରେ। ଧୂମାଭ ପରିସରରେ ଆମ ଆଖିଗୁଡ଼ିକ ଧାରଣ କରୁଥିଲା ଲାଲବର୍ଣ୍ଣ। ତଥାପି ଆମ ଖେଳର ନଥିଲା ସୀମା, ନଥିଲା ସମୟ।

ସବୁଠୁ ଅଧିକ ଚିଠି ଲେଖୁଥିଲି ମୁଁ ମଞ୍ଜୁଳା ନାନୀଙ୍କୁ। ବୋଧହୁଏ ନାନୀ ମଧ୍ୟ ତାଙ୍କ ଜୀବନରେ ସବୁଠୁ ଅଧିକ ପତ୍ର ଲେଖିଛନ୍ତି ମୋ ଉଦ୍ଦେଶ୍ୟରେ। ତାଙ୍କର ଚିଠି ଆସିବା ମାତ୍ରକେ ବାପା ମୋ ହାତରେ ଧରାଇ ଦେଉଥିଲେ ଅପୂର୍ବ ଆଗ୍ରହରେ। ସେଠି, ଲଫାପା ଭିତରେ ରହିଥାଏ ସାନବୁବୁଙ୍କଠାରୁ ଆରମ୍ଭ କରି ପ୍ରତ୍ୟେକଙ୍କ ପତ୍ର। ମଞ୍ଜୁଳା ନାନୀଙ୍କ ଅକ୍ଷର ଥିଲା ଅତି ସୁନ୍ଦର। 'ସ୍ନେହର ଭାଇ ମଣୀନ୍ଦ୍ର' ବୋଲି ସମ୍ବୋଧନ ଆରମ୍ଭ କରି ଲେଖୁଥିଲେ। ଧାଡ଼ି ପରେ ଧାଡ଼ି। ସେ ଶବ୍ଦଗୁଡ଼ିକରେ ନଥିଲା କୌଣସି କୃତ୍ରିମତା। ନଥିଲା ସଜ୍ଜୀକରଣର ପ୍ରୟାସ। ନଥିଲା ମଧ୍ୟ ଆବେଗର ଇସାରା। ଅଥଚ ସମଗ୍ର ପତ୍ରଟିର ପ୍ରତିଟି ଶବ୍ଦ ପଛରେ ପରିପୂର୍ଣ୍ଣ ହୋଇ ରହିଥିଲା ଯେଉଁ ସ୍ନେହାବେଶ ତାହା କିଏ ବା କରିପାରିବ ଆବିଷ୍କାର ? ସେ ଚିଠିଗୁଡ଼ିକ ମଧ୍ୟ ଥିଲା ଯାଦୁଖେଳ ପରି ଅତ୍ୟନ୍ତ ମନଲୋଭା।

ମଞ୍ଜୁଳା ନାନୀ ବରପାଲି ଆସିଲେ ତାଙ୍କୁ ଛାଡ଼ିବା ପାଇଁ ଚାହୁଁନଥିଲା ମୋର ମନ। ସେ ବି ଆଦୌ ଚାହୁଁନଥିଲେ ଫେରିଯିବା ପାଇଁ ଶୀଘ୍ର। ଯେତିକି ଦିନ ରହିବା ସକାଶେ ଯୋଜନା ପ୍ରସ୍ତୁତ କରିଥାନ୍ତି ସାନବୁବୁ, ସେଇ ଯୋଜନା କିପରି ହୋଇଯିବ ନିଷ୍ଫଳ, ସେଥିପାଇଁ ମଞ୍ଜୁଳାନାନୀ, ମଞ୍ଜରୀ ଓ ମୁଁ କରୁଥିଲୁ ଆମର ଶ୍ରେଷ୍ଠ ପ୍ରଚେଷ୍ଟା। ତାହା ଥିଲା ଆମ ପ୍ରକୋଷ୍ଠ ଉପରେ ଥିବା ଖପର ଛାତର ପ୍ରକୋଷ୍ଠକୁ କାଠ ପାହାଚରେ ଉଠିଯିବା। ସେଇ ଉପର ଘରେ ଆମେ ତିନି ହେଁ ବସି ନିରବରେ ପ୍ରାର୍ଥନା କରୁଥିଲୁ ଈଶ୍ୱରଙ୍କୁ ଯେ ଯେଉଁ ବସ୍‌ରେ ବୁବୁଙ୍କ ସମେତ ସମସ୍ତେ ଫେରିଯିବା କଥା ସେହି ବସ୍‌ଟି କୌଣସି କାରଣରୁ ସେଦିନ ଯେମିତି ନ ଆସୁ। ଆଶ୍ଚର୍ଯ୍ୟ କଥା, ମଞ୍ଜୁଳାନାନୀ ଯେମିତି ପ୍ରାର୍ଥନା କରୁଥିଲେ ଓ ଆମ ଦୁଇଜଣଙ୍କୁ ଯେଭଳି ଆନ୍ତରିକ ଭାବରେ ଭଗବାନଙ୍କୁ ଡାକିବା ପାଇଁ ଦେଉଥିଲେ ତାଲିମ, ତାହାର ଫଳାଫଳ ଥିଲା ମଞ୍ଜୁଳାନାନୀଙ୍କ ପ୍ରାର୍ଥନାର ଅନୁରୂପ। ସତସତିକା ଆସୁନଥିଲା ବସ୍। ଘରୁ ବାକ୍ସ ଓ ବେଡିଂ ପତ୍ର ନେଇ ବସ୍ ଷ୍ଟେସନରେ ଅପେକ୍ଷା କରୁଥିବା ସମସ୍ତେ ଯେତେବେଳେ ଲେଉଟି ଆସୁଥିଲେ ଆମ ଘରକୁ, ସେତେବେଳେ ପୁନର୍ବାର ପୂର୍ଣ୍ଣିମା ଚନ୍ଦ୍ର ଢାଳୁଥିଲେ ଅଜସ୍ର ଜ୍ୟୋତ୍ସ୍ନାଧାରା। କେତେ ଯେ ରଜନୀଗନ୍ଧା ଫୁଟି ଉଠୁଥିଲା ଆମ ମନରେ ତାହା ଥିଲା ବାସ୍ତବରେ ବିଚିତ୍ର। ଆମର ମନସ୍କାମନାକୁ ସାର୍ଥକ କରିଥିବା ହେତୁ ଆମେ ପୁନଶ୍ଚ ସେହି କାଠ ପାହାଚରେ ଥିବା ଘର ଉପରକୁ ଚଢ଼ି ନିରବରେ କୃତଜ୍ଞତା ଅର୍ପଣ କରୁଥିଲୁ ଭଗବାନଙ୍କୁ। ଏ ଦିନଗୁଡ଼ିକ କେମିତି ଯେ ବିତିଯାଉଥିଲା କଅଁଳ ସ୍ୱପ୍ନ ପରି, ତାହା କଳ୍ପନା ବି କରିହେଉନାହିଁ ଆଜି। ମଞ୍ଜୁଳା ନାନୀଙ୍କ ରାସ୍ତାରେ ଆଶ୍ଚର୍ଯ୍ୟଜନକ ଭାବରେ ପଇସା ପାଇବା ଘଟଣା ଥରେ ନୁହେଁ ବା ଦୁଇଥର ନୁହେଁ, ଘଟୁଥିଲା ବାରମ୍ବାର। କେଉଁ ଅଚେତନ ଲୋକମାନେ

ଏପରି ଅଜାଣତରେ ପଇସା ପକାଇ ଦେଉଥିଲେ ଥରକୁ ଥର ତାହା ବିସ୍ମିତ କରୁଥିଲା ମୋତେ ଓ ମଞ୍ଜରୀକୁ ।

ମନୋରାମା ନାନୀଙ୍କ ବିବାହ ସମୟରେ ସୋନପୁରରେ ବୁବୁଙ୍କ ଘରେ ବିତାଇଥିବା ଆଠ ଦିନ ମୋ ଜୀବନର ଏକ ଶ୍ରେଷ୍ଠ ଅଧ୍ୟାୟ । ବାପା ମୋତେ କୁଆଡ଼େ ଛାଡ଼ନ୍ତି ନାହିଁ । ମୋର ସୋନପୁର ଯିବାର ଆଗ୍ରହକୁ ନିରୁତ୍ସାହିତ ନ କରି ମୋର ପିତାମହ ଓ ପିତା ଉଭୟେ ଯେପରି ଦେଇଥିଲେ ସ୍ୱୀକୃତି, ତାହା ଥିଲା ସେ ସମୟର ଏକ ଅଭୂତପୂର୍ବ ଘଟଣା ଆମ ପରିବାର ସକାଶେ । ସୋନପୁରକୁ ଆଉ ବୁବୁଙ୍କ ଘରକୁ ମୁଁ ପହଞ୍ଚିଯିବା ପରେ ସମସ୍ତଙ୍କ ମୁହଁରେ ଯେଉଁ ପଦ୍ମପୁଷ୍ପ ପରିପୂର୍ଣ୍ଣ ସରୋବର ଦେଖିଥିଲି ସୌନ୍ଦର୍ଯ୍ୟ; ତାହାର ଅନୁଭବ ଆଉ ଜୀବନରେ ଦ୍ୱିତୀୟଥର ଦେଖିବା ସମ୍ଭବ ହୋଇନାହିଁ । ମଞ୍ଜୁଳାନାନୀ ଆମ ଭିତରେ ଥିଲେ ପ୍ରଧାନ ନେତ୍ରୀ । ତେଣୁ ମୋତେ ମଞ୍ଜରୀକୁ ପାଖରେ ବସାଇ ଲଣ୍ଠନ ଆଲୁଅରେ ସେ କହିଚାଲନ୍ତି ଅନର୍ଗଳ ଘଟଣାର ବର୍ଣ୍ଣନା । ପ୍ରତ୍ୟେକ ଶବ୍ଦ ଏବଂ ବାକ୍ୟ ଯେପରି ଉଚ୍ଚାରଣ ଆବଶ୍ୟକ କରନ୍ତି ମଞ୍ଜୁଳାନାନୀ ଠିକ୍ ସେହି ଭାବ-ମାଧୁର୍ଯ୍ୟ ସଂଯୋଗରେ ଉପସ୍ଥାପନ କରନ୍ତି ତାହାକୁ । ନିଜ ପରିବାରର ପ୍ରତ୍ୟେକଙ୍କ ସମ୍ପର୍କରେ ତଥା ସାନବୁବୁଙ୍କ ବିଷୟରେ ସେ କହିଚାଲନ୍ତି ଗୋଟିକ ପରେ ଗୋଟିଏ ଘଟଣା । ସେ ସବୁ ଶୁଣିବାର ଉତ୍ସୁକତା ଭରି ରହିଥିଲା ମୋ ଭିତରେ । ବଲାଙ୍ଗୀରରେ ଯେତେବେଳେ ଯେତେବେଳେ ପିଉସା କରୁଥାନ୍ତି ଚାକିରି, ସେତେବେଳେ ପିତାମହଙ୍କ ସହିତ ଯାଇଥିଲି ବୁବୁଙ୍କ ଘରକୁ । ସାନଭାଇ ମୃତ୍ୟୁଞ୍ଜୟ ତିନି ବର୍ଷର ଛୋଟ ଶିଶୁଟି । ତାକୁ ଦେଖିଲେ ଫୁଲିଯାଏ ଛାତି । ସେଦିନ ସମସ୍ତେ ଯାଇଥାନ୍ତି ସ୍କୁଲକୁ । କିନ୍ତୁ ମୋର ଆଗମନ ପରେ ପିଉସା ସ୍କୁଲକୁ ଯାଇ ମଞ୍ଜୁଳାନାନୀ ଓ ମଞ୍ଜରୀକୁ ନେଇଆସନ୍ତି ମୋ ସହିତ ଖେଳିବା ପାଇଁ । ସ୍କୁଲ ପାଠ ଠାରୁ ଏହି ଦୁର୍ଲଭ ଖେଳର ତତ୍ତ୍ୱ ଯେ ଥିଲା ଅଧିକ ମୂଲ୍ୟବାନ ତାହା ଉଚ୍ଚଶିକ୍ଷିତ ଓ ସୁବିଖ୍ୟାତ ଲେଖକ ପିଉସା ଅନୁଭବ କରିପାରିଥିଲେ ଯଥାର୍ଥ ଭାବରେ । ମୋ ପଢ଼ାବହି ମୁଁ ପଠାଇଦିଏ ମଞ୍ଜୁଳାନାନୀଙ୍କ ପାଖକୁ । ମଞ୍ଜୁଳାନାନୀ ବି ତାଙ୍କ ବହିଗୁଡ଼ିକ ମୋ ପାଖକୁ ସେହିପରି ପଠାଇଦିଅନ୍ତି ତାଙ୍କ ବାପାଙ୍କ ହାତରେ । ସେହି ବହିଗୁଡ଼ିକରେ ଯେଉଁ ସ୍ନେହର ବାସ୍ନା ଝରିଆସୁଥିଲା ଆଜି ପବନର ଢେଉରେ ତାହା ଆଘ୍ରାଣ କରିପାରୁଛି ମୁଁ । ଏବେ ସାରା ପୃଥିବୀରେ କରୋନା ମହାମାରୀର ଆତଙ୍କ । ଏ ସମୟରେ ସେହି ଭୂତାଣୁର ଭୟରେ ସମସ୍ତେ ଭୀତତ୍ରସ୍ତ ଥିବାବେଳେ ସ୍ନେହାଣୁର ଭାସମାନ ସୁଗନ୍ଧ ଆଘ୍ରାଣ ମୋ ଜୀବନ ନିମନ୍ତେ ନବ ଉଦ୍ଭାବିତ କରୋନା ପ୍ରତିଷେଧକ ଟୀକା ପରି ଅବ୍ୟର୍ଥ ମହୌଷଧୀ । ଏହି ଆତଙ୍କିତ ବାତାବରଣ ମଧ୍ୟରେ ରହି ମୁଁ ମନେପକାଉଛି ପିଲାଦିନର ମଧୁରତମ ସ୍ମୃତି ସହିତ ମଞ୍ଜୁଳାନାନୀଙ୍କ ଅତୁଳନୀୟ ଭ୍ରାତୃପ୍ରେମ ।

ଗଡ଼ିଗଲା ଦିନଗୁଡ଼ିକ ନଈ ସୁଅ ପରି। ମୁଁ କଲେଜରେ ପଢ଼ିଲାବେଳେ ମଞ୍ଜୁଳାନାନୀଙ୍କ ବାହାଘର ପର୍ବ ଅନୁଷ୍ଠିତ ହେଲା। ବର୍ଷାକାଳରେ ବଡ଼ବାପା, ବଡ଼ମାମାଙ୍କ ସହିତ ମୁଁ ଯାଇଥିଲି ବାହାଘରରେ ଯୋଗ ଦେବା ପାଇଁ ଓ ମଞ୍ଜୁଳାନାନୀ ତାଙ୍କ ଘରୁ ବିଦାୟ ନେଇ ଶ୍ୱଶୁରାଳୟ ଗଲେ ସ୍ୱାମୀଙ୍କ ସହିତ ଯେଉଁ ଗାଡ଼ିରେ, ସେଇଠି ବସି ଫେରିଥିଲି ବରପାଲିକୁ। ମଞ୍ଜୁଳାନାନୀ ନବବିବାହିତା ବଧୂ ହୋଇଥିବାରୁ ଓଢ଼ଣା ମୁଣ୍ଡରେ ଦେଇ ବସିଥିଲେ ନିରବରେ। ସେହି ମୁହୂର୍ତ୍ତରେ ଯଦି ତାଙ୍କ ସହିତ କଥା କହିବାର ଅଧିକାର ପ୍ରାପ୍ତ କିଏ ଥିଲା ସିଏ ହେଉଛି କେବଳ ମୁଁ। ବରପାଲିରେ ମୁଁ ଓହ୍ଲାଇଯିବା ପର୍ଯ୍ୟନ୍ତ ରାସ୍ତା ସାରା ମଞ୍ଜୁଳାନାନୀଙ୍କ ସହିତ ମଝିରେ ମଝିରେ ପଦେ ପଦେ କଥାବାର୍ତ୍ତା ହୋଇ ଆସୁଥିଲି ନିରବତାର ବାତାବରଣକୁ ଆଗ୍ରହୋଦ୍ଦୀପକ କରି କରି। ଯେତେବେଳେ ଆସି ପହଞ୍ଚିଲା ଗାଡ଼ି ଗଙ୍ଗାଧରଙ୍କ ଅର୍ଥାତ୍ ଆମ ଫଟୁବାବାଙ୍କ ସମାଧିସ୍ଥଳ ପର୍ଯ୍ୟନ୍ତ ସେତେବେଳେ ମଞ୍ଜୁଳାନାନୀଙ୍କୁ ସୂଚନା ଦେଇ ଉକ୍ତ ସ୍ଥାନରେ ପହଞ୍ଚିଥିବା ମୁହୂର୍ତ୍ତ ସମ୍ପର୍କରେ ସଚେତନ କରିଦେଇଥିଲି ଆଉ ତା' ମଧ୍ୟରେ ପ୍ରଚ୍ଛନ୍ନ ହୋଇ ରହିଥିଲା ମୋର ବକ୍ତବ୍ୟ ଯେ, ନାନୀ ଫଟୁବାବାଙ୍କ ଅମର ଆତ୍ମାଙ୍କଠାରୁ ଆଶୀର୍ବାଦ ଗ୍ରହଣ କରି ଯାଆନ୍ତୁ ତାଙ୍କ ଶ୍ୱଶୁରାଳୟ ଅଭିମୁଖେ। ମୋର ବିଶ୍ୱାସ ମଞ୍ଜୁଳାନାନୀ ପ୍ରାର୍ଥନା କରିଥିବେ ସେହି ଶୁଭ ମୁହୂର୍ତ୍ତରେ।

ଆନ୍ତରିକ ପ୍ରାର୍ଥନା କରିବାରେ କିଏ ବା ଅତିକ୍ରମ କରିପାରିବ ମଞ୍ଜୁଳାନାନୀଙ୍କୁ, ଆମ ତିନିଜଣଙ୍କ ଭିତରେ? ସେ ପରା ଅଟକାଇପାରନ୍ତି ସରକାରୀ ବସ୍। ରାସ୍ତାରେ ବାରମ୍ବାର ପାଇପାରନ୍ତି ନୂତନ ନୂତନ ଟଙ୍କା। ଏପରି ଅଲୌକିକ ଘଟଣା ଘଟାଇ ପାରୁଥିବା ମଞ୍ଜୁଳାନାନୀଙ୍କ ପରି ନାୟିକା କି ବିରଳ ସତେ! ଆଜି ସେ ତ ନାତିନାତୁଣୀଙ୍କ ଆଈ ହୋଇସାରିଲେଣି। ତାଙ୍କୁ ଦେଖି ମୋର କିନ୍ତୁ ମନେହୁଏ ନାହିଁ ଯେ ସତରେ ସେ ହୋଇଯାଇଛନ୍ତି ଏତେ ବୟସ୍କା। ମୋତେ ଦେଖିଲେ ସିଏ ବି କ'ଣ ଜାଣିପାରୁନଥିବେ ମୋର ବୟସ ମଧ୍ୟ ବଢ଼ି ନାହିଁ। ଆମେ ପରା ଅଛୁ ସେହି ମହାକାଶରେ, ଯେଉଁଠି ମଣିଷର ବୟସ ଯେତିକିକୁ ସେତିକି ଥାଏ। ମଞ୍ଜୁଳାନାନୀ! ତମେ ପୁନର୍ବାର ଆସନ୍ତ ନାହିଁ ଯାଦୁଖେଳ ପ୍ରଦର୍ଶନ କରିବା ପାଇଁ! ମୁଁ ଜାଣେ ନାହିଁ ତୁମ ସହିତ ଦେଖାହେବା ମାତ୍ରକେ ଘଟିଯିବ କେତେ ଅଲୌକିକ କାହାଣୀ।

■

(୨୦୨୦ ମସିହା 'କାହାଣୀ' ଶରତ ସଂଖ୍ୟାରେ ପ୍ରକାଶିତ।)

ଅନ୍ତିମ ପ୍ରସ୍ଫୁଟନ

ଏପରି ଭାବରେ ଫୁଲ ଗଛଟିଏ ମଉଳି ଯିବାର ଦୃଶ୍ୟ ମୁଁ ଆଉ କେବେ ଦେଖିନାହିଁ।

ମୋର ପିତାମହ କବିପୁତ୍ର ଭଗବାନ ମେହେର ଗଛଟିକୁ ଲଗାଇଥିଲେ ଅତି ଯତ୍ନରେ। ବୋଧହୁଏ ତାଙ୍କ ପିତାମହୀଙ୍କ ନାମ ଅର୍ଥାତ୍ ସ୍ୱଭାବକବି ଗଙ୍ଗାଧର ମେହେରଙ୍କ ମା'ଙ୍କ ନାମ 'ସେବତୀ' ଥିବାରୁ ସେହି ନାମ ଧାରଣ କରିଥିବା ଫୁଲଗଛ ପ୍ରତି ପିତାମହଙ୍କ ମନରେ ଭରି ରହିଥିଲା ଅସୀମ ମମତା। ସବୁ ପ୍ରକାରର ବୃକ୍ଷଲତା ପ୍ରତି ସେ ତ ଆକର୍ଷଣ ଅନୁଭବ କରୁଥିଲେ। ତେବେ ଏଇ 'ସେବତୀ' ଫୁଲଗଛଟି ପ୍ରତି ତାଙ୍କର ଆନ୍ତରିକତା ଥିଲା ସ୍ୱତନ୍ତ୍ର।

ପିତାମହଙ୍କୁ ପଞ୍ଚାଅଶୀ ବର୍ଷ ଅତିକ୍ରମ କରିସାରିଥିଲା। ଭିତର ବାରଣ୍ଡାରେ ସେ ଯେତେବେଳେ ସନ୍ଧ୍ୟା ସମୟରେ ବିଶ୍ରାମ ନେଉଥାନ୍ତି ତାଙ୍କ ବାପାଙ୍କ ଖଟ ଉପରେ, ସେତିକିବେଳେ ସେବତୀ ଗଛରେ ଫୁଟିଥିବା ଫୁଲରୁ ଭୁରୁଭୁରୁ ବାସ୍ନାଚହଟି ଆସୁଥିଲା। ହୁଏତ ସେଇ ବାସ୍ନା ଭିତରେ ସେ ତାଙ୍କ ପିତାମହୀଙ୍କ ସ୍ନେହକୁ ନିବିଡ଼ ଭାବରେ ଅନୁଭବ କରୁଥିଲେ। ଖୁବ୍ ଏକାନ୍ତରେ ସାନ୍ଧ୍ୟକାଳୀନ ଏ ଅନୁଭୂତି ଥିଲା ତାଙ୍କ ପାଇଁ ବାଲ୍ୟକାଳକୁ ପ୍ରତ୍ୟାବର୍ତ୍ତନ କରିବାର ଏକ ପବିତ୍ର ପ୍ରେରଣା। କବି ଗଙ୍ଗାଧର ତାଙ୍କ ମା'ଙ୍କୁ କିପରି ଆନ୍ତିରକ ଭକ୍ତି ପ୍ରଦର୍ଶନ କରୁଥିଲେ ତାହା ଗଙ୍ଗାଧରଙ୍କ ମୁହଁରୁ ତାଙ୍କ ପୁତ୍ର ଭାବରେ ପିତାମହ ଶୁଣିଥିବେ ନିଶ୍ଚୟ ବାରମ୍ବାର। ଏତେବଡ଼ ମହାନ କବିଙ୍କର ଜନ୍ମଦାତ୍ରୀ ଯିଏ, ତାଙ୍କ ପ୍ରତି କବିପୁତ୍ରଙ୍କ ଅସୀମ ଭକ୍ତି ଉଦ୍ରେକ ହେବା ଥିଲା ଏକାନ୍ତ ସ୍ୱାଭାବିକ। ସେବତୀ ଗଛଟିଏ ଲଗାଇ ତାଙ୍କ ପିତାମହୀଙ୍କ ପୁଣ୍ୟ ସ୍ମୃତି ଉଦ୍ଦେଶ୍ୟରେ ସେ ପ୍ରଣାମ କରୁଥିଲେ ପ୍ରତ୍ୟହ।

୧୯୭୭ ମସିହା ଅଗଷ୍ଟ ମାସରେ ପିତାମହଙ୍କୁ ୮୫ ବର୍ଷ ପୂର୍ଣ୍ଣ ହୋଇ ୮୬

ବର୍ଷ ଚାଲିଲା। ଅନେକ ଦିନ ପର୍ଯ୍ୟନ୍ତ ସେ ସୁସ୍ଥ ଓ ନିରାମୟ ଥିଲେ। ଆମେ ପ୍ରାର୍ଥନା କରୁଥିଲୁ ସେ ଶତବର୍ଷ ପୂର୍ଣ୍ଣ କରି ଆମ ସମସ୍ତଙ୍କ ହୃଦୟକୁ ପରିପୂର୍ଣ୍ଣ ଆନନ୍ଦ ପ୍ରଦାନ କରନ୍ତୁ। କିନ୍ତୁ ବିଧାତାର ବିଧାନରେ ସେ କଥା କ'ଣ ଘଟେ ! ସେଇବର୍ଷ ଡିସେମ୍ବର ମାସରେ ଠିକ୍ ମଧ୍ୟାହ୍ନ ଭୋଜନ କରୁଥିବାବେଳେ ସେ କିଛି ସମୟ ପାଇଁ ସଂଜ୍ଞାହୀନ ହୋଇପଡ଼ିଥିଲେ। ସେତେବେଳେ ଆମ ଘର ସମ୍ମୁଖରେ ଥିବା ସରକାରୀ ଡାକ୍ତରଖାନାକୁ ମୁଁ ଦୌଡ଼ିଯାଇଥିଲି। ସେ ସମୟର ବିଖ୍ୟାତ ଡାକ୍ତର କେଶବ ଚନ୍ଦ୍ର ବେହେରାଙ୍କୁ ଡାକିବା ପାଇଁ। ମୋ କଥା ଶୁଣୁଶୁଣୁ ଡାକ୍ତର ବେହେରା ନିଜ ଆସନରୁ ଉଠିଆସିଲେ ଓ ତତ୍‌କ୍ଷଣାତ୍ ପହଞ୍ଚିଲେ ଆମ ଘରେ। ଅଳ୍ପ ସମୟ ପରେ ପିତାମହଙ୍କ ସଂଜ୍ଞା ଫେରି ଆସିଥିଲା। ଡାକ୍ତରବାବୁ ପରୀକ୍ଷା ନିରୀକ୍ଷା କରି ଔଷଧ ଲେଖିଦେଇ ଚାଲିଯାଇଥିଲେ। ମାତ୍ର ସେଦିନଠାରୁ ପିତାମହଙ୍କ ସ୍ୱାସ୍ଥ୍ୟରେ ଧୀରେଧୀରେ ପରିଲକ୍ଷିତ ହେଲା ଅବନତିର ଚିହ୍ନ। ଏପରି ସମୟ ଆସିଲା, ଯେତେବେଳେ ସେ ଦୁର୍ବଳରୁ ଦୁର୍ବଳତର ହୋଇଗଲେ। ମନର କଥାକୁ ସ୍ପଷ୍ଟ ଶବ୍ଦରେ ଉଚ୍ଚାରଣ କରିପାରିଲେ ନାହିଁ। ଶେଷରେ ସେ ସମ୍ପୂର୍ଣ୍ଣ ଭାବରେ ଅଚେତ ହୋଇପଡ଼ିଲେ। କେବଳ ନିଶ୍ୱାସ ପ୍ରଶ୍ୱାସର ଶବ୍ଦ ବ୍ୟତୀତ ତାଙ୍କଠାରୁ ଆଉ କିଛି ଶୁଣାଗଲା ନାହିଁ। ତାଙ୍କର ଯେ ଅନ୍ତିମ ସମୟ ଉପସ୍ଥିତ, ଏକଥା ବାପା ବଡ଼ବାପା ସମସ୍ତେ ହୁଏତ ଜାଣୁଥିଲେ। ମାତ୍ର ଚିକିତ୍ସାରେ ସାମାନ୍ୟତମ ଅବହେଳା ସେମାନେ କରୁନଥିଲେ ଆଉ ତାଙ୍କ ଶେଷ ସମୟ ଉପସ୍ଥିତ ହେଲା ଭଳି ସଂକେତ ମଧ୍ୟ ଦେଉନଥିଲେ କିମ୍ବା ସେ ସମ୍ପର୍କରେ କୌଣସି ବାର୍ତ୍ତାଳାପ ମଧ୍ୟ କରୁନଥିଲେ। ଭୁବନେଶ୍ୱରରୁ ବଡ଼ବାପା ବିନୋଦଚନ୍ଦ୍ର ମେହେର ଆଉ ସମସ୍ତ ପରିବାର ବର୍ଗ ଚାଲିଆସିଲେ ବରପାଲିକୁ। ବାପା ମୋତେ ଟେଲିଗ୍ରାମ କରିବା ପାଇଁ ପଠାଇଥିଲେ ସାନପିଉସୀଙ୍କ ପାଖକୁ। ପିତାମହଙ୍କ ଅସୁସ୍ଥତାର ଖବର ପାଇବା ସଙ୍ଗେ ସଙ୍ଗେ ପିଉସୀ ମଧ୍ୟ ପୁଅଝିଅଙ୍କୁ ନେଇ ପହଞ୍ଚି ଯାଇଥିଲେ ପିତୃଗୃହକୁ। ଆଉ ସମସ୍ତେ ତାଙ୍କ ପାଖରେ ସର୍ବଦା ଘେରି ହୋଇ ରହିଥିଲେ। ପାଞ୍ଚଦିନ ପର୍ଯ୍ୟନ୍ତ ନିରବଚ୍ଛିନ୍ନ ଭାବରେ ଗୋଟିକ ପରେ ଗୋଟାଏ ସାଲାଇନ୍ ଦିଆଯାଉଥିଲା। କିନ୍ତୁ ଅବସ୍ଥା ଥିଲା ଅପରିବର୍ତ୍ତିତ। ନିଶ୍ୱାସ ପ୍ରଶ୍ୱାସର ବେଗ ଧୀରେଧୀରେ ହ୍ରାସ ହେବାକୁ ବସିଲା। ତା'ର ଶବ୍ଦ ମଧ୍ୟ ଆଉ ଶୁଣାଗଲା ନାହିଁ। ରେମଣ୍ଡାରୁ ଆସିଥିବା ତାରାବୁବୁ (ପିଉସୀ) ଅତି ଧୀର ସ୍ୱରରେ ଅତ୍ୟନ୍ତ ସଂକୁଚିତ ହୋଇ ତାଙ୍କର ଶେଷ ସମୟ ଉପସ୍ଥିତ ହୋଇଆସିଲାଣି ବୋଲି ମା' ବଡ଼ମା' ଆଦିଙ୍କ କାନ ପାଖରେ ସାଶ୍ରୁଲୋଚନରେ ଜଣାଇବାକୁ ବାଧ୍ୟ ହୋଇଥିଲେ। ତାଙ୍କର ସେ ସସଙ୍କୋଚ ଅନିଚ୍ଛାକୃତ ଘୋଷଣା ଆମ ସମସ୍ତଙ୍କୁ ନିରବ ଓ ନିସ୍ପନ୍ଦ କରିଦେଉଥିଲା।

ଡିସେମ୍ବର ୨୦ ତାରିଖ ରାତି ଆଠଟା ପରେ ଜଣାପଡ଼ିଗଲା ପିତାମହ ଆମ

ସମସ୍ତଙ୍କୁ ଛାଡ଼ି ତାଙ୍କ ସ୍ୱର୍ଗୀୟ ପିତାଙ୍କ ଓ ମାତାଙ୍କ କୋଳକୁ ଫେରିଯିବା ପାଇଁ ପ୍ରସ୍ତୁତ। ମା' ମୋ କାନ ପାଖରେ ଆସି କହିଲେ ଦାଦା (ଜେଜେ) ଶେଷ ସମୟରେ ପରିବାର ପକ୍ଷରୁ ତାଙ୍କୁ ପୁଷ୍ପମାଳା ପିନ୍ଧାଇ ଦେବାର ଆମ କର୍ତ୍ତବ୍ୟ। ଏକଥା ଶୁଣିବା କ୍ଷଣି ମୋର ମନେପଡ଼ିଯାଇଥିଲା ଦାଦାଙ୍କ ପ୍ରିୟ 'ସେବତୀ' ଗଛର କଥା। ସେତେବେଳକୁ ଶୀତରାତି। ସେବତୀ ଗଛଟି ଧଳାରଙ୍ଗର ଫୁଲରେ ହୋଇଥାଏ ଭର୍ତ୍ତି। କାଳବିଳମ୍ବ ନ କରି ପ୍ରତିଟି ଫୁଲକୁ ଯତ୍ନ ସହକାରେ ଅଥଚ ଉଦ୍‌ବେଗଭରା ହୃଦୟରେ ମୁଁ ତୋଳିଆଣିଲି। ଆଉ ଗୋଟିଏ ବି ଫୁଲ ବାକି ରହିଯାଇ ନଥିଲା। ମୋ ହାତରୁ ଫୁଲତକ ଭୁବନେଶ୍ୱରର ବଡ଼ମା' ନେଇଯାଇ ଗୁନ୍ଥି ଦେଇଥିଲେ ଏକ ସୁନ୍ଦରମାଳା। ମାଳାଟି ମୋର ବଡ଼ଭାଇ ଅର୍ଥାତ୍ ବଡ଼ମା'ଙ୍କର ବଡ଼ପୁଅ ମିହିର ଦାଦାଙ୍କ ହାତରେ ତାଙ୍କ ମା' ଧରାଇ ଦେଇଥିଲେ ସାଶ୍ରୁଲୋଚନରେ। ମିହିର ଦାଦା ହେଉଛନ୍ତି ପିତାମହଙ୍କ ବଡ଼ନାତି। ତଦନୁସାରେ ତାଙ୍କ ହାତରୁ ପିତାମହ ଫୁଲମାଳାଟି ପାଇଲେ ଆତ୍ମା ତାଙ୍କର ନିଶ୍ଚୟ ଶାନ୍ତି ଅନୁଭବ କରିବ। ମାଳାଟିକୁ ଗୁଡ଼ାଇ ଦୁଇ ହାତ ମଧ୍ୟରେ ଅତିଯତ୍ନ ସହକାରେ ଧରିଥାନ୍ତି ମିହିର ଦାଦା। ପିତାମହଙ୍କ ଶ୍ୱାସକ୍ରିୟା ଧୀରେଧୀରେ ସ୍ତିମିତ ହୋଇଆସିଲା। ତା'ପରେ ଠିକ୍ ଆଠଟା ବାଜି ଚଉରାଳିଶ ମିନିଟ୍ ବେଳକୁ ସମ୍ପୂର୍ଣ୍ଣ ନିସ୍ପନ୍ଦ ହୋଇଗଲା ତାଙ୍କର ବିଶାଳ ବକ୍ଷ। ଭାବୁଥିଲି ମୁଁ, ଏଇ ମୁହୂର୍ତ୍ତରେ ମିହିରଦାଦା ପିତାମହଙ୍କ ଗଳାରେ ଲମ୍ବାଇଦେବେ ବଡ଼ମା' ତାଙ୍କୁ ଦେଇଥିବା ଫୁଲମାଳାଟି। ମାତ୍ର କ୍ଷଣିକ ଭିତରେ ମିହିରଦାଦା ମୋ ହାତରେ ଧରାଇଦେଲେ ସେବତୀ ଫୁଲର ମାଳା। ଇଙ୍ଗିତ ଦେଲେ ପିତାମହଙ୍କ ଗଳାରେ ପିନ୍ଧାଇଦେବା ପାଇଁ। ମୁଁ ପିତାମହଙ୍କ ସବୁଠୁ ଛୋଟନାତି। ବଡ଼ନାତି ମିହିର ଦାଦାଙ୍କ ଏଇ ଉଦାର ସ୍ନେହଶୀଳତା କଥା ଭାବିଲା ବେଳକୁ ମୋ ଚକ୍ଷୁ ଅଶ୍ରୁସିକ୍ତ ହୋଇଉଠୁଛି। ଗୋଟିଏ ପାଖରେ ପିତାମହଙ୍କ ବିଦାୟକାଳୀନ ଦୃଶ୍ୟ ହୃଦୟକୁ ସଜଳ କରିଦେଉଥିବାବେଳେ ସେଇ ମୁହୂର୍ତ୍ତରେ ମିହିରଦାଦାଙ୍କ ସ୍ନେହ ମତେ ଦ୍ରବୀଭୂତ କରିଦେଉଥିଲା। ବୋଧହୁଏ ଏହା ହିଁ କବି ପରିବାରର ଯଥାର୍ଥ ପରିଚିତି। ପ୍ରଭୁ ରାମଚନ୍ଦ୍ର ନିଜ ଭାଇମାନଙ୍କ ସହିତ ଖେଳିବାବେଳେ ଜାଣିଜାଣି ନିଜେ ପରାଜୟ ବରଣ କରୁଥିଲେ। କାରଣ ତା' ଦ୍ୱାରା ସାନଭାଇମାନେ ଆନନ୍ଦିତ ହେବେ ବୋଲି। ଆମ ପରିବାରର ଇଷ୍ଟ ଦେବତା ହେଉଛନ୍ତି ସୂର୍ଯ୍ୟ। ଆଉ ଇଷ୍ଟଦେବୀ ହେଉଛନ୍ତି ମା' ମଙ୍ଗଳା। ଆଦର୍ଶର ଉଦାହରଣ ହେଉଛନ୍ତି କବିପୁତ୍ର ଏବଂ ତା' ପରବର୍ତ୍ତୀ ପିଢ଼ି। ମୋର ବଡ଼ବାପାମାନେ ଓ ବାପା। ମିହିରଦାଦାଙ୍କ ହୃଦୟର ସମ୍ବେଦନଶୀଳତାରେ ସାରା ପରିବାରର କଲ୍ୟାଣମୟୀ ଚେତନା ପରିସ୍ଫୁଟିତ ହୋଇଯାଇଥିଲା ଗୋଟିଏ ମୁହୂର୍ତ୍ତରେ। ମିହିରଦାଦା ମୋ ହାତକୁ ସେବତୀ ଫୁଲମାଳା ବଢ଼ାଇ ଦେବା ପରେ ମୁଁ ତାକୁ ଦାଦାଙ୍କ ଗଳାବେଷ୍ଟନ କରି

ପିନ୍ଧାଇଦେଲି ଓ ତାଙ୍କ ପବିତ୍ର ପଦଯୁଗଳ ଉପରେ ମୁଣ୍ଡରଖି ବିନମ୍ର ପ୍ରଣତି ଜଣାଇଲି। ମୋ ପରି ଅବୋଧ ବାଳକ ନିକଟରୁ ଫୁଲମାଳ ପାଇ ଦାଦାଙ୍କ ଆତ୍ମା କେତେ ପରିତୃପ୍ତ ହୋଇଥିବ ଜାଣେନା, କିନ୍ତୁ ମିହିର ଦାଦାଙ୍କ ଅନାବିଳ ସ୍ନେହରେ ସେ ଲାଭ କରିଥିବେ ପରମ ଶାନ୍ତି, ଏହା ହିଁ ମନେ ହୋଇଥିଲା ତାଙ୍କୁ ଦେଖି। ମିହିରଦାଦା ମତେ ଯେଉଁ ବିରଳ ସୁଯୋଗ ପ୍ରଦାନ କଲେ ସେକଥା ଭାବିଲେ ଆଜି ବି ଆବେଗପ୍ରବଣ ହୋଇଉଠୁଛି ହୃଦୟ। ଦାଦା ଅର୍ଥାତ୍ ପିତାମହଙ୍କ ସ୍ନେହ ସମ ପରିମାଣରେ ସମସ୍ତଙ୍କ ପ୍ରତି ବିତରିତ ହେଉଥିଲା, ଯେପରି ଆକାଶର ମେଘ ବର୍ଷାଧାରାରେ ସମସ୍ତଙ୍କୁ ପରିପ୍ଲାବିତ କରିଦିଏ।

ପିତାମହଙ୍କୁ ଆଉ ସଶରୀରେ ପାଖରେ ପାଇବାର ସୁଯୋଗ ଆମ ପାଖରେ ନଥିଲା। ତେବେ ଆଶ୍ଚର୍ଯ୍ୟ କଥା, ଯେଉଁ ସେବତୀ ଗଛରୁ ଫୁଲଗୁଡ଼ିକ ମୁଁ ତୋଳି ଆଣିଥିଲି ପିତାମହଙ୍କ ନିମନ୍ତେ, ସେ ଗଛରେ ଆଉ କେବେ ହେଲେ ଫୁଲ ଫୁଟିଲା ନାହିଁ। କେତେ ପାଣି, କେତେ ଖତ ଦିଆଗଲା ତା'ର ମୂଳରେ। ମାତ୍ର ଗଛଟି ପତ୍ରପୁଷ୍ପରେ ଭରିଉଠିବା ବଦଳରେ ଧୀରେଧୀରେ ମଉଳିଗଲା ଓ ଚିରଦିନ ପାଇଁ ଶୁଖିଗଲା ତା'ର ପ୍ରତିଟି କ୍ଷୁଦ୍ର ଶାଖାପ୍ରଶାଖା ଓ ପ୍ରତିଟି ପତ୍ର। ସେଇଥିପାଇଁ ଏ ଲେଖାର ଆରମ୍ଭରୁ କହିଥିଲି ଫୁଲଗଛଟିଏ ଝାଉଁଳି ପଡ଼ିବାର ଏପରି ଦୃଶ୍ୟ ମୁଁ ଆଉ କେବେ ଦେଖିନାହିଁ।

ମୋର ମନେହୁଏ ଏହାରି ଭିତରେ ସତେକି ଏକ ରହସ୍ୟ ଲୁଚି ରହିଛି। ସ୍ୱଭାବକବିଙ୍କ ପୂଜନୀୟା ମାତା ସେବତୀଦେବୀ ସେବତୀ ଫୁଲ ଗଛ ହୋଇ ତାଙ୍କ ସ୍ନେହର ନାତି ପାଇଁ ହିଁ ଏଇଠି ଜନ୍ମ ହୋଇଥିଲେ କି ? ନ ହେଲେ ଏତେ ଫୁଲରେ ଭର୍ତ୍ତି ହୋଇଥିବା ସେ ଗଛରେ ଆଉ କାହିଁକି ଫୁଲ ଫୁଟିଲା ନାହିଁ ? ?

■

(୨୦୧୯ ମସିହା 'ଅନୁରାଗ'ର ପାର୍ବଣ ସଂଖ୍ୟାରେ ପ୍ରକାଶିତ।)

ଅଙ୍କୁର ସରଣୀ

ମୋର ପ୍ରିୟ ଭଉଣୀ ବୁଇ (ମହାଶ୍ୱେତା)କୁ ସାନ୍ତ୍ୱନା ଦେବାର ଭାଷା ହରାଇ ମୁଁ ଏକାନ୍ତ ଅସହାୟ ଅନୁଭବ କରୁଥିଲି। ଏପରି ଦୁର୍ଘଟଣା କ'ଣ ସମ୍ଭବ ? ଏହିଭଳି ଭାବରେ ଗୋଟେ ଯୌବନୋଦୀପ୍ତ ଦୀପଶିଖା ଲିଭିଯିବା କାହାର ଧୈର୍ଯ୍ୟ ଆଉ ସହନଶକ୍ତିକୁ ବା ଚୂର୍ଣ୍ଣବିଚୂର୍ଣ୍ଣ କରିନଦେବ ! !

ରାତିରେ ଘଟଣା ସମ୍ପର୍କରେ ଶୁଣିବା ପରେ ଘର ଭିତରେ ମା'ଙ୍କର କ୍ରନ୍ଦନରୋଳ ଆଉ ତା'ପରେ ଅକଳ୍ପନୀୟ ନିସ୍ତବ୍ଧତା ଛାଇଗଲା ଆପେ ଆପେ।

ବୀଜଟିଏ ଅଙ୍କୁରିତ ହୁଏ ଉର୍ବର ଭୂମିରେ ମହାଦ୍ରୁମରେ ପରିଣତ ହେବା ପାଇଁ। ଅଥଚ ସମ୍ପୂର୍ଣ୍ଣ ଭାବରେ ଶାଖା ପ୍ରଶାଖା ମେଲି ଯେଉଁ ଗଛଟି ତା'ର ଛନଛନିଆ ସବୁଜ ପତ୍ରରେ ଆକୃଷ୍ଟ କରୁଥିଲା ଆମକୁ ସେଇ ଗଛଟିକୁ ଏହିପରି ନିର୍ଦ୍ଦୟ ଭାବରେ କିଏ ଉପାଡ଼ି ଦେଲା ? କିଛି ବି ଚିନ୍ତା କରିହେଉନଥିଲା। କିଛି ବି ଭାବିପାରୁନଥିଲି ମୁଁ। ବିଶ୍ୱାସ କରିପାରୁନଥିଲି। ତହିଁ ପରଦିନ ସକାଳୁ ଭଉଣୀ ମହାଶ୍ୱେତାକୁ ସାନ୍ତ୍ୱନା ଦେବା ପାଇଁ ଆମେ 'ବସନ୍ତ ବିହାର'ରୁ ଏକ ଅଟୋ ରିଜର୍ଭ କରି ଯେତେବେଳେ ବାହାରିଲୁ ସମ୍ବଲପୁର ଅଭିମୁଖେ, ସେତେବେଳେ ଅତୀତର ସବୁ ଦୃଶ୍ୟ ଜୀବନ୍ତ ହୋଇ ଉଠୁଥିଲା ଆଖି ଆଗରେ।

ଯେତେବେଳେ ଜ୍ୟୋତିବିହାରରେ ମନୋରଞ୍ଜନ ଦାଦାଙ୍କ ସହିତ 'ଅଙ୍କୁର' ନାମକ ପତ୍ରିକା ଆମେ ପ୍ରକାଶ କଲୁ, ସେ ସମୟରୁ ଏଇ କ୍ଷୁଦ୍ର ଅଥଚ ସାଙ୍କେତିକ ନାମଟି ହୃଦୟ ଭିରେ ଦୀପଶିଖାଟିଏ ହୋଇ ଜଳୁଥିଲା। ମହାଶ୍ୱେତାର ବାହାଘର ଗୁଣନିଧି ଦାଦାଙ୍କ ସହିତ ହୋଇଯିବା ପରେ ଏଇ ପ୍ରିୟ ନାମଟି ମୂର୍ତ୍ତିମନ୍ତ ବିଗ୍ରହ ହୋଇ ଆମ ଆଗରେ ଦରୋଟି ଭାଷାରେ କଥା କହିବ - ଏକଥା ଆମେ କଳ୍ପନା କରିନଥିଲୁ।

ମହାଶ୍ୱେତାର ପ୍ରଥମ ପୁତ୍ର 'ଅଙ୍କୁର' ନାମରେ ଯେତେବେଳେ ଫୁଟିଲା ଫୁଲ ପରି, ହସି ଉଠିଲେ ପଦ୍ମପାଖୁଡ଼ା ସବୁ। ସୁବାସ ଚହଟିଗଲା ସର୍ବତ୍ର।

ମାମୁଁ ଘରକୁ ଆସିଲେ କି ଖୁସି ଅଙ୍କୁର ଭଣଜାଙ୍କର! ତାଙ୍କ କଥାରେ ଭରି ରହିଥିଲା ସଂଗୀତର ମୂର୍ଚ୍ଛନା। ଆଖିରେ ଦୃଶ୍ୟମାନ ହେଉଥିଲା ଅଜସ୍ର ଗୋଲାପର ପ୍ରସ୍ଫୁଟନ। ତାଙ୍କର ଟିକିଟିକି ହାତ, ଟିକି ମୁହଁ ଛୋଟ ଅଥଚ ଜହ୍ନପରି ସୁନ୍ଦର ମୁହଁଟି ଅଭିଭୂତ କରୁଥିଲା ସମସ୍ତଙ୍କୁ। ଦଶହରାବେଳେ ଭାଇ ଜୀଉନ୍ତିଆ ଓଷା କରିବା ପାଇଁ ବୁଇ ଆସୁଥିଲା ନିଜ ଘରକୁ। ନିଜ ଭାଇମାନଙ୍କ ପାଖକୁ। ସାଙ୍ଗରେ ତା'ର ଅତୁଟ ବନ୍ଧନରେ ଯିଏ ବାନ୍ଧି ହୋଇ ରହିଥିଲେ ସିଏ ହେଉଛନ୍ତି ସେଇ ପ୍ରିୟ ଭଣଜା ଅଙ୍କୁର। ଅଙ୍କୁର ଅଙ୍କୁର ଅଙ୍କୁର - ଏ ନାମଟି ବାରମ୍ବାର ଉଚ୍ଚାରଣ କରି, ବାରମ୍ବାର ଏ ନାଁରେ ଭଣଜାଙ୍କୁ ସମ୍ବୋଧନ କରି ହୃଦୟ ହୋଇଉଠୁଥିଲା ସର୍ବଦା ରୋମାଞ୍ଚିତ। ଦଶହରା ବେଳେ ଦୁର୍ଗାପୂଜା ଦେଖିଯିବା ପାଇଁ, ରାବଣପୋଡ଼ି ଦେଖିବା ପାଇଁ କି ଉତ୍କଣ୍ଠା, କି ଆଗ୍ରହ ଅଙ୍କୁରଙ୍କ ଭିତରେ! ତାଙ୍କୁ ସାଙ୍ଗରେ ନେଇ ମୁଁ ଯାଉଥିଲି ହାଇସ୍କୁଲ ପଡ଼ିଆକୁ ଦେଖିବା ପାଇଁ ଆଉ ଦେଖାଇବା ପାଇଁ ରାବଣପୋଡ଼ି। ଅଙ୍କୁର ଏତେ ଶୀଘ୍ର ପତ୍ର ପରେ ପତ୍ର ମେଲାଇ ନିଜ ଶାଖା ପ୍ରଶାଖା ପ୍ରସାରିତ କରି ଆମକୁ ମୁଗ୍ଧ କରିବେ ଏକଥା ଭାବିଲା ବେଳକୁ ପରିପୂର୍ଣ୍ଣ ହୋଇଯାଉଥିଲା ଅନ୍ତଃସ୍ଥଳ। ମୁଁ ସମ୍ବଲପୁର ବିଶ୍ୱବିଦ୍ୟାଳୟରେ ନିଯୁକ୍ତି ପାଇବା ପରେ ବାରମ୍ବାର ଦେଖା ହୁଏ ତାଙ୍କ ସହିତ। ଏତେ ବିନମ୍ର ବ୍ୟବହାର, ଏତେ ମାର୍ଜିତ ବାର୍ତ୍ତାଳାପ ଆଖି ଭିତରେ ଏତେ ମମତାର ଭାବ ଫୁଟିଉଠୁଥିଲା ଯେ ତାହା ଚକିତ କରିଦେଉଥିଲା ମୋତେ। ସମ୍ବଲପୁର ବିଶ୍ୱବିଦ୍ୟାଳୟର ଛାତ୍ର ଥିଲେ ସେ। ପ୍ରତିଦିନ ସମ୍ବଲପୁରରୁ ଯିବା ଆସିବା କରୁଥିଲେ। ତାଙ୍କ ସହିତ ଦେଖା ହେଲେ ଅନ୍ୟ ସାର୍‌ମାନଙ୍କୁ ମୋର ଭଣଜା ବୋଲି ଚିହ୍ନାଇ ଦେବାରେ କି ଗୌରବ ମୁଁ ଅନୁଭବ କରୁଥିଲି ତାହା ମୁଁ ହିଁ ଜାଣେ। ବୁଇର ଭାରି ଅଭିମାନ, ତା' ପାଖକୁ ଆମେ ଯାଉନୁ ବୋଲି। ଯେତେଥର ସମ୍ବଲପୁର ଗଲେ ସେତେଥର ଅଙ୍କୁର ଭଣଜା ବାଟ କଢ଼ାଇ ନେଇଯିବା ପାଇଁ ବାଇକ୍ ଧରି ଦୌଡ଼ି ଆସନ୍ତି ଅପୂର୍ବ ଆଗ୍ରହରେ ଆମ ଅଟୋରିକ୍ସା ପାଖକୁ।

ସେଦିନ ଯେତେବେଳେ ସମ୍ବଲପୁର ଅଭିମୁଖେ ଆମେ ବାହାରିଲୁ ମୁଁ ଅପେକ୍ଷା କରିଥିଲି ଅଙ୍କୁର ଆସି ଆମକୁ ବାଟ କଢ଼ାଇ ପୂର୍ବପରି ନେଇଯିବେ ବୋଲି। କାରଣ ମୁଁ କେବେ ହେଲେ ରାସ୍ତା ମନେରଖିପାରେନା। କୁଆଡ଼େ ଭାରତର ରାଷ୍ଟ୍ରପତି ରାଧାକ୍ରିଷ୍ଣନ୍ ତାଙ୍କ ରାଷ୍ଟ୍ରପତି ଭବନରେ ନିଜ ପ୍ରକୋଷ୍ଠ ଆଡ଼କୁ ଲମ୍ବି ଯାଇଥିବା ରାସ୍ତା ପାଆନ୍ତି ନାହିଁ କେବେ। ସେ ଥିଲେ ମହାନ୍ ଦାର୍ଶନିକ। ମୁଁ ହୁଏତ ସେମିତି

ଛୋଟିଆ ଦାର୍ଶନିକଟିଏ, ଯେଉଁଠାକୁ ଗଲେ ବି ସବୁ ରାସ୍ତା ଭୁଲିଯାଏ ଅତି ଅଳ୍ପ ସମୟ ମଧ୍ୟରେ।

ହେଇ ଅଙ୍କୁର ଭଣଜା ବାଇକ୍‌ରେ ବସି ହସିହସି ଆସୁଛନ୍ତି ଆମ ପାଖକୁ। ଆମକୁ ତାଙ୍କ ଘର ପର୍ଯ୍ୟନ୍ତ ନେଇଯିବା ଲାଗି। ମୁଁ କହିଲି - 'ଅଙ୍କୁର ତମେ ନ ଆସିଲେ ଆମେ ତମ ଘରକୁ ରାସ୍ତା ପାଇବା ସବୁବେଳେ ଭାରି ମୁସ୍କିଲ।' ଅଙ୍କୁର ହସ ହସ ମୁହଁରେ ଦିଶୁଥିଲେ ପରିପୂର୍ଣ୍ଣ। କହିଲେ - 'ମାମୁଁ ମୁଁ ତ ସବୁବେଳେ ଅଛି ତୁମକୁ ମା' ବାପାଙ୍କ ପାଖକୁ, ଆମ ଘରକୁ ନେଇଯିବା ପାଇଁ। ତୁମେ ଚିନ୍ତା କରିବ ନାହିଁ। ଖାଲି ମତେ ଫୋନ୍‌ଟିଏ କରିଦେବ।' ଆଉ ଫୋନ୍ କରି ନ ପାରିଲେ... ହସି ହସି କହିଲେ ଅଙ୍କୁର କେବଳ 'ମତେ ଥରେ ମନେପକାଇଦେବ ତ ସେତିକିରେ ମୁଁ ଚାଲି ଆସିବି ତୁମ ପାଖକୁ। ତୁମକୁ ଦେଖିଲେ ମା' କେତେ ଖୁସି ହୁଅନ୍ତି ତାହା କ'ଣ ମୁଁ ଜାଣିନାହିଁ!'

ସତକଥା। ସେଦିନ ଫୋନ୍ କରିବା ପାଇଁ ବି ଅବସର ମିଳିନଥିଲା। ଖାଲି ଅଙ୍କୁର କହିବାନୁସାରେ ତାଙ୍କୁ ମନେପକାଇଥିଲି। ଆଉ ସେତିକିରେ ସେ ଆମ ଆଗରେ ହୋଇଉଠିଲେ ଉଦ୍‌ଭାସିତ। ଅଟୋରିକ୍ସା ପାଖକୁ ଆସି ବାଇକ୍‌ରୁ ଓହ୍ଲାଇଲେ। ପାଦ ଛୁଇଁ ପ୍ରଣାମ କଲେ ମା'ଙ୍କୁ ମୋତେ ଓ ତାଙ୍କର ମାଇଁଙ୍କୁ। ପୁଅ ଶୌଭିକକୁ ଗେହ୍ଲା କଲେ। କହିଲେ ମୋ ପଛେ ପଛେ ଅଟୋରିକ୍ସାରେ ଆସ। ଆମେ ଚାଲିଲୁ ତାଙ୍କରି ପଛରେ। ପହଞ୍ଚିଲୁ ତାଙ୍କ ଘର ଆଗରେ। ଅଟୋରିକ୍ସାରୁ ଓହ୍ଲାଇ ଘର ଭିତରକୁ ଯିବା ପାଇଁ ଯେତେବେଳେ ଉଦ୍ୟତ ହେଲୁ, ଦେଖିଲୁ କେତେ ଆତ୍ମୀୟ ସ୍ୱଜନ ବେଢ଼ି ରହିଛନ୍ତି ପ୍ରିୟ ଭଉଣୀ, ସବୁଠୁ ସାନ ସେ - ମହାଶ୍ୱେତାକୁ। ଓଃ!!! ମୋର ପ୍ରିୟ ଭଣଜା ଏ ଭିଡ଼ ଭିତରେ କାହାନ୍ତି? ମନେ ମନେ ପ୍ରଶ୍ନ କଲି ମୁଁ। ଭିତରକୁ ଯାଇ ଦେଖିଲି ମହାଶ୍ୱେତାର ଦୁଇଟି ଆଖି ପରିଣତ ହୋଇଯାଇଛି ଦୁଇଟି ନଦୀରେ। କମ୍ପିତ କଣ୍ଠରେ ଆମକୁ ଦେଖି ସେ କହୁଛି- ଗଲାବେଳେ ବାଇକର ପଛରେ ବସି ଅଙ୍କୁର ତାକୁ କିପରି ହସି ହସି ଅନାଉଥିଲେ। ଏମିତି ହସି ହସି କେବେ ଓଲଟି ଓଲଟି ମୋତେ ଦେଖେନା। କାଲି କାହିଁକି ଏମିତି ଦେଖୁଥିଲା ଆଜି ଜାଣିପାରୁଛି। ମହାଶ୍ୱେତାର କଣ୍ଠ ବାଷ୍ପରୁଦ୍ଧ। ଯୁଯୁମୁରାର ନଦୀଶଯ୍ୟା ନିକଟକୁ ବନ୍ଧୁମାନଙ୍କ ସହିତ ପିକନିକ୍ ପାଇଁ ଯାଇଥିଲେ ଭଣଜା। ସେଠି ସ୍ନାନ କରିବାବେଳେ ଏକ ପଥର ଉପରୁ ତଳକୁ ଖସି ପଡ଼ିଥିଲେ ଅଚାନକ।

ତାହା ହିଁ ଥିଲା ଶେଷଦୃଶ୍ୟ।

ତେବେ ଆଜି ଆମକୁ ଅଟୋରିକ୍ସା ଆଗରେ ବାଟ କଢ଼ାଇ କଢ଼ାଇ ଯେଉଁ

ଭଣଜା ଅଙ୍କୁର ନେଇଆସିଲେ, ସେ କାହାନ୍ତି ? ବୁଇର ଦୁଇ ଆଖିର ନଦୀରେ ଯେଉଁ ଅକାଳ ଅଦିନିଆ ବନ୍ୟା ମାଡ଼ି ଆସୁଥିଲା, ସେଇଠି ଦିଶିଲା ଅଙ୍କୁରଙ୍କ ସ୍ନେହପୂର୍ଣ୍ଣ ଆଉ ହସ ହସ ମୁଖମଣ୍ଡଳ। ସାଶ୍ରୁଲୋଚନରେ ଷ୍ଟାଚ୍ୟୁ ପରି ମହାଶ୍ୱେତା ଆଗରେ ଠିଆ ହୋଇ ନିର୍ବାକ ନିସ୍ପନ୍ଦ ଭାବରେ ଦେଖୁଥିଲି ମୁଁ ଅଙ୍କୁର ନାମକ ଯୌବନୋଦୀପ୍ତ ଦିବ୍ୟଜ୍ୟୋତିକୁ। ସେ ବୁଇ ସହ ରହିଛନ୍ତି ଏକାତ୍ମ ହୋଇ। ବୁଇର ଆଖି, ମୁହଁ ପ୍ରତିଟି ଅଙ୍ଗପ୍ରତ୍ୟଙ୍ଗରେ ଉଦ୍ଭାସିତ ହେଉଛନ୍ତି ପରିପୂର୍ଣ୍ଣ ରୂପନେଇ। ମୁଁ ହରାଇ ଦେଇଥିଲି ସେଥିପାଇଁ ସାନ୍ତ୍ୱନା ଦେବାର ଭାଷା।

■

ମାମୁଁଘର

ଏତିକିବେଳେ ଆମେ ଯାଉଥିଲୁ ମାମୁଘରକୁ ଯେତେବେଳେ ଅଜା ଦଶହରା ମାସରେ ଭାଇଜୀଇଁତିଆ ପାଳନ କରିବା ପାଇଁ ଡାକିବାକୁ ଆସନ୍ତି ମା'ଙ୍କୁ। ତେଣୁ ସଦା ସ୍ନେହଶୀଳ ମୋର ଅଜା ପଦ୍ମପୁରରୁ ବରପାଲି ଆସିବା ମାତ୍ରକେ ମୋ ମନରେ ଖେଳି ଯାଉଥିଲା ପୁଲକର ଢେଉ ପରେ ଢେଉ। ଆମ ଘରେ ମୋର ଜେଜେ ବା ପିତାମହ, ମୋର ପୂଜ୍ୟ ପିତା କେହି ବି ମା' ଓ ମୋତେ ଛାଡ଼ିବାକୁ କଦାପି ଚାହାନ୍ତି ନାହିଁ। ଅନୁମତି ମିଳେ ଗୋଟିଏ ସର୍ତ୍ତରେ ଯେ ଆମେ ଅଳ୍ପଦିନ ମଧ୍ୟରେ ପ୍ରତ୍ୟାବର୍ତ୍ତନ କରିବୁ ଘରକୁ। ଘର ଛାଡ଼ି ବସ୍‌ଷ୍ଟେସନ ଅଭିମୁଖେ ବାହାରିବାବେଳେ ଅଜା କହନ୍ତି ପିତାମହଙ୍କଠାରୁ ମେଲାଣି ନେଇ ଆସିବା ପାଇଁ। ପିତାମହ, ମୋର ପୂଜ୍ୟ ଦାଦାଙ୍କୁ ଯେତେବେଳେ ମୁଁ କହେ ଯେ - 'ଦାଦା ଆମେ ଯାଉଛୁ ମାମୁଁଘରକୁ।' ଦାଦା ଆର୍ଦ୍ରକଣ୍ଠରେ କହନ୍ତି, "ବାବୁ, ଶୀଘ୍ର ଫେରିଆସିବ ମା'ଙ୍କ ସହ ଘରକୁ। ନ ହେଲେ ମୁଁ ତୋତେ ଖୋଜୁଥିବି ମନ ଭିତରେ।" ଛୋଟ ଥିବାବେଳେ ଦାଦାଙ୍କ ଓ ବାପାଙ୍କ ନିବିଡ଼ ଆବେଗ ସମ୍ପର୍କରେ ମୁଁ ସ୍ପଷ୍ଟ ଭାବରେ କିଛି ଜାଣିପାରୁନଥିଲି। ପରବର୍ତ୍ତୀ ସମୟରେ ଅନୁଭବ କରିଛି ଯେ ମୋର ମୁହୂର୍ତ୍ତକର ଅନୁପସ୍ଥିତି ମଧ୍ୟ ସେମାନଙ୍କୁ କିପରି ଦେଉଥିଲା ଶୂନ୍ୟତାର ଅନୁଭୂତି। ତେବେ ଯାହା ହଉ, ଅଜାଙ୍କ ସହିତ ମା' ଓ ମୁଁ ଯେତେବେଳେ ଯାଉ ମାମୁଁଘରକୁ, ପଦ୍ମପୁର ପହଞ୍ଚିବା ପର୍ଯ୍ୟନ୍ତ ଏକ ଅପୂର୍ବ ଉତ୍କଣ୍ଠା ଓ ଆନନ୍ଦର ବଳୟ ମଧ୍ୟରେ ମୁଁ ଥିଲି ସର୍ବଦା ଶିହରିତ। ବସ୍‌ରେ ବସିବା ମାତ୍ରକେ ପେଟ୍ରୋଲ ଗନ୍ଧରେ ମୋ ମୁଣ୍ଡ ବୁଲାଏ। ଲାଗେ ବାନ୍ତି ବାନ୍ତି। ତଥାପି ଦୀର୍ଘପଥ ଅତିକ୍ରମ କରିବାକୁ ହୁଏ ମାମୁଁଘରର ମାଟି ମାଡ଼ିବାକୁ।

କେତେବେଳେ ଅଜାଙ୍କ ସହିତ ଯାଇଛୁ। ଆଉ କେବେକେବେ ବାପା, ମା' ଓ ମୁଁ ଏକାଠି ଯାଇଛୁ ମାମୁଁଘରକୁ। ସରକାରୀ ବସ୍‌ରେ ବସିରହି ଯିବାବେଳେ ମାମୁଘରର

ଚିତ୍ର ଅଙ୍କନ ହୋଇଯାଉଥାଏ ଆପେଆପେ ମନ ମଧ୍ୟରେ। ପଦ୍ମପୁର ପହଞ୍ଚିବା କ୍ଷଣି ସତେ ଯେମିତି ଆକାଶ ପବନରୁ ଓ ଅଦୂରରେ ଦୃଶ୍ୟମାନ ବିରାଟ ଜଳାଶୟରୁ ଭାସିଆସୁଥାଏ ସୂକ୍ଷ୍ମ ସ୍ୱାଗତ ସଂଗୀତ। ପ୍ରତିଟି ପାଦ ଆଗକୁ ବଢ଼ାଉଥିବାବେଳେ ମନେହୁଏ ଯେମିତି କିଏ ଆମ ଯାତ୍ରାପଥରେ ବିଞ୍ଚି ଦେଉଛି ସୁଶୀତଳ ଜଳ ଓ ସୁଗନ୍ଧିତ ପୁଷ୍ପପାଖୁଡ଼ା। ମାମୁଘର ଭିତରକୁ ପହଞ୍ଚିଯିବା ମାତ୍ରକେ ମୋର ସ୍ନେହମୟୀ ଆଈ ଯେଉଁ ଭାବୋଚ୍ଛଳ ଭାଷାରେ ଆବୋରି ପକାନ୍ତି ମୋତେ ତାହା କ'ଣ କେବେ ବି ଭୁଲିପାରିବି ? ମନେପଡୁଛି, ଏକ ପରିଷ୍କୃତ ଗଡୁରେ ବିଶୁଦ୍ଧ ଜଳ ଆଣି ସେ ନିଜ ହାତରେ ମୋର ଦୁଇ ପାଦକୁ ଧୋଇଦିଅନ୍ତି ଅପୂର୍ବ ବାତ୍ସଲ୍ୟଭାବ ନେଇ। ପୁଣି ସେଇ ଜଳରେ ଧୋଇଦିଅନ୍ତି ମୋର ମୁଖମଣ୍ଡଳ ଆଉ ଦୁଇହାତ ପାପୁଲିକୁ। ସତେ ଯେପରି ସେଇ ମୁହୂର୍ତ୍ତରେ ମୋର ହୋଇଯାଏ ପବିତ୍ର ତୀର୍ଥରେ ସ୍ନାନାନୁଭୂତି ଅର୍ଜନ କରିବାର ଆନନ୍ଦଲାଭ। ଆଈଙ୍କ ଦୁଇ ଆଖିରୁ ଯେଉଁ ସ୍ୱର୍ଗୀୟ କିରଣ ବିଚ୍ଛୁରିତ ହୋଇଆସେ ଓ ତାଙ୍କ ହସରେ ରହିଥାଏ ଯେଉଁ ଗଭୀରତର ମମତାର ପ୍ରତିଫଳନ, ତାହା ମୋତେ ଅବିଷ୍ଟ କରିପକାଏ ମୁହୂର୍ତ୍ତକରେ। ପଦ୍ମପୁର ମାଟିର, ମାମୁଁଘରର, ଅଜା ଓ ଆଈଙ୍କର ଦେହର ସୁଗନ୍ଧ ମଧ୍ୟରେ ଭରିରହିଥାଏ ଯେଉଁ ଆତ୍ମୀୟତା ତାହା ମନେପଡ଼ିଲେ ଏବେ ବି ଲାଗେ ଯେମିତି ସବୁକିଛି ଘଟିଯାଇଛି ଏଇ ଗତକାଲି।

ମାମୁଁଘରେ କେବେ କିଛି ଅଭାବ ନ ଥିଲା। ହଳଦୀମିଶା ମୁଢ଼ିଭଜାର ସ୍ୱାଦ ଓ ସୁଗନ୍ଧ ମୋ ପାଇଁ ଥିଲା ନିଆରା। ରୋଷେଇଘରର ବାସ୍ନାରେ ବି ମୁଁ ହୋଇଯାଉଥିଲି ପରିପୂର୍ଣ୍ଣ। କି ଜିନିଷର ବା ଥିଲା ଅଭାବ! କି ମିଠା ଗାଈକ୍ଷୀର!! ଏଭଳି ସ୍ୱାଦ ସହସ୍ର ସହସ୍ର ଥର କ୍ଷୀରପାନରେ ଅନ୍ୟତ୍ର ଅଥବା ଆମଘରେ ମଧ୍ୟ ମୁଁ ପାଇପାରି ନାହିଁ। ସତେ ଯେମିତି ମାମୁଁଘରର ଗାଈ ଠିଆ ହୋଇ ରହିଥାଏ କାମଧେନୁ ପରି। ପ୍ରତିଦିନ ବାଲଟିରେ ପରିପୂର୍ଣ୍ଣ କ୍ଷୀର ପ୍ରଦାନ କରେ ସେ। ଖାଣ୍ଟି ଗୋରସର ସେହି ଶୁଭ୍ରତା ଆଉ ସୁଗନ୍ଧ ସତରେ ଆଉ ଜୀବନରେ ଏ ପର୍ଯ୍ୟନ୍ତ ପାଇପାରି ନାହିଁ ମୁଁ।

ଆଈ ମୋତେ ସାଙ୍ଗରେ ନେଇ ବଡ଼ କଟା ବା ସୁପ୍ରସିଦ୍ଧ ବିରାଟ ହ୍ରଦାକାର ଜଳାଶୟକୁ ନେଇ ତା'ର ସୁଶୀତଳ ସ୍ନିଗ୍ଧ ଜଳରେ ସ୍ନାନ କରାଇ ନେଇ ଆସନ୍ତି ମୋତେ ଘରକୁ। ମାମୁଘରର ଯେଉଁମାନେ ପଡ଼ୋଶୀ ସେ ସମସ୍ତଙ୍କ ଅସାମାନ୍ୟ ସ୍ନେହ ଅର୍ପିତ ହୁଏ ମୋ ପ୍ରତି। ଗୋଟି ଗୋଟି କରି ସେ ଚରିତ୍ରଗୁଡ଼ିକର ବର୍ଣ୍ଣନା କଲେ ତାହା ଉପନ୍ୟାସର ଆକାର ଗ୍ରହଣ କରିବ। ସେଥିପାଇଁ ସେଭଳି ଉଦ୍ୟମରୁ ଏ ଅବସରରେ ମୁଁ କ୍ଷାନ୍ତ ରହୁଛି ଅନିଚ୍ଛା ସତ୍ତ୍ୱେ। ପ୍ରତିଥର ମାମୁଁଘରୁ ଫେରିବାବେଳକୁ ଅଜା ମୋ ପାଇଁ ତିଆରି କରି ଆଣିଥିବା ଢିଲା ପାଇଜାମା ପିନ୍ଧାଇ ଦିଅନ୍ତି ସ୍ନେହଭରେ। ଯେଉଁ ଦର୍ଜିଙ୍କ ଦ୍ୱାରା ପ୍ରସ୍ତୁତ ହୁଏ ଏ ପୋଷାକ ସେ ଥିଲେ ଅଜାଙ୍କ ସାନଭାଇ ପରି ମୋ ପ୍ରତି ସର୍ବଦା

ଶ୍ରଦ୍ଧାଶୀଳ। ପଡ଼ୋଶୀ ଘରର ପୁଅଝିଅମାନଙ୍କ ସହିତ ଖେଳରେ ଖେଳରେ ବିତିଯାଏ ଏଇ କେତୋଟି ଦିନ ମଳୟ ପବନର ପ୍ରବାହ ପରି। ଦିନ ସରିଯାଏ ଖୁବ୍ ଶୀଘ୍ର। ଲେଉଟିବାକୁ ପଡ଼େ ବରପାଲିକୁ। ସକାଳ ପାହିବା ମାତ୍ରକେ ଅଜା ଯେଉଁ ଗରମ ଗରମ ସିଙ୍ଗଡ଼ା ଆଣି ଦେଉଥିଲେ ଆମ ପାଇଁ ତାହାର ସ୍ୱାଦ ଆଉ ଦ୍ୱିତୀୟ ଥର କେଉଁଠି ହେଲେ ପାଇନାହିଁ ମୁଁ।

ଏଇ ସବୁ ପରିପୂର୍ଣ୍ଣତା ଭିତରେ ରହିଯାଇଥିଲା ଯେଉଁ ଅପୂର୍ଣ୍ଣତା, ତାହା ନ କହିଲେ କିଏ ବା ବୁଝିବ ମୋର କିମ୍ବା ମା'ଙ୍କର ଅନ୍ତର୍ବ୍ୟଥାକୁ! ତାହା ହେଉଛି ଯାହାଙ୍କ ସକାଶେ ମାମୁଁଘର ସେହି ଚିର ଈପ୍ସିତ ମାମୁ ମୋର ପ୍ରାୟ ରହିଥା'ନ୍ତି ଅନୁପସ୍ଥିତ। ସେ ତାଳଚେରରେ କରନ୍ତି ଚାକିରି। ପଦ୍ମପୁରକୁ ଆସନ୍ତି କ୍ୱଚିତ। ଆଉ ଆସିଲେ ମଧ୍ୟ ରହିଥାନ୍ତି ମୌନାବତାର ହୋଇ। ତାଙ୍କ ସହିତ ଜୀବନରେ ଥରେ ମାତ୍ର ପ୍ରାୟ ପାଞ୍ଚ ମିନିଟ୍ କାଳ କଥାବାର୍ତ୍ତା ହେବାର ସୁଯୋଗ ପାଇଛି ମୁଁ। ସେତିକିବେଳେ ସେ ମୋତେ ଭୂଗୋଳ, ଇତିହାସ ସମ୍ପର୍କରେ ପଚାରିଥିଲେ କେତୋଟି ପ୍ରଶ୍ନ। ମୁଁ ସେଥିରେ ବିଫଳ ହୋଇଥିଲି। ଭାଇ ଜୀଇଁତିଆ ଦିନ କେବଳ ଗୋଟିଏ ବର୍ଷ ସକାଶେ ଦେଖିଥିଲି ମୁଁ ତାଙ୍କୁ ମା' ଓ ମାଉସୀ ଦୀପ ପ୍ରଜ୍ଜ୍ୱଳନ କରି ତାଙ୍କୁ ଦୂବ ଛୁଆଁଉଥିବାବେଳେ। ସେତେବେଳେ ମଧ୍ୟ ତାଙ୍କର ଗାମ୍ଭୀର୍ଯ୍ୟ ଥାଏ ଅବ୍ୟାହତ। ପରେ ମୁଁ ପଞ୍ଚମ ଶ୍ରେଣୀରେ ଯେତେବେଳେ ପଢୁଥିଲି ତାଙ୍କର ହେଲା ବାହାଘର। ପ୍ରଥମେ ପ୍ରଥମେ ବିବାହ ପାଇଁ ସ୍ୱୀକୃତି ଦେଉନଥିବା ମାମୁଁ ବଡ଼ କଷ୍ଟରେ ଯେତେବେଳେ ଦେଲେ ସମ୍ମତିର ଅନନ୍ୟ ମୌନ ସଂକେତ, ସେତେବେଳେ ଅଜା ଆଈଙ୍କ ଆନନ୍ଦ କହିଲେ ନ ସରେ। ଅନେକ କନ୍ୟାପାତ୍ରୀ ଏହି ଅନ୍ୱେଷଣରେ ଅଯୋଗ୍ୟା ପ୍ରତିପାଦିତ ହେଉଥିଲେ ମାମୁଁଙ୍କ ବିରଳ ବିଜ୍ଞତାରେ। ଯାହାହେଉ ଗ୍ରାଜୁଏଟ୍ ଶିକ୍ଷା ସମାପ୍ତ କରିଥିବା ସୁପାତ୍ରୀ ମନୋନୟନରେ ମାମୁ ଯେତେବେଳେ ପ୍ରଦାନ କଲେ ସ୍ୱୀକୃତି, ସେତେବେଳେ ପୁନଶ୍ଚ ସମୁଦ୍ର ବକ୍ଷରେ ଉଠିଥିଲା ପୂର୍ଣ୍ଣିମା ରାତିର ଉତ୍ତାଳ ଢେଉ। ବାହାଘର କି ଉତ୍ସାହଭରେ ହେଲା, ମୁଁ କିପରି ଯାଇଥିଲି ବରଯାତ୍ରୀ ଦଳ ସହିତ ଜିଦ୍ କରି କାନ୍ଦିକାନ୍ଦି, ତାହା କ'ଣ କେବେ ବି ଭୁଲିପାରିବି ? ବାହାଘରବେଳେ ସବୁଠୁ ସ୍ୱାଦିଷ୍ଟ ଥିଲା ଯେଉଁ ଖଜା ବା ଲଡ୍ଡୁ ତାହାକୁ ଏବେ ବି ଝୁରିହୁଏ ମୁଁ। ଆଶା ଥିଲା ମାଇଁ ମୋର ସେହି ଲଡ୍ଡୁ ପରି ବିତରଣ କରିବେ ଅମୃତୋପମ ସ୍ନେହ। ଅଥଚ ଦେଖିଲି ମୁଁ ସିଏ ମଧ୍ୟ ମାମୁଁଙ୍କ ପରି ମୃଦୁଭାଷୀ। ଯେତିକି ଆବଶ୍ୟକ ସେତିକି ମଧ୍ୟ ଉଚ୍ଚାରିତ ହୁଏ ତାଙ୍କକଣ୍ଠରେ। ଏହା ବିବାହ କାଳରୁ ଆରମ୍ଭ କରି ଅବ୍ୟାହତ ହୋଇ ରହିଲା ପ୍ରାୟ ଏ ପର୍ଯ୍ୟନ୍ତ। ମାମୁ କଲିକତା ନିକଟବର୍ତ୍ତୀ ହଳଦିଆ ଅଞ୍ଚଳରେ କଲେ ଚାକିରି। ଏ ପର୍ଯ୍ୟନ୍ତ ସେମାନେ ପୁତ୍ରକନ୍ୟାଙ୍କ ସହ ରହିଆସିଛନ୍ତି ଏକାଠି। ପଦ୍ମପୁର ପ୍ରତ୍ୟାବର୍ତ୍ତନର ସୂଚନା

ମିଳେନା କେବେ। ଅଜା ଆଈ ଯେଉଁ ଦିନଠୁ ବୁଜିଲେ ଆଖି, ଚିରଦିନ ପାଇଁ ପଦ୍ମପୁର ଘରର କବାଟ ମଧ୍ୟ ନିବୁଜ ହୋଇଗଲା ଠିକ୍ ସେହିପରି।

ପଦ୍ମପୁର ଗଲେ ମାମୁଘର ସାମ୍ନାରେ ଛିଡ଼ାହୁଏ କ୍ଷଣେ। ଘରଟିକୁ ଦେଖି ଯେଉଁ କାନ୍ଦ ମାଡ଼େ ତାହାକୁ ଅଟକାଇ ରଖେ। ନିଜ କର୍ତ୍ତବ୍ୟ ଶେଷ କରି ପୁଣି ଫେରିଆସେ ପଦ୍ମପୁରରୁ। କେତେ ବଦଳିଗଲାଣି ସେ ପରିବେଶ। ଆଉ ସେଇ ବୁଢ଼ା ଦର୍ଜି ଦାଦା ନାହାନ୍ତି କି ତାଙ୍କର ସିଲାଇ ମେସିନ୍ ଆଉ ଗାଉ ନାହିଁ ଶିଶୁଗୀତିକା। ପଡ଼ୋଶୀ ଘରର ମୁରବୀମାନେ କଲେଣି ସ୍ୱର୍ଗାରୋହଣ। ଯେଉଁ ପୁଅମାନଙ୍କ ସହିତ ଖେଳୁଥିଲି ମୁଁ ସେମାନେ ହୋଇଯାଇଛନ୍ତି ଅନ୍ତର୍ଦ୍ଧାନ। ଯେଉଁ କୁନିଝିଅମାନେ ଥିଲେ ମୋର ଖେଳସାଥୀ, ସେମାନେ ବାହା ହୋଇ ଶାଶୁଘର ଯାଇସାରିଛନ୍ତି। କଦବା କ୍ୱଚିତ ଯଦି ସେମାନେ ଆସିଥାନ୍ତି ଆଉ ମୋ ସହ ଦେଖାହୁଏ ତା'ହେଲେ ଲଜ୍ଜାବନତ ହୋଇ ଲୁଚି ଯାଆନ୍ତି ଘରକୋଣରେ। ଜୀବନ ଏଇପରି ପରିବର୍ତ୍ତନଶୀଳ।

ମା' କିନ୍ତୁ ତାଙ୍କ ଭାଇଙ୍କୁ କେବେ ବି ଅନାଦର କରିପାରନ୍ତି ନାହିଁ ମନ ଭିତରେ। ଭାଇଙ୍କ ପାଇଁ ଭାଇଜୀଉଁତିଆ ଉପବାସ କରୁଥାଆନ୍ତି ପଦ୍ମପୁର ନ ଯାଇ ମଧ୍ୟ। ଆଈ ଚାଲିଯିବାବେଳେ ମା' ଓ ମାଉସୀ ଉଭୟେ ଥିଲେ ଉପସ୍ଥିତ। ତା'ପରେ ଅଜାଙ୍କ ଅବସ୍ଥା ହେଲା ଏତେ ଦୂର କରୁଣ ଯେ ତାହା ବର୍ଣ୍ଣନା କରିବା ସକାଶେ ମୁଁ ଅନ୍ତତଃ ଅକ୍ଷମ। କିଛିଦିନ ମାଉସୀଙ୍କ ଘରେ ଆଉ କିଛି ଦିନ ଆମ ଘରେ ବିତୁଥିଲା ତାଙ୍କ ଜୀବନର ଅନ୍ତିମ ପର୍ଯ୍ୟାୟ। ଅଧିକ ଦୁର୍ବଳ ହେବା ପରେ ହଳଦିଆରୁ ମାଇଁ ଆସି ତାଙ୍କୁ ନେଇଯାଇଥିଲେ ଆକସ୍ମିକ ଭାବରେ। ସମଗ୍ର ସମାଜରେ ସମସ୍ତଙ୍କର ପ୍ରିୟଭାଜନ ହୋଇଥିବା ଅଜା ସମସ୍ତଙ୍କ ଅଜାଣତରେ ସେହି ହଳଦିଆରେ ପରିଣତ ହୋଇଗଲେ ପାଉଁଶରେ। ଦୁଃସମ୍ବାଦ ପାଇଲା ପରେ ମା' କ୍ରନ୍ଦନ କରିଥିଲେ କୁନି ଝିଅଟିଏ ପରି।

ଏତେ କଥା କହୁଁ କହୁଁ ଯେଉଁ କଥାଟିରୁ ଆରମ୍ଭ କରିଥିଲେ ଏହା ହୋଇପାରିଥାନ୍ତା କ୍ଷୁଦ୍ରଗଳ୍ପ ପରି ଉତ୍କଣ୍ଠାପୂର୍ଣ୍ଣ, ତାହା ଭୁଲିଯାଇଛି ମୁଁ। ତେବେ ପାଠକମାନଙ୍କ ମଧ୍ୟରେ ଉତ୍କଣ୍ଠିତ ହୋଇ ରହିବାର ଭାବ ଅବ୍ୟାହତ ରଖିବାର ଶୈଳୀ ଅବଲମ୍ବନ କରିପାରିନଥିଲେ ବି ଶେଷକଥାଟି ନିହାତି କହିବା ଆବଶ୍ୟକ।

ଯେତେବେଳେ ଅଜା ଥିଲେ ମାଉସୀଙ୍କ ଘରେ, ସେତେବେଳେ ମଉସା ମାଉସୀ ଅତ୍ୟନ୍ତ ସଚେତନ ଭାବରେ ଅଜାଙ୍କଠାରୁ ଲେଖାଇ ନେଇଥିଲେ ତାଙ୍କ ସମ୍ପତ୍ତିର ଭାଗ। ଏକଥା ମା' ଜାଣିବା ପରେ ବ୍ୟଥିତ ହୋଇଥିଲେ ଗଭୀର ଭାବରେ। ନିଜ ପିତାଙ୍କଠାରୁ ତାଙ୍କ ଅନିଚ୍ଛା ସତ୍ତ୍ୱେ କୌଣସି ସମ୍ପତ୍ତି ଆଣିବାର ପକ୍ଷପାତୀ ନଥିଲେ ସେ। ଆମେ ମାମୁଘରୁ ପାଇପାରିଲୁ ନାହିଁ କିଛି ଭାଗ, ଅଜାଙ୍କ ଅଚଳାଚଳ ସମ୍ପତ୍ତି, ଘରଦ୍ୱାର, ଜମିବାଡ଼ି ରହିଥିବା ସତ୍ତ୍ୱେ। କିନ୍ତୁ

କାହିଁକି କେଜାଣି ମୁଁ କଦାପି ଏ ଘଟଣାରେ ଦୁଃଖିତ ହୋଇପାରୁନାହିଁ ଆଜି ବି। ମନେପଡ଼ିଯାଉଛି ଥରେ ମାମୁଁଘରୁ ଫେରିଲୁ ଯେତେବେଳେ ବରପାଲିକୁ, ଅଜା ଆଈ ତାଙ୍କର ପଡ଼ୋଶୀ ଓ ସମ୍ପର୍କୀୟ ସମସ୍ତେ ମୋତେ ଯେଉଁ ପଇସା ଦେଇଥିଲେ ସେଥିରେ ପୂର୍ଣ୍ଣ ହୋଇଯାଇଥିଲା ଏକ ଲବଣ ଭାସ୍କର ଡବା। ସେ ଡବା, ସେ ପଇସା ନ ଥାଉ ପଛକେ ମୋ ହାତରେ, କିନ୍ତୁ ସେଇତକ ସ୍ମୃତି ଶ୍ରେଷ୍ଠ ସମ୍ପତ୍ତି ହୋଇ ରହିଛି ଅଜା ଆଈଙ୍କ ସ୍ନେହମିଶ୍ରିତ ହୋଇ।

ଏଇ କିଛି ଦିନ ତଳେ ମୋ ପୁଅ ଶୌଭିକ ମୋତେ ପ୍ରଶ୍ନ କରୁଥିଲା, ବାପା ଆମେ ବାଲେଶ୍ୱରରେ ବା ଭୁବନେଶ୍ୱରରେ ବଡ଼ଘରଟିଏ କିଣିବା ନାହିଁ କି ? ସବୁଦିନ କ'ଣ ରହୁଥିବା ଭଡ଼ାଘରେ ? ମୁଁ ଭୁବନେଶ୍ୱରରେ ଆଉ ବାଲେଶ୍ୱରରେ ଅଧ୍ୟାପନା କରି ଯେଉଁ ଭଡ଼ାଘର ନେଇ ଆସିଛି, ସେଥିରେ ପୁଅ ଶୌଭିକ ମୁକ୍ତ ମନରେ ଦୌଡ଼ାଦୌଡ଼ି କଲେ ତଳେ ରହୁଥିବା ମାଲିକଙ୍କ ସୁଖନିଦ୍ରାରେ ଆଉ ତାଙ୍କର ଜ୍ଞାନ ଆହରଣ-ପିପାସୁ ପୁତ୍ରକନ୍ୟାଙ୍କ ଅଧ୍ୟୟନରେ ବ୍ୟାଘାତ ସୃଷ୍ଟି ହୋଇଆସୁଛି। ଏହି କଟକଣାରୁ ଉତ୍ତୀର୍ଣ୍ଣ ହେବା ପାଇଁ ଲୋଡ଼ା ନିଜ ଘରଟିଏ। ସେଇଥିପାଇଁ ଶୌଭିକ ଆଜି ସ୍ୱପ୍ନାଚ୍ଛନ୍ନ। ମୁଁ ତା' ପ୍ରଶ୍ନର ଉତ୍ତର ଦେଇ କହିଥିଲି - ବାବୁ, ଆମେ ଘର ତିଆରି କରିବା ଭଳି ଅର୍ଥ ସଞ୍ଚୟ କରି ରଖିନାହୁଁ ବା ରଖିପାରିବା ନାହିଁ। ଶୌଭିକ ତାକୁ ତା'ର ପ୍ରିୟଜନ ଦେଇଥିବା ଟଙ୍କା ଡବାଟିକୁ ଆଣି ଝାଡ଼ିଦେଲା ମୋ ଆଗରେ। ପ୍ରାୟ ହଜାରେ ଟଙ୍କା ଉପରେ ହେବ ତାହା। କହିଲା 'ଦେଖ ବାପା, ଏତେ ପଇସା ରଖିଛି ମୁଁ। ଏ ପଇସାରେ କ'ଣ ଘର ଆମେ ତିଆରି କରିପାରିବା ନାହିଁ ?'

ଏବେ ସୁପ୍ରିମକୋର୍ଟ ତାଙ୍କ ରାୟ ଦେଇ କହିଛନ୍ତି ଯେ, ବାପାଙ୍କ ସମ୍ପତ୍ତିରେ ପୁଅର ଯେତିକି ଭାଗ, ଝିଅର ମଧ୍ୟ ରହିଛି ସମାନ ଅଂଶ। ମୋତେ ସେଥିପାଇଁ ଘରେ ଓ ବାହାରେ କୋର୍ଟର ଆଶ୍ରୟ ନେବା ପାଇଁ ମିଳିଛି ଉପଦେଶ।

ମୋ ପୁଅ ଶୌଭିକର ଡବାରେ ଥିବା ପଇସା ବଳରେ ଘର ତିଆରି ହୋଇପାରିବ ବୋଲି ଯେମିତି ତା'ର ଅଟଳ ବିଶ୍ୱାସ, ସେମିତି ମୋ ଡବାରେ ମାମୁଁଘରେ ଯେଉଁ ପଇସା ପରିପୂର୍ଣ୍ଣ କରିଦେଇଥିଲେ ସେଥିରେ ନୂଆଘରଟିଏ କିଣିବା କ'ଣ ଅସମ୍ଭବ ? ଏହି ଶୈଶବ କାଳର ସୁକୁମାର ଭାବନାର ଅଟଳ ବିଶ୍ୱାସ ଶୌଭିକ ପରି ମୁଁ କ'ଣ ରଖିପାରିବି ନାହିଁ ?

ମୁଁ ହାଇକୋର୍ଟ ବା ସୁପ୍ରିମକୋର୍ଟକୁ ମୋ ବୃଦ୍ଧାମାତାଙ୍କୁ ନେଇ ଝିଅର ଦାବି ସାବ୍ୟସ୍ତ କରିବା ପାଇଁ କେସ୍ କରିବି ନା ଶୌଭିକର ଆତ୍ମା ସହିତ ଏକାତ୍ମ ହୋଇ ସ୍ୱପ୍ନ ଦେଖିବି ନୂତନ ଘରଟିଏର ନିର୍ମାଣ ପାଇଁ, ଯେଉଁଠି ବର୍ଷା ହେଉଥିବ ଅଜା ଆଈଙ୍କ ଅଜସ୍ର ଆଶିଷଧାରା !

■

(୨୦୨୧ ମସିହା 'ଶିବାନୀ'ର ଶାରଦୀୟ ବିଶେଷାଙ୍କରେ ପ୍ରକାଶିତ।)

ଏ ଜନ୍ମର ତୀର୍ଥଭୂମି

ବହୁବର୍ଷ ବିତିଗଲା ପରେ ମୁଁ ନିଜେ ହିଁ ଚୂଡ଼ାନ୍ତ ନିଷ୍ପତ୍ତି ନେଲି ଘରର ନାଁ 'ଗଙ୍ଗାଧର ସ୍ମୃତି ସଦନ' ରଖାଯିବ। ମୋର ଏହି ନିଷ୍ପତ୍ତିକୁ ସମ୍ପୂର୍ଣ୍ଣ ହାର୍ଦ୍ଦିକ ସ୍ୱୀକୃତି ଦେଇଥିଲେ ମୋର ବଡ଼ବାପା ବିନୋଦ ଚନ୍ଦ୍ର ମେହେର।

ଯେତେବେଳେ ମୁଁ ତୃତୀୟ ଶ୍ରେଣୀର ଛାତ୍ର, ସେତେବେଳେ ସ୍ୱଭାବକବିଙ୍କ ଜନ୍ମଗୃହ ଓଡ଼ିଶା ସରକାରଙ୍କ ଦ୍ୱାରା ଜାତୀୟକରଣ ଘୋଷଣା କରାଗଲା ଓ ଆମେ ସପରିବାର ସେହି ପୁରୁଣାଘର ଛାଡ଼ିଦେଇ ପ୍ରବେଶ କରିଥିଲୁ ନବନିର୍ମିତ ଗୃହକୁ। ପୁରୁଣାଘର ସହିତ ଯେଉଁ ସ୍ମୃତି ବିଜଡ଼ିତ ହୋଇ ରହିଛି, ତାହା ତ ଆଉ ଏକ ହୃଦୟସ୍ପର୍ଶୀ ପ୍ରସଙ୍ଗ। ଆଜି ମୁଁ ନୂଆଘର ସମ୍ପର୍କରେ ହିଁ କହୁଛି, ମୋର ଅନୁଭବର କଥା। ସେହି ଘରେ ବିତିଛି ମୋର ଅବଶିଷ୍ଟ ଦୀର୍ଘ ଜୀବନ। ସେଇଥିପାଇଁ ନୂଆଘର ଯାହା ଆଜି ପୁରୁଣା ହୋଇଗଲାଣି ତାହାର ଆତ୍ମା ମୋର ହୃଦୟକୁ ଅଧୀର କରି ଯେପରି ତୀବ୍ର ଭାବରେ ଆଲୋଡ଼ିତ କରୁଛି ବାରମ୍ବାର, ସେକଥା ପ୍ରକାଶ ନ କରି ମୁଁ ରହିପାରୁ ନାହିଁ ତେଣୁ।

କର୍ମକ୍ଷେତ୍ର ଭାବରେ ବାଣୀବିହାରକୁ ଆଦରିନେଇ ମୁଁ ବର୍ତ୍ତମାନ ଭୁବନେଶ୍ୱରର ଯେଉଁ ଘରେ ରହୁଛି ଏଇଘର ଆମର ସେ ନୂଆ ଘରଠୁ ଅଧିକ ପ୍ରଶସ୍ତ। ଏଠି ରହିବା ପାଇଁ ବି ଭାରି ଭଲ ଲାଗୁଛି ମୋତେ। ଅଥଚ ବରପାଲିର ଆମ ଘର ସେହି 'ଗଙ୍ଗାଧର ସ୍ମୃତି ସଦନ'ର ଆତ୍ମିକ ସତ୍ତା ଅହରହ ମୋ ଚେତନାକୁ ଆଚ୍ଛନ୍ନ କରି ରହୁଛି ସର୍ବଦା।

'ଗଙ୍ଗାଧର ସ୍ମୃତି ସଦନ'କୁ ପ୍ରବେଶ କରିବା ମାତ୍ରକେ ଆମର ବାହାର ବାରଣ୍ଡା। ସେହି ବାରଣ୍ଡାରେ ମୋର ପୂଜ୍ୟ ପିତାମହ କବିପୁତ୍ର ଭଗବାନ ମେହେର ଖଟ ଉପରେ ବସୁଥିଲେ ସାରାଦିନ ବ୍ୟାପୀ ଓ ଭଦ୍ରବ୍ୟକ୍ତିମାନଙ୍କ ଆଗମନରେ ତାହା ସର୍ବଦା

ହୋଇଉଠୁଥିଲା ଭାବମୟ। ପିତାମହଙ୍କ ବିୟୋଗ ପରେ ସେହି ଧାରାକୁ ଅବ୍ୟାହତ ରଖିଥିଲେ ମୋର ବଡ଼ବାପା ପୂର୍ଣ୍ଣଚନ୍ଦ୍ର ମେହେର। ତାଙ୍କର ଚାଲିଯିବା ପରେ ସ୍ୱତଃସ୍ଫୂର୍ତ୍ତ ଭାବରେ ଏହି ମହାନ୍ ଭାବଧାରା ମୋତେ ମାଧ୍ୟମ କରି ପରିବେଶକୁ ସର୍ବଦା ରଖିଥିଲା ଭାବ ବିନିମୟର ତୀର୍ଥସ୍ଥଳୀ କରି। ସେଇ ବାରଣ୍ଡାରେ ବସି ମୁଁ ଶହ ଶହ ଭଦ୍ରବ୍ୟକ୍ତିଙ୍କ ସହିତ ହୃଦୟର ଭାବ ବିନିମୟ କରିଛି। ପୁଣି ମୋର ଅତିପ୍ରିୟ ଶହଶହ ଛାତ୍ରଙ୍କ ସହିତ ମଧ୍ୟ ମୋର ଆବେଗମୟ ମୁହୂର୍ତ୍ତ ସବୁ ବିତିଛି ସେଇଠାରେ। ସେଇ ବାରଣ୍ଡା ଦିଶିଯାଉଛି ସ୍ପଷ୍ଟ ଭାବରେ ଭୁବନେଶ୍ୱରରେ ଥାଇ ମଧ୍ୟ। ସେଠି କାନ୍ଥରେ ଝୁଲୁଛି ବଡ଼ବାପା ବିନୋଦ ଚନ୍ଦ୍ରଙ୍କ ଦ୍ୱାରା ଅଙ୍କିତ ଏକାଧିକ ଜୀବନ୍ତ ଚିତ୍ରଲିପି।

ଏଇ ବାରଣ୍ଡାଟି କେତେ ଛୋଟ, ଅଥଚ କି ବିଶାଳ ଉପଲବ୍ଧି ମୋତେ ପ୍ରଦାନ କରିଛି ସେଇ ସୀମିତ ପରିସର। ଅତୀତ ଦିନର ସବୁ ସ୍ମୃତି ପୁଞ୍ଜିଭୂତ ହୋଇ ଆତ୍ମାକୁ ମୋର ଥରାଇ ଦେଉଛି ସୁତୀବ୍ର ଭାବରେ। ବାରଣ୍ଡାର ବାମ ପାଖରେ ଯେଉଁ ଛୋଟ ପ୍ରକୋଷ୍ଠଟି ରହିଛି ତାହା ଆମର ପଢ଼ାଘର। ସେଠି ବର୍ଷ ବର୍ଷ ବ୍ୟାପୀ ଛାତ୍ର ଭାବରେ ଆଉ ଅଧ୍ୟାପକ ଭାବରେ କେତେ ମହାନ୍ ପୁସ୍ତକର ପ୍ରାଣବନ୍ତ ପୃଷ୍ଠା ମଧ୍ୟରେ ମୁଁ ଭିଜିଯାଇଛି ତାହାର ସୀମା ନାହିଁ। ସେଠି ମଧ୍ୟ କାନ୍ଥରେ ଝୁଲୁଥିବା ବିଶ୍ୱକବି ରବୀନ୍ଦ୍ରନାଥଙ୍କ ଫଟୋଚିତ୍ରଟି ଏବେ ବି ସେହିପରି ମୋ ହୃଦୟ କାନ୍ଥରେ ଝୁଲିରହିଛି। ଅଜସ୍ର ବର୍ଷାକାଳର ଦୃଶ୍ୟ ଘରର ଝରକା ଦେଇ ଦେଖୁଥିଲି ମୁଁ ଦୀର୍ଘ ଚାଳିଶ ବର୍ଷ ଧରି। କେତେ ନିର୍ମଳ ସ୍ୱଚ୍ଛ ବର୍ଷା ବିନ୍ଦୁର ଛିଟା ଆସି ମୋତେ ସେଠି ଚୁମ୍ବନ କରୁଥିଲା ତାହା କ'ଣ କେବେ ବି ଭୁଲିଯିବାର ବିଷୟ!!

ବାହାରର ଛୋଟ ବାରଣ୍ଡାଟିକୁ ଅତିକ୍ରମ କରି ଭିତରେ ପ୍ରବେଶ କଲେ ଯାହାଙ୍କ ସ୍ମୃତି ଅମର ହୋଇ ରହିଛି ସେ ମୋର ପ୍ରପିତାମହ ସ୍ୱଭାବ କବି ଗଙ୍ଗାଧର। ଗୋଟିଏ ବଡ଼ କାଠ ଆଲମିରାରେ କାଚର କବାଟ ଲାଗି ସେଠି ସଂରକ୍ଷିତ ହୋଇ ରହିଛି କବିଙ୍କ ବ୍ୟବହୃତ କୋଟ, କମିଜ, ବହିପତ୍ର, ପାଣ୍ଡୁଲିପି, ଚିଠିପତ୍ର, ଦୁଆତ କଲମ, ହସ୍ତତନ୍ତ, ଥାଳି, ଗ୍ଲାସ,ପିଢ଼ା ଆଉ ସବାଶେଷରେ ତାଙ୍କର ପବିତ୍ର ପାଦୁକା ଦ୍ୱୟ। ଏହି ଆଲମିରାଟିକୁ ତିଆରି କରିବା ପାଇଁ ବାପାଙ୍କ ଆଗରେ କେତେ ଅଳି କରିଥିଲି ମୁଁ, କେତେ କାନ୍ଦିଥିଲି, ଆଉ ମୋ ଦୃଢ଼ ଦାବି ଉପସ୍ଥାପିତ କରିଥିଲି ତାହା ମନେପଡ଼ିବା କ୍ଷଣି ବାପାଙ୍କ ସ୍ନେହ, ବିଗଳିତ କରିଦେଉଛି ଯେ କୌଣସି ମୁହୂର୍ତ୍ତରେ ମୋର ହୃତ୍‌କେନ୍ଦ୍ରକୁ। ବାପା, ବଡ଼ବାପାମାନେ ଆଉ ପିଉସୀମାନେ ଚାଲିଯିବା ପରେ ସେମାନଙ୍କ ଫଟୋଚିତ୍ର ସବୁ କବି, କବିପୁତ୍ର ଓ କବିଙ୍କ ପୁତ୍ରବଧୂଙ୍କ ସହିତ ସଜାଇ ରଖିବାରେ ମୁଁ ଲାଭ କରିଥିଲି ଯେଉଁ ଅପୂର୍ବ ତୃପ୍ତି ତାହା ବି ମୋ ଅନ୍ତରକୁ ସର୍ବଦା କରିଦିଏ ଅଶ୍ରୁସଜଳ। ସମସ୍ତଙ୍କ

ସ୍ନେହାପ୍ଲୁତ ମୁଖମଣ୍ଡଳ ଦେଖିଦେଖି ମୋର ଦିନ ସବୁ ଅତିବାହିତ ହେଉଥିଲା ନିଜକୁ ସାନ୍ତ୍ୱନା ଦେଇଦେଇ। ଏହି ପ୍ରକୋଷ୍ଠଟିର ବାମ ପାର୍ଶ୍ୱରେ ଯେଉଁ କୋଠରୀଟି ରହିଛି ତାହାକୁ ମୁଁ ଏଠାକୁ ଆସିବା ପର୍ଯ୍ୟନ୍ତ ବ୍ୟବହାର କରିଥିଲି ମୋର ପଢ଼ାଘର ଭାବରେ। ଏହି ପ୍ରକୋଷ୍ଠରେ ମୋର ସ୍ନେହଶୀଳ ପିତାମହ କବିପୁତ୍ର ଭଗବାନ ମେହେର ଶେଷ ନିଶ୍ୱାସ ତ୍ୟାଗ କରିଥିଲେ ମୁଁ ଯେତେବେଳେ ଦଶମ ଶ୍ରେଣୀର ଛାତ୍ର। ଆଜି ବି ତାଙ୍କ ଜୀବନର ଶେଷ ମୁହୂର୍ତ୍ତର ସେହି ନିଶ୍ୱାସ ପ୍ରଶ୍ୱାସ ମୋ କାନରେ ଶୁଭୁଛି ଅତ୍ୟନ୍ତ ସ୍ପଷ୍ଟ ଭାବରେ। ଏହି ପଢ଼ାଘର ଭିତରେ ବସି ମୁଁ ଧ୍ୟାନସ୍ଥ ହୋଇଛି ବର୍ଷ ବର୍ଷ ବ୍ୟାପୀ। ପିତାମହ ଯେଉଁ କାଠଚୌକି ଉପରେ ବସୁଥିଲେ ସେଇ ଚୌକି ଉପରେ ବସିବା କ୍ଷଣି ମୁଁ ସେମିତି ରୂପାନ୍ତରିତ ହୋଇଯାଏ ଭିନ୍ନ ଭାବ ନେଇ। କେତେ ବହି, କେତେ ପୁରୁଣା ପତ୍ରପତ୍ରିକା, କେତେ ପୁରୁଣା ସ୍ମୃତିର ଫଟୋଚିତ୍ର ଏଠି ମୁଁ ଦେଖିଛି ଧ୍ୟାନସ୍ଥ ହୋଇ ଓ ତାକୁ ସାଇତି ରଖିଛି ପ୍ରାଣର ପରମ ସମ୍ପଦ କରି ତାହା କ'ଣ ବର୍ଣ୍ଣନା କରିବା ପାଇଁ ମୋର କ୍ଷମତା ଅଛି ? ଏହି ପ୍ରକୋଷ୍ଠଟିକୁ ଲାଗି ରହିଛି ଆମର ଶୋଇବା ଘର। ବାପାମା'ଙ୍କ ସହିତ ସେଠି ଚାଳିଶ ବର୍ଷରୁ ଊର୍ଦ୍ଧ୍ୱ କାଳ ଧରି ଯେଉଁ ଜୀବନଧାରା ପ୍ରବାହିତ ହେଉଥିଲା ତାହାର ଧ୍ୱନି ପ୍ରତିଧ୍ୱନିତ ହେଉଛି ଅନ୍ତଃସ୍ଥଳରେ।

ଏହି ପ୍ରକୋଷ୍ଠଟିରେ ବାପାଙ୍କର ଅନ୍ତିମ ଜୀବନ ବିତିଥିଲା। ତାଙ୍କ ପାଖେପାଖେ ରହି କିପରି ସେଇଦିନଗୁଡ଼ିକ ତାଙ୍କ ପାଇଁ ଉତ୍ସର୍ଗ କରିପାରିଥିଲି ପ୍ରତିଟି ମୁହୂର୍ତ୍ତ ତାହା କ'ଣ ଭାବିହୁଏ ! ତାହା ଯେ ମନେପଡ଼ିବା କ୍ଷଣି ନିଜକୁ ସମ୍ଭାଳି ରଖିବା କି କଷ୍ଟକର ବ୍ୟାପାର ତାହା ଜାଣେ ମୋର ଅନ୍ତରାତ୍ମା। ଏଇ ପ୍ରକୋଷ୍ଠଟିର ଉପରେ ବାପା ତିଆରି କରିଦେଇଥିଲେ ମୋ ପାଇଁ ସ୍ୱତନ୍ତ୍ର ସୁନ୍ଦର ପ୍ରକୋଷ୍ଠଟିଏ। ପ୍ରଚଣ୍ଡ ଗ୍ରୀଷ୍ମକାଳରେ ମା' ଆଉ ବାପା ନୂଆ ତିଆରି ହେଉଥିବା ସେଇ ସିମେଣ୍ଟ ଯୋଡ଼ା କାନ୍ଥଗୁଡ଼ିକରେ ବାଲଟି ବାଲଟି ପାଣି ବୋହି ଆଣି କିପରି କାନ୍ଥଗୁଡ଼ିକରେ ଢାଳୁଥିଲେ ତାହାକୁ ଅଧିକ ଶକ୍ତ କରିବା ପାଇଁ, ତାହା ମନେପଡ଼ିବା ମାତ୍ରକେ ଘରର ପ୍ରତିଟି ଇଟାଖଣ୍ଡ ମଧ୍ୟରୁ ଶୁଭୁଥାଏ ମା' ଆଉ ବାପାଙ୍କ ଅତୁଳନୀୟ ସ୍ନେହର ସଂଗୀତ। ସେହି ପ୍ରକୋଷ୍ଠରେ ପ୍ରାୟ କୋଡ଼ିଏ ବର୍ଷ କାଳ ବିତିଛି ମୋର କେତେ ବେଦନାଦାୟକ ଆଉ ପ୍ରେରଣାଦାୟକ ବୈବାହିକ ଜୀବନର ମୁହୂର୍ତ୍ତ ସେ ସବୁ ଭୁଲିପାରିନି। ସେ ଘର ଠିକ୍ ଛାଡ଼ିବା ପୂର୍ବରୁ ସ୍ନେହର ପ୍ରତିମା ଶୌଭିକର ଆଗମନ। ତାକୁ ଅଗଣିତ ସନ୍ଧ୍ୟା କାଳରେ ଦୁଇ ହାତରେ ଧରି ଝୁଲାଇ ଝୁଲାଇ କେତେ ପ୍ରବୋଧନା ଦେଇଛି, ଗାଇଛି ଗୀତ, ତାହା ଆଜି ଏକ ପୁରୁଣା କଳାତ୍ମକ ଚଳଚ୍ଚିତ୍ରର ହୃଦୟସ୍ପର୍ଶୀ ସଂଗୀତ ପରି ଅନୁରଣିତ ହୋଇ ଉଠୁଛି ଛାତି ତଳର ଗଭୀରତର ଇଲାକାରେ।

ସେଇ ପ୍ରକୋଷ୍ଠଟିକୁ ଲାଗିରହି ଯେଉଁ ଖୋଲାଛାତର ପ୍ରଶସ୍ତ ଅଂଶ, ତାହା ସତେ ଯେମିତି ଆଉ ଏକ ଆବେଗମୟ ସ୍ୱର୍ଗୀୟ ସ୍ଥାନ । ସନ୍ଧ୍ୟା କାଳରେ ସେଠି ବସିଲେ ସାମନାରେ ଥିବା ଡାକ୍ତରଖାନାର ଚାରିଟି ବଉଳଗଛ ସବୁଠୁ ବେଶୀ ଦୃଷ୍ଟି ଆକର୍ଷଣ କରେ । ତାହା ଦେଖାଯାଏ ସବୁଜ ନୀଳ ପାହାଡ଼ ପରି । ଶହ ଶହ ପକ୍ଷୀ ସେଠି ବିଶ୍ରାମ ନିଅନ୍ତି । ସନ୍ଧ୍ୟାରେ ସେମାନଙ୍କ ନୀଡ଼କୁ ପ୍ରତ୍ୟାବର୍ତ୍ତନ କରିବାର ମୁହୂର୍ତ୍ତ କି ମୁଖରିତ ଓ ଉଲ୍ଲାସ ଦ୍ୟୋତକ ତାହା ଜନ୍ମ ଜନ୍ମାନ୍ତର ଭୁଲିହେବା ଭଳି ପ୍ରସଙ୍ଗ ନୁହେଁ ଆଦୌ ।

ବରପାଲିର ଆମର ଏଇ ପ୍ରିୟ, ଅତିପ୍ରିୟ ଘରଟିର ସ୍ମୃତି ଏହି ଭୁବନେଶ୍ୱରରେ ଥାଇ ଯେତେବେଳେ ଉଦ୍‌ବେଳିତ କରୁଛି ଅନ୍ତରାତ୍ମାକୁ ମୋର; ସେତେବେଳେ ଅନ୍ତଃସ୍ଥଳରୁ ଝରୁଛି ଯେଉ ନିର୍ଝର ମୁଁ ଜାଣିପାରୁଛି ତାହା ଲୋତକର ଅସରନ୍ତି ପ୍ରବାହ ବୋଲି । ମା' ମୋର ଏଇଠି ଆମ ସାଙ୍ଗରେ ଅଛନ୍ତି ସିନା, ତାଙ୍କର ଇଚ୍ଛା ସେ ବରପାଲିକୁ ଯାଇ ତାଙ୍କର ସେଇ ତୀର୍ଥମାଟିରେ କଟାଇ ଦିଅନ୍ତେ ଅନ୍ତିମ ଜୀବନ । ମୁଁ ତାଙ୍କୁ ଛାଡ଼ିପାରେ ନାହିଁ । ମନାକରେ ବାରମ୍ବାର, ବାରମ୍ବାର । ସେଠି ଏକୁଟିଆ ନ ରହିବା ପାଇଁ । ଅଥଚ ମୋ ଆତ୍ମାର ପ୍ରତିଟି ସ୍ପନ୍ଦନ ତୀକ୍ଷ୍ଣ ଶର ଭଳି ବରପାଲି ଉଦ୍ଦେଶ୍ୟରେ କିପରି ଧାବମାନ ତାହାକୁ ବା ବୁଝାଇ ପାରିବି କିପରି ? ମୋତେ ଲାଗୁଛି ଯେମିତି ଆମର ସେହି ତୀର୍ଥଭୂମିର ସ୍ପର୍ଶରେ ଓ ସ୍ମରଣରେ ମୋର ଆତ୍ମା କ୍ରନ୍ଦନ କରୁଛି ନିରନ୍ତର ।

ଏତିକି କଥା ତ ମୁଁ ଭାବିପାରୁଥିଲି । ଅଥଚ ଗତକାଲି ରାତିରେ ସ୍ୱପ୍ନାଚ୍ଛନ୍ନ ଅବସ୍ଥାରେ ଯେଉଁ ସ୍ୱର ଶୁଣିଲି ତାହା ମୋତେ ସ୍ତବ୍ଧ କରିଦେଇଛି । ନିଥର ଓ ନୀରବ କରିଦେଇଛି ଅକଳ୍ପନୀୟ ଭାବରେ । ପ୍ରତିଟି ପ୍ରକୋଷ୍ଠର ସ୍ୱତନ୍ତ୍ର ସତ୍ତା ଅଛି । ପ୍ରତିଟି ପ୍ରକୋଷ୍ଠ ନେଇପାରନ୍ତି ସ୍ଥୂଳ ଶାରୀରିକ ରୂପ ! ପ୍ରତିଟି ପ୍ରକୋଷ୍ଠ ପୁଣି ବ୍ୟକ୍ତ କରିପାରନ୍ତି ତାଙ୍କର ନିଜ ହୃଦୟର ଅନୁଭବ ! ଏ ପର୍ଯ୍ୟନ୍ତ ମୁଁ ଭାବୁଥିଲି ସେ ସବୁ ଅନ୍ତରଙ୍ଗ ପ୍ରକୋଷ୍ଠଗୁଡ଼ିକୁ ସ୍ମରଣ କରି ମୁଁ ନିରନ୍ତର କାନ୍ଦୁଛି ବୋଲି । ମୋର ଏହି ଭାବନାକୁ ଉପଲବ୍ଧିକୁ ଆହୁରି ବିଗଳିତ କରିଦେଇ ସେଇ ପ୍ରତିଟି ପ୍ରିୟ ପ୍ରକୋଷ୍ଠ ଗତକାଲି ରାତିରେ ମୋ ଉଦ୍ଦେଶ୍ୟରେ କ'ଣ ଯେ ନ କହିଲେ ! ଓଃ ତାହା ଚିନ୍ତା କଲେ ଥରିଉଠୁଛି ମୁଁ । ସେମାନେ କହିଲେ 'ଆମକୁ ସ୍ମରଣ କରି ତୁ କାନ୍ଦୁଛୁ ନା ତୋତେ ସ୍ମରଣ କରି ଆମେ କାନ୍ଦୁଛୁରେ ବାବୁ? ଆମ ହୃଦୟର କ୍ରନ୍ଦନରୋଳ ତୁ କ'ଣ ଶୁଣିପାରୁନୁ? ଆମର ଅତିପ୍ରିୟ ପୁଅ ତୁ । ତୋ ଶରୀରର ଓ ଆତ୍ମାର ସୂକ୍ଷ୍ମସ୍ପର୍ଶର ଆକାଂକ୍ଷାରେ ଆମେ ଯେ ନିତ୍ୟ ଆଲୋଡ଼ିତ । ତୁ ନାହୁଁ । ଆମେ ସମସ୍ତେ କେତେ ଶୂନ୍ୟ କେତେ ହାହାକାରରେ ପୂର୍ଣ୍ଣ ତାହା ବ୍ୟକ୍ତ କରିବୁ କିପରି ? ତୋ ବିନା ଗୋଟିଏ ମୁହୂର୍ତ୍ତ ଲାଗୁଥିଲା ଗୋଟିଏ ଯୁଗ ପରି । ତୁ କେଉଁ ଗାଁକୁ ଗଲେ କେତେବେଳେ ଫେରିବୁ ଆମେ ଅପେକ୍ଷା କରୁଥିଲୁ ।

ଆଉ ଏତେ ବର୍ଷ ତୁ ଦୂରେଇ ଯାଇଥିବାରୁ ଆମେ କେତେ ବେଦନାହତ ଓ ବ୍ୟଥିତ ତାହା କିପରି ବୁଝାଇପାରିବୁ ତୋତେ ? ଆ ବାବୁ। ଆମ କୋଳକୁ ଫେରିଆ। ଆମର ଶୂନ୍ୟକୋଳକୁ ପୂର୍ଣ୍ଣ କରିବା ପାଇଁ ତତେ ଆମେ ଅପେକ୍ଷା କରିଛୁ। ଆମ କଥା ମନେପଡ଼ିଲେ ତୋ ଆଖି ଯେ ଜକେଇ ଆସେ ସେ କଥା ଆମେ ଜାଣୁ ଭଲ ଭାବରେ। ଆମେ ନିଷ୍ପ୍ରାଣ ଇଟା ସିମେଣ୍ଟର କାନ୍ଥ କେବଳ ନୁହେଁରେ ପୁଅ। ଆମର ବି ରହିଛି ଜୀବନ। ଆମର ବି ରହିଛି ସ୍ନେହ ଆଉ ସମ୍ବେଦନା। ଆମର ବି ରହିଛି ସୁଖ ଆଉ ଦୁଃଖର ଅବର୍ଣ୍ଣନୀୟ ଉଲ୍ଲାସ ଓ ବେଦନା। ତୋ ଆଗରେ ଆମେ ଲୁହଭିଜା ଆଖି ନେଇ ଛିଡ଼ା ହୋଇଛୁ। ଆମ ଅନ୍ତର କଥା ତୁ ଶୁଣିପାରିବୁ ସେଇଥିପାଇଁ ପ୍ରତିଟି ରାତିରେ ସ୍ୱପ୍ନ ମାଧ୍ୟମରେ ତୋ ପାଖକୁ ଆମେ ସୂକ୍ଷ୍ମ ଶରୀର ନେଇ ପହଞ୍ଚିଯାଉଛୁ ଆମର ଦୁଃଖାଭିଭୂତ ଅନ୍ତରର ବ୍ୟଥା ଶୁଣାଇବା ପାଇଁ।'

ପ୍ରତିଟି ପ୍ରକୋଷ୍ଠର ଲୁହ ଛଳଛଳ ସ୍ୱତନ୍ତ୍ର ରୂପ ଦେଖୁଥିଲି ମୁଁ ସ୍ୱପ୍ନରେ। ସେଇ ପ୍ରତିଟି ପ୍ରକୋଷ୍ଠ ସହିତ ସମନ୍ୱିତ ହୋଇ ମୁଁ କ୍ରନ୍ଦନ କରିବାକୁ ଲାଗିଲି ଅବୋଧ ଶିଶୁଟିଏ ପରି। ମୋ ଭିତରର ଏ ଶିଶୁ-ସତ୍ତାକୁ କିଏ କିପରି ଅବା ପ୍ରବୋଧନା ଦେଇପାରିବ ? ତାହା କଳ୍ପନା କରିପାରୁନାହିଁ। ସ୍ୱପ୍ନ ଭାଙ୍ଗି ଗଲା ପରେ ଆଉ ବାହାରେ ଦୃଶ୍ୟମାନ ଭାବରେ ନୁହେଁ ଅଦୃଶ୍ୟ ଭାବରେ, ଭାବ ଜଗତରେ ଢାଳୁଛି ମୁଁ ଅସରା ଅସରା ଲୁହ। ମୋ ଚାରିକଡ଼େ ଛିଡ଼ା ହୋଇଛନ୍ତି ମୋର ପିତାମହ, ମୋର ବଡ଼ବାପା, ବଡ଼ମା'ମାନେ, ମୋର ପିଉସୀମାନେ। କର୍ମକ୍ଷେତ୍ରରୁ କ୍ଳାନ୍ତ ହୋଇ ଫେରିଆସୁଛି ଯେତେବେଳେ, ମୋର ସ୍ନେହମୟୀ ମା' ମୋ ମୁହଁକୁ ନିର୍ନିମେଷ ନୟନରେ ଅନାଇ ରହିଛନ୍ତି। ସତେକି ମୋ ଭିତରର ସେଇ ଅଶ୍ରୁଦଗ୍ଧ ସତ୍ତାଟିକୁ ସାନ୍ତ୍ୱନା ଦେବା ନିମିତ୍ତ ତାଙ୍କ ସମ୍ବେଦନଶୀଳ ଦୃଷ୍ଟି ପ୍ରସାରିତ ହୋଇ ଆସୁଛି ମୋ ପାଖକୁ।

■

(ସୃଜନ ସ୍ୱପ୍ନ, ଅକ୍ଟୋବର ୨୦୨୧)

ସାରଦା ସ୍ୱାଗତିକା

ପ୍ରସ୍ତାବଟି ଶୁଣି ରାମକୃଷ୍ଣ ପରମହଂସ କିଛି କ୍ଷଣ ପାଇଁ ସ୍ତବ୍ଧ ହୋଇ ରହିଗଲେ। ସେ ଏଭଳି ସମସ୍ୟାର ସମ୍ମୁଖୀନ ଏପରି ଆକସ୍ମିକ ଭାବରେ ହେବେ ଏକଥା ପୂର୍ବରୁ ଆଦୌ ଭାବିପାରୁନଥିଲେ। ତା'ହେଲେ ଏଇ ସମୟରେ ତାଙ୍କର କର୍ତ୍ତବ୍ୟ କ'ଣ ? କିପରି ଭାବରେ ଏ ଅଚାନକ ଉପସ୍ଥିତ ହୋଇଥିବା ଦୁଃସ୍ଥିତିର ସମ୍ମୁଖୀନ ହେବେ ସେ ?

ବେଳେବେଳେ ସେକଥା ସ୍ୱତଃ ଭୁଲିଯାଆନ୍ତି ସେ। ପୁଣି ଯଦି ମନେପଡ଼ିଯାଏ ତା'ହେଲେ ବିବ୍ରତ ହୋଇଉଠନ୍ତି। ରାତିରେ ହଠାତ୍ ନିଦ ଭାଙ୍ଗିଗଲେ ଏଇ କଥା ତାଙ୍କୁ ଭାରାକ୍ରାନ୍ତ କରିଦିଏ। କେବଳ ଉଚ୍ଚାରଣ କରନ୍ତି ମା' ମା' ମା'। ଭାବବିହ୍ୱଳ ହୋଇ କେତେବେଳେ ଯେ ନିଦ୍ରାଭିଭୂତ ହୋଇଯାଆନ୍ତି ତାହା ଜାଣିପାରନ୍ତି ନାହିଁ। ସକାଳୁ ଶଯ୍ୟାତ୍ୟାଗ କରିବା ମାତ୍ରକେ ସେଇକଥା ତାଙ୍କର ପୁଣି ମନେପଡ଼ିଯାଏ ଓ ଅସ୍ଥିର ଉଦ୍‌ବିଗ୍ନ ହୋଇଉଠନ୍ତି ସେ ଅନେକ ମୁହୂର୍ତ୍ତ ଧରି।

ଶେଷରେ ଅତି ସହଜ ପନ୍ଥାଟି ତାଙ୍କ ଆଖି ଆଗରେ ପରିଷ୍କାର ହୋଇଗଲା। ଆଶ୍ଚର୍ଯ୍ୟ ହୋଇ ନିଜକୁ ନିଜେ ସେ କହିଲେ, 'ଏ ମୂଢ଼ମନ ତୁ ଏଇ ସହଜ ବାଟଟି କିପରି ପାଇପାରୁନଥିଲୁ ? ତା'ପରେ ସିଧା ଯାଇ ଦକ୍ଷିଣେଶ୍ୱର ମା' କାଳୀଙ୍କ ମନ୍ଦିର ଭିତରେ ପ୍ରତିଦିନ ପରି ପ୍ରବେଶ କଲେ ସେ। ଏଇ ତାଙ୍କର ଦିବ୍ୟ ଜନନୀ ପ୍ରାଣବନ୍ତ ମୂର୍ତ୍ତିରେ ପ୍ରକାଶିତ। ମହାକାଳୀଙ୍କ ଯେଉଁ ଜିଭ ଲମ୍ୱିଥାଏ ଓ ସେ ଭୟଙ୍କର ଦିଶୁଥାନ୍ତି, ରାମକୃଷ୍ଣ ସେଇ ରୂପରେ ମା' କାଳୀଙ୍କୁ କେବେ ଦେଖନ୍ତି ନାହିଁ। ସେ ମା'ଙ୍କ ଉପରେ ଆଖି ପକାଇବା ମାତ୍ରକେ ମା'ଙ୍କ ମୁଖମଣ୍ଡଳ ସମ୍ପୂର୍ଣ୍ଣ ପରିବର୍ତ୍ତିତ ହୋଇଯାଏ। ଆହା ! କି ପ୍ରଶାନ୍ତ ରୂପ ! କି ବାତ୍ସଲ୍ୟ ମମତାଭରା ଚାହାଣୀ ! ସନ୍ତାନ ପ୍ରତି କି ଅପୂର୍ବ ସ୍ନେହ ଆଉ ଭଲପାଇବା !! ରାମକୃଷ୍ଣ ଏଇ ରୂପ ପ୍ରତ୍ୟକ୍ଷ କରି ପ୍ରତିଦିନ ହିଁ ବିହ୍ୱଳ ହୁଅନ୍ତି। ଯେଉଁ ରୂପ ଅନ୍ୟମାନଙ୍କ

ପକ୍ଷରେ ଦେଖିବା ଅସମ୍ଭବ, ରାମକୃଷ୍ଣ ସେଇ ମମତାମୟୀ, ଭାବମୟୀ, ଆନନ୍ଦମୟୀ ରୂପର ସମ୍ମୁଖୀନ ହୋଇ ବିଭୋର ହୋଇଉଠନ୍ତି। ମା'ଙ୍କୁ ଯେତେବେଳେ ସେ ପ୍ରସାଦ ସେବନ କରିବା ପାଇଁ କାନ୍ଦି କାନ୍ଦି ଛୋଟ ଛୁଆଟି ପରି ଅଳି କରନ୍ତି ସେତେବେଳେ ମା' ଜୀବନ୍ତ ମନୁଷ୍ୟ ଶରୀର ନେଇ ଓହ୍ଲାଇ ଆସନ୍ତି ତାଙ୍କ ଆସ୍ଥାନରୁ। ତୃପ୍ତିଭରା ହାସ୍ୟ ପ୍ରକାଶ କରି ପ୍ରଥମେ ରାମକୃଷ୍ଣଙ୍କୁ କୋଳରେ ବସାଇ ତାଙ୍କୁ ନିଜ ହାତରେ ଖୁଆଇ ଦିଅନ୍ତି ପବିତ୍ର ପ୍ରସାଦ। ରାମକୃଷ୍ଣ ଲୁହ ଛଳଛଳ ଆଖିରେ ମା'ଙ୍କୁ ସେଇଭଳି ଖୁଆଇ ଦିଅନ୍ତି ଅଇଁଠା ପ୍ରସାଦକୁ। ଏସବୁ କଥା ଅନ୍ୟ କାହା ପାଇଁ ଅସମ୍ଭବ ବା ଅବିଶ୍ୱାସ୍ୟ ହୋଇପାରେ। କିନ୍ତୁ ରାମକୃଷ୍ଣଙ୍କ ପାଇଁ ଏସବୁ ଘଟଣା ହେଉଛି ନିରାଟ ସତ୍ୟ। ରାତିରେ ସେ ଆବାହନ କରନ୍ତି ମା'ଙ୍କୁ। ଆଉ ଦିବ୍ୟ ଜନନୀଙ୍କ କୋଳ ମଣ୍ଡନ କରି ଶୋଇପଡ଼ନ୍ତି ବାଲୁତ ଶିଶୁପୁତ୍ରଟିଏ ପରି। ଏସବୁ କଥା କହାକୁ କହିବେ ସେ ? ତଥାପି ତାଙ୍କର ଭାବବିଭୋରତା ଲୁଚି ରହିଲା ନାହିଁ। ଆଗରୁ ଏପରି କୌଣସି ପୂଜକ ସେ ମନ୍ଦିରରେ ନଥିଲେ ତେଣୁ ରାମକୃଷ୍ଣଙ୍କ ଏହି ଭାବାଚ୍ଛନ୍ନ ଅବସ୍ଥାର ଅସ୍ୱାଭାବିକ ବ୍ୟବହାର ଯାଇ ପହଞ୍ଚିଲା କାମାରକୂପୁରକୁ। ପରିବାରରେ ଏ ଘଟଣା ଶୁଣି ସମସ୍ତେ ବ୍ୟତିବ୍ୟସ୍ତ ହୋଇପଡ଼ିଲେ। ରାମକୃଷ୍ଣଙ୍କୁ ସ୍ୱାଭାବିକ ସ୍ତରକୁ ଫେରାଇ ଆଣିବା ସକାଶେ ନେଇଗଲେ ଚୂଡ଼ାନ୍ତ ନିଷ୍ପତ୍ତି।

ସେଇ ନିଷ୍ପତ୍ତି ହିଁ ରାମକୃଷ୍ଣଙ୍କୁ ଆଜି କରିଛି ଆନମନା। କୌଣସି ଉପାୟ ନ ପାଇ, କୌଣସି ସିଦ୍ଧାନ୍ତରେ ଉପନୀତ ହୋଇନପାରି ସହଜ ମାର୍ଗଟି ଯେତେବେଳେ ଖୋଲିଗଲା ତାଙ୍କ ଆଗରେ, ସେତେବେଳେ ସେ ଯାଇ ଉଭାହେଲେ ତାଙ୍କର ଚିରପୂଜ୍ୟା ମା' କାଳୀଙ୍କ ସମ୍ମୁଖରେ। ଆଖିରୁ ବହିପଡୁଥିଲା ଧାରଧାର ଲୁହ। ସିଧା ମା'ଙ୍କ ଚରଣ ଦୁଇଟି ଉପରେ ହାତ ଥାପି ମୁଣ୍ଡଟି ଭୂମି ଉପରେ ସ୍ଥାପନ କରି କେବଳ ଭୋ ଭୋ କରି କାନ୍ଦିଉଠିଲେ। କହିଲେ, 'ତୁମେ ମା' ଗୋ, ଏ ସମସ୍ୟା ଦୂର କର। ମୋତେ ମୁକ୍ତ କର। ତୁମ ଛଡ଼ା ଏ ସଂସାରରେ ଆଉ କେହି ନାହିଁ ଯିଏ ମୋ ମନକଥା ବୁଝିପାରିବ। କେତେ ଯେ ବେଳ ଏପରି କ୍ରନ୍ଦନରେ କଟିଗଲା ତାହା ଜାଣିପାରିଲେନି ସେ। ଏକ ସ୍ପଷ୍ଟ ଦିବ୍ୟ ସ୍ୱର ଶୁଣାଗଲା ତାଙ୍କୁ। 'ରାମକୃଷ୍ଣ ଉଠିଲୁ ଆଗେ ଛିଡ଼ା ହେଲୁ ଟିକିଏ, ଆଉ ଶୁଣିଲୁ ଟିକିଏ ମୋ କଥା।' ରାମକୃଷ୍ଣ ଏଇ ସ୍ନେହସିକ୍ତ ସ୍ୱର ସହିତ ସୁପରିଚିତ। ଏଇ ସ୍ୱର ହିଁ ଭାବାଚ୍ଛନ୍ନ କରାଇଦିଏ। କୃଷ୍ଣଙ୍କ ବଂଶୀଧ୍ୱନି ରାଧାଙ୍କୁ ଯେପରି ବିସ୍ମୃତି ଗର୍ଭକୁ ନେଇଯାଏ, ଦିବ୍ୟଜନନୀଙ୍କ ଏଇ ସ୍ୱରମାଧୁର୍ଯ୍ୟ ସେଇପରି ତାଙ୍କୁ ଘେନିଯାଏ ଏକ ଭିନ୍ନ ଜଗତକୁ। ଏ ସ୍ୱରରେ ବାଗ୍‌ଦେବୀ ମା' ସରସ୍ୱତୀଙ୍କ ବୀଣାର ସୂକ୍ଷ୍ମ ଧ୍ୱନି ନିନାଦିତ ହୁଏ। ଏ ସ୍ୱରରେ ଶୁଣାଯାଏ ସଂଗୀତର ଅପୂର୍ବ ରାଗ। ଏହି କଣ୍ଠସ୍ୱରରେ ରାମକୃଷ୍ଣ ଲାଭ କରନ୍ତି ମହାଲକ୍ଷ୍ମୀଙ୍କ ଐଶ୍ୱର୍ଯ୍ୟଶାଳୀ ଦାନର ମହିମାକୁ। ଏବେ ମୁଣ୍ଡ ଟେକି ରାମକୃଷ୍ଣ

ଦେଖିଲେ ତାଙ୍କର ଚିରପରିଚିତ, ଚିର ଆପଣାର ମାତୃ ମୂର୍ତ୍ତିଟିକୁ। ଦେଖି ଦେଖି ସବୁଦିନ ପରି ତନ୍ମୟ ହୋଇଉଠିଲା ବେଳକୁ ଲକ୍ଷ୍ୟ କଲେ ସେଇ ମୂର୍ତ୍ତି ଭିତରେ ପ୍ରତିଫଳିତ ହେଉଛି ଆଉ ଏକ ସ୍ନିଗ୍ଧ ଶ୍ରୀମନ୍ତ କୋମଳ ପଦ୍ମମୁଖ। ସେଇ ନିର୍ଜନ ବେଳାରେ ଦିବ୍ୟ ଜନନୀଙ୍କ ସହିତ ତାଙ୍କର କି ଭାବ ବିନିମୟ ହେଲା ତାହା କେହି ଜାଣିପାରିଲେ ନାହିଁ। ତହିଁ ପରଦିନ ସକାଳୁ କାମାରକୁପୁରକୁ ସେ ସମ୍ବାଦ ପ୍ରେରଣ କଲେ ଯେ ପରିବାରର ନିଷ୍ପତ୍ତିରେ ସେ ଏକମତ। ପୁଣି କହିଲେ ଯେ ଅନ୍ୟ କୌଣସି ସ୍ଥାନକୁ ଏଥିପାଇଁ ନଯାଇ ସିଧାସଳଖ ଜୟରାମ ବାଟୀରେ ରାମଚନ୍ଦ୍ର ମୁଖାର୍ଜୀଙ୍କ ଘରକୁ ଯିବା ପାଇଁ।

ଘରଲୋକେ ରାମକୃଷ୍ଣଙ୍କ ସନ୍ଦେଶ ଶୁଣି ଆଶ୍ଚର୍ଯ୍ୟ ହେଲେ। ଆଶ୍ୱସ୍ତ ବି ହେଲେ। କାଳ ବିଳମ୍ବ ନ କରି ଆତ୍ମୀୟ ସ୍ୱଜନ ଚାଲିଲେ ଜୟରାମ ବାଟୀକୁ। ରାମଚନ୍ଦ୍ର ମୁଖାର୍ଜୀଙ୍କ ଘରେ ପହଞ୍ଚି ଦେଖିବାକୁ ଚାହିଁଲେ ତାଙ୍କର ସ୍ନେହର ସେ ପ୍ରତିମାଟିକୁ। ମାତ୍ର ପାଞ୍ଚ ବର୍ଷ ବୟସର ସାରଦା ଆସି ରାମକୃଷ୍ଣଙ୍କ ମା'ଙ୍କ କୋଳ ମଣ୍ଡନ କଲେ। ଏଇ ପାଞ୍ଚବର୍ଷ ବୟସର ଶିଶୁକନ୍ୟାଟି ରାମକୃଷ୍ଣ ପରମହଂସଙ୍କ ଜୀବନସାଥୀ ହେବ କେମିତି ? ରାମକୃଷ୍ଣଙ୍କୁ ୨୩ ବର୍ଷ ବୟସ। କନ୍ୟାଟିର ବୟସ ମାତ୍ର ୫ ବର୍ଷ। ସହଜରେ ଏ କଥାଟିକୁ ସେମାନେ ଗ୍ରହଣ କରିପାରିଲେ ନାହିଁ। କିନ୍ତୁ ରାମକୃଷ୍ଣ ଯେ ସିଧାସଳଖ ତାଙ୍କୁ ଏଇ ଘରକୁ ଏଇ କନ୍ୟା ପାଖକୁ ଆସିବା ପାଇଁ ନିର୍ଦ୍ଦେଶ ଦେଇଛନ୍ତି ଏକଥା ଅତ୍ୟନ୍ତ ଗମ୍ଭୀରତାର ସହିତ ପରିବାରର ଲୋକେ ବିଚାର କଲେ। ଯଦି ରାମକୃଷ୍ଣଙ୍କ ମନୋମତ ଏ କନ୍ୟାଟି ସହିତ ବିବାହ ନ ହୁଏ ତା'ହେଲେ କାଳେ ରାମକୃଷ୍ଣ ପୁଣି ବିଗିଡ଼ିଯିବେ, ଏଇ ଆଶଙ୍କାରେ ଆତ୍ମୀୟ ସ୍ୱଜନ ରାଜି ହୋଇଗଲେ ସେ ପ୍ରସ୍ତାବରେ। ରାମଚନ୍ଦ୍ର ମୁଖାର୍ଜୀ ମଧ୍ୟ ପ୍ରଥମେ ପ୍ରଥମେ କିଛି ସ୍ଥିର କରିପାରୁନଥିଲେ ପରେ କିନ୍ତୁ ରାମକୃଷ୍ଣଙ୍କ ଚରିତ୍ର ଓ ବ୍ୟକ୍ତିତ୍ୱ ସମ୍ପର୍କରେ ଆଭାସ ପାଇ ଓ ତାଙ୍କର ଶିଶୁକନ୍ୟାଟି ପରବର୍ତ୍ତୀ ସମୟରେ ସୁରକ୍ଷିତ ହୋଇ ରହିବ - ଏଇ ଗଭୀର ବିଶ୍ୱାସ ରଖି ସମ୍ମତି ଜଣାଇଲେ ବରପକ୍ଷଙ୍କୁ।

ସେଇ ବହୁ ପ୍ରତିକ୍ଷୀତ ମୁହୂର୍ତ୍ତ ଆସିଗଲା ଖୁବ୍ ଅଳ୍ପ ଦିନ ଭିତରେ। ବିବାହ ତାରିଖ ଧାର୍ଯ୍ୟ ହୋଇଗଲା। ପାଗଳା ରାମକୃଷ୍ଣଙ୍କୁ ବରବେଶରେ ସଜାଇ ଦିଆଗଲା। ବରଯାତ୍ରୀ ଦଳ ଗଲେ ଜୟରାମ ବାଟୀ ଉଦ୍ଦେଶ୍ୟରେ। ବିବାହ ସମୟରେ କନ୍ୟାପାତ୍ରୀମାନେ ଲମ୍ବ ଓଢ଼ଣା ଟାଣିଥାନ୍ତି। ତାଙ୍କ ମୁହଁଟି ଦର୍ଶନ କରିବାର ସୌଭାଗ୍ୟ ମିଳେନା ବରପାତ୍ରକୁ। ମାତ୍ର ଏଇ ୫ ବର୍ଷ ବୟସର କନ୍ୟାଟିର କ'ଣ ବା ଅଛି ଲାଜ ଓ ସଂକୋଚ ! ସେ ଦୌଡ଼ିଦୌଡ଼ି, ଏପଟରୁ ସେପଟକୁ ଯାଇ ଆସି ଖେଳୁଥାଏ ଘରସାରା। ହଠାତ୍ ବିବାହ ବେଦୀରେ ବସିବା ପୂର୍ବରୁ ରାମକୃଷ୍ଣଙ୍କ ଦୁଇ ଆଖି ସହିତ ସାରଦାଙ୍କର ଦୁଇ ଆଖି ମିଳିତ ହୋଇଗଲା ଆକସ୍ମିକ ଭାବରେ। ସେଦିନ ରାତିରେ ଦିବ୍ୟଜନନୀଙ୍କ ପାଖରେ ଯେଉଁ ଭାବ ବିନିମୟ ହୋଇଥିଲା

ସେ କଥା ସ୍ମରଣ କରି ରାମକୃଷ୍ଣ କ୍ଷଣେ ମାତ୍ର ଅନାଇଲେ ସାରଦାଙ୍କୁ। ତା'ପରେ ତାଙ୍କ ଓଷ୍ଠଧାରରେ ଖେଳିଗଲା ଏକ ସ୍ମିତ ହାସ୍ୟର ରେଖା। ସତେ ଯେମିତି ଫୁଟି ଉଠିଲା ରଜନୀଗନ୍ଧା। ସାରଦା କ'ଣ ବା ବୁଝିପାରନ୍ତି ! କିନ୍ତୁ ଏଇ ବରପାତ୍ରଟିକୁ ଦେଖି ତାଙ୍କୁ ବି ଲାଗିଲା ସେ ହେଉଛନ୍ତି ଅତି ଆପଣାର, ଅତି ପରିଚିତ।

ବିବାହ ଉତ୍ସବ ପରମ୍ପରା ଅନୁସାରେ ଶେଷ ହୋଇଗଲା। ପରିବାର ଲୋକେ ଆଶ୍ୱସ୍ତ ହୋଇଗଲେ ଯେ ରାମକୃଷ୍ଣଙ୍କ ଅସ୍ୱାଭାବିକ ଆଚରଣ ଏଥର ଧୀରେଧୀରେ ସଂଯତ ହୋଇଯିବ ନିଶ୍ଚୟ। ତେବେ ଜୟରାମ ବାଟୀରେ ରହିଲେ ସାରଦା ଯୌବନପ୍ରାପ୍ତି ପର୍ଯ୍ୟନ୍ତ। ବୟସ ଯେତେବେଳେ ତାଙ୍କର ୧୮ ବର୍ଷ, ସେତେବେଳେ ସେ ଆସିଲେ ଶ୍ୱଶୁରାଳୟକୁ। ମାତ୍ର ରାମକୃଷ୍ଣଙ୍କ ଶୁଭାଗମନକୁ ଚାହିଁ ଚାହିଁ ତାଙ୍କର ଦିନ ବିତିଯାଏ। ସେ ଆଦୌ ଆସନ୍ତି ନାହିଁ। ଶୁଣନ୍ତି ରାମକୃଷ୍ଣ ପରମହଂସ ଆହୁରି ଅସ୍ୱାଭାବିକ ବ୍ୟବହାର ପ୍ରଦର୍ଶନ କରୁଛନ୍ତି। ସତେ ଯେମିତି ପାଗଳଟିଏ। ଶେଷରେ ରାମକୃଷ୍ଣଙ୍କ ନିକଟକୁ ଯିବା ପାଇଁ ତାଙ୍କୁ ନିର୍ଦ୍ଦେଶ ହେଲା। ସେ ଏଇ ପାଗଳା ସ୍ୱାମୀଟିକୁ କିପରି ସାକ୍ଷାତ କରିବେ ? ମନେ ମନେ ବହୁତ ସାହସ ସଞ୍ଚୟ କଲେ ସାରଦା। ଗଲେ ଦକ୍ଷିଣେଶ୍ୱର କାଳୀ ମନ୍ଦିର ଉଦ୍ଦେଶ୍ୟରେ। ପାଦରେ ଚାଲିଚାଲି ବହୁ ପଥ ଅତିକ୍ରମ କରି ଦକ୍ଷିଣେଶ୍ୱରଠାରେ ଯେତେବେଳେ ସେ ପହଞ୍ଚିଲେ ରାମକୃଷ୍ଣ ଠିକ୍ ବାହାରି ଆସୁଥିଲେ ମନ୍ଦିର ଭିତରୁ। ମା' କାଳୀଙ୍କ ଆରାଧନା ଶେଷ ହୋଇଥାଏ। ଆରମ୍ଭ ହୋଇଯାଇଥାଏ ପ୍ରସାଦ ବଣ୍ଟନର। ସ୍ୱେଦସିକ୍ତ କ୍ଲାନ୍ତ ଶରୀର ନେଇ ସାରଦା ଯେତେବେଳେ ମନ୍ଦିର ଭିତରକୁ ପ୍ରବେଶ କଲେ ହଠାତ୍ ବିଦ୍ୟୁତର ଚମକ ପରି ଏକ ଜ୍ୟୋତିର ସ୍ପର୍ଶରେ ସେ କିଛି କ୍ଷଣ ଆନ୍ଦୋଳିତ ଆଉ ସ୍ତମ୍ଭୀଭୂତ ହୋଇ ରହିଗଲେ।

ରାମକୃଷ୍ଣ ଶୁଭ ସମ୍ବାଦ ପାଇଲେ। ଆସିଛନ୍ତି ସାରଦା। ମନେମନେ କହିଲେ, 'ତା'ହେଲେ ତୁମେ ଆସିଗଲ ?' ଧାଇଁଗଲେ ମା' ସାରଦାଙ୍କ ପାଖକୁ ଶିଶୁଟିଏ ଯେମିତି ଧାଇଁ ଯାଏ ମା' ନିକଟକୁ। ରାମକୃଷ୍ଣ ତନ୍ମୟ ଚକ୍ଷୁରେ ଦେଖିଲେ ସାରଦାଙ୍କୁ। ଦେଖିଲେ ସାରଦାଙ୍କ ମୁଖରୁ ପ୍ରତିବିମ୍ବିତ ହେଉଛି ତାଙ୍କର ମମତାମୟୀ ଦିବ୍ୟ ଜନନୀଙ୍କ ପ୍ରତିରୂପ। ଯେଉଁ ରାତିରେ ଚୂଡ଼ାନ୍ତ ନିଷ୍ପତ୍ତି ଗ୍ରହଣ କରିଥିଲେ ରାମକୃଷ୍ଣ, ସେଇ ରାତିରେ ଦିବ୍ୟ ଜନନୀଙ୍କ ମୁହଁରେ ଏଇ ସାରଦାଙ୍କ ମୁହଁର ପ୍ରତିଫଳନ ହିଁ ସେ ଦେଖିଥିଲେ। ନିଶ୍ଚିନ୍ତ ହୋଇଗଲେ ଯିଏ ଆସିବାର କଥା, ସିଏ ସଶରୀରେ ପଦାର୍ପଣ କରିଛନ୍ତି। ଦିବ୍ୟ ଜନନୀ ତାଙ୍କୁ ସେଦିନ ରାତିରେ ପ୍ରତିଶ୍ରୁତି ଦେଇଥିଲେ 'ତୁ ବ୍ୟସ୍ତ କାହିଁକି ରାମକୃଷ୍ଣ ? ତୋର ସ୍ତ୍ରୀ ନୁହେଁ ତୋର ମା' ରୂପରେ ମୋର ହେବ ଶୁଭାଗମନ ମନୁଷ୍ୟ ଶରୀର ଧାରଣ କରି।' ମା' କାଳୀଙ୍କ ଓଷ୍ଠରେ ଉଚ୍ଚାରିତ ସେଇ ଗୋଟିଏ ଧାଡ଼ି ପ୍ରତିଧ୍ୱନିତ ହୋଇଉଠିଲା ରାମକୃଷ୍ଣଙ୍କ ଅନ୍ତର ତଳେ। କ୍ଷଣକରେ ସେ ହୃଦୟଙ୍ଗମ କଲେ ଯେ ସାରଦା ରୂପରେ

ବାତ୍ସଲ୍ୟମୟୀ ଜନନୀ ତାଙ୍କର ଆସିଛନ୍ତି ତାଙ୍କର ସେବା ଯତ୍ନ କରିବା ପାଇଁ ମନୁଷ୍ୟ ଶରୀର ଧାରଣ କରି। ଆଉ କିଛି ସନ୍ଦେହ ରହିଲା ନାହିଁ। ଯେଉଁ ପ୍ରଶାନ୍ତ ରୂପରେ ମା' ସେଦିନ ରାତିରେ ଏକାନ୍ତରେ ରାମକୃଷ୍ଣଙ୍କ ସମ୍ମୁଖରେ ମମତାସିକ୍ତ ହାସ୍ୟ ପ୍ରକଟ କରିଥିଲେ, ସେଇ ରୂପ ଅବିକଳ ନାଚି ଉଠିଲା ସାରଦାଙ୍କ ଆଖି ଓ ମୁହଁରେ। ସାରଦାଙ୍କ ନିକଟବର୍ତ୍ତୀ ହେଲେ ସେ। ଆବେଗ କମ୍ପିତ ସ୍ୱରରେ କହିଲେ, 'ତୁମେ ଆସିଛ ? ବେଶ୍ ଭଲ କରିଛ। ମୁଁ ଅପେକ୍ଷା କରି ରହିଥିଲି ଏତେ ବର୍ଷ ପର୍ଯ୍ୟନ୍ତ ତମର ଶୁଭାଗମନକୁ।' ସାରଦା କ୍ଷଣେ ମାତ୍ର ବି ଚିନ୍ତା କରିପାରିଲେ ନାହିଁ ରାମକୃଷ୍ଣ ଏତେ ସହଜ ଓ ସ୍ୱାଭାବିକ ଭାବରେ ତାଙ୍କୁ ଗ୍ରହଣ କରିଛନ୍ତି ବୋଲି। ରାମକୃଷ୍ଣଙ୍କ ମୁଖରେ ଫୁଟି ଉଠୁଥିଲା ଯେଉଁ ଅନନ୍ୟ ଦୀପ୍ତି ସେହି ଆଲୋକ କଣିକା ଦ୍ରୁତବେଗରେ ଆସି ତାଙ୍କ ହୃଦୟ ଭିତରକୁ ପ୍ରବେଶ କରିଗଲା। ତୀବ୍ର ଭାବରେ ସ୍ପନ୍ଦିତ ହୋଇଉଠିଲା ତାଙ୍କର ବକ୍ଷ ସ୍ଥଳ। ରାମକୃଷ୍ଣ ଯେ ତାଙ୍କର ନିଜର ଅତି ଆପଣାର, ଅତି ଅନ୍ତରଙ୍ଗ ଏ କଥା କ୍ଷଣକରେ ଅନୁଭବ କରିପାରିଲେ ସାରଦା। ରାମକୃଷ୍ଣଙ୍କ ଆଖି ଦୁଇଟି ଯେମିତି ଆନନ୍ଦାଶ୍ରୁରେ ପରିପୂର୍ଣ୍ଣ, ସାରଦାଙ୍କ ଆଖି ଦୁଇଟି ମଧ୍ୟ ସେଇଭଳି ଢଳଢଳ ହୋଇଉଠିଲା। ରାମକୃଷ୍ଣ ତାଙ୍କର କିଏ ? ରାମକୃଷ୍ଣଙ୍କ ସହିତ ତାଙ୍କର ସମ୍ପର୍କ କ'ଣ? ସେ କ'ଣ ତାଙ୍କର ସ୍ୱାମୀ? ଏହା ବ୍ୟତୀତ ଆଉ କ'ଣ ସେ କିଛି ନୁହନ୍ତି ? ରାମକୃଷ୍ଣଙ୍କୁ ଦେଖି ସାଦଦାଙ୍କର ମନେହେଲା ରାମକୃଷ୍ଣ ଯୌବନଦୀପ୍ତ ତରୁଣଟିଏ ନୁହନ୍ତି, ସେ ଅବୋଧ ଶିଶୁଟିଏ। ରାମକୃଷ୍ଣଙ୍କ ଆପଣାର ମନେହେଉଥିବା ସେଇ ମଥାକୁ କୋଳରେ ଧରି ବାତ୍ସଲ୍ୟ ମମତାରେ ଥରି ଥରି ସ୍ନେହସିକ୍ତ ଚୁମ୍ବନଟିଏ ଆଙ୍କିଦେବା ପାଇଁ ଇଚ୍ଛା ହେଲା ତାଙ୍କର। ଦକ୍ଷିଣେଶ୍ୱର ମନ୍ଦିର ଭିତରେ ପାଦ ଦେଲା ମାତ୍ରକେ ସେ ଆଉ ପୂର୍ବର ସାରଦା ହୋଇ ରହିନଥିଲେ। ତାଙ୍କ ଭିତରେ ଯେଉଁ ବିଦ୍ୟୁତ ରେଖା ପ୍ରବେଶ କରିଥିଲା, ତାହା ବଦଳାଇ ଦେଇଥିଲା ତାଙ୍କ ହୃଦୟର ସକଳ ଭାବନାକୁ। ରାମକୃଷ୍ଣ ତାଙ୍କୁ ଗ୍ରହଣ କରିବେ କି ନାହିଁ ଏ ଚିନ୍ତାରେ ଆଶଙ୍କାଗ୍ରସ୍ତ ତାଙ୍କ ଆତ୍ମାରେ ବିରାଜିତ ହେଲା ପରମ ଶାନ୍ତି। ସତେ ମେଯିତି ଦକ୍ଷିଣେଶ୍ୱର ମା' କାଳୀଙ୍କ ମନ୍ଦିରର ପ୍ରତିଟି ଦିଗରେ ଶୁଣାଗଲା ଦିବ୍ୟ ସଂଗୀତର ଅପୂର୍ବ ଧ୍ୱନି। ସେଇ ଧ୍ୱନିରେ ଝଙ୍କୃତ ହେଉଥିଲା ସାରଦାଙ୍କୁ ସ୍ୱାଗତ କରିବାର ପବିତ୍ର ମନ୍ତ୍ରୋଚ୍ଚାରଣ।

ସାରଦା ନିର୍ନିମେଷ ନୟନରେ ରାମକୃଷ୍ଣଙ୍କୁ ଚାହିଁ ରହିଥିଲେ। ଅଶ୍ରୁପୂର୍ଣ୍ଣ ନୟନରେ, କୃତଜ୍ଞତାଭରା ଆଖିରେ ସାରଦାଙ୍କୁ ସ୍ୱାଗତ କରି ନେଇ ଯାଉଥିଲେ ମା' ଜଗଦମ୍ବାଙ୍କର ନିକଟକୁ ସ୍ୱୟଂ ରାମକୃଷ୍ଣ।

■

('ସୃଜନ ସ୍ୱପ୍ନ'ର ୨୦୧୯ ମସିହା ଅକ୍ଟୋବର ସଂଖ୍ୟାରେ ପ୍ରକାଶିତ।)

ସେଇ ଦୁଇଟି କରୁଣାପୂର୍ଣ୍ଣ ନୟନ

ଶେଷକୁ ବୀରବର ସାହୁ ଦୃଢ଼ ନିଷ୍ପତ୍ତି ନେଇଗଲେ ଯେ, ସେ ପଣ୍ଡିଚେରୀର ଶ୍ରୀଅରବିନ୍ଦ ଆଶ୍ରମରେ ହିଁ ବିତାଇବେ ତାଙ୍କର ଅବଶିଷ୍ଟ ଜୀବନ।

ଫଟୋଗ୍ରାଫର ଭାବରେ ବରପାଲି ଅଞ୍ଚଳରେ ସୁଖ୍ୟାତି ଲାଭ କରିଥିବା ବୀରବର କିଭଳି ଭାବରେ ଶ୍ରୀ ଅରବିନ୍ଦଙ୍କ ଆଡ଼କୁ ଆକୃଷ୍ଟ ହୋଇଆସିଲେ, ତାହା ନିଜେ ବି ସେ ଭାବିପାରନ୍ତି ନାହିଁ। ତାଙ୍କର ଆନୁଷ୍ଠାନିକ ଶିକ୍ଷା ତ ମାତ୍ର ସପ୍ତମ ଶ୍ରେଣୀ ପର୍ଯ୍ୟନ୍ତ। ସ୍ୱଭାବକବି ଗଙ୍ଗାଧର ମେହେରଙ୍କ ନାତି ପୂର୍ଣ୍ଣଚନ୍ଦ୍ର ମେହେର ହେଉଛନ୍ତି ତାଙ୍କର ବାଲ୍ୟବନ୍ଧୁ। ସେ ଦୃଷ୍ଟିରୁ ଗଙ୍ଗାଧରଙ୍କ ଗୃହକୁ ତାଙ୍କର ପ୍ରବେଶାଧିକାର ଥିଲା ସ୍ୱତଃସ୍ଫୂର୍ତ୍ତ। ଗଙ୍ଗାଧର ମେହେରଙ୍କୁ ସେ ନିଜ ଆଖିରେ ଦେଖିଛନ୍ତି। ତାଙ୍କୁ ଯେତେବେଳେ ଆଠ ବର୍ଷ ବୟସ ସେ ସମୟରେ କବିଙ୍କର ଦେହାବସାନ ହୋଇଥିଲା। ସେସବୁ କଥା ତାଙ୍କ ହୃଦୟ ଭିତରେ ଅଙ୍କିତ ହୋଇ ରହିଯାଇଛି ଜୀବନ୍ତ ଫଟୋଚିତ୍ର ପରି। ସେ ଯେ କେବଳ ଫଟୋଗ୍ରାଫର ଭାବରେ ସଫଳ ହୋଇଥିଲେ ତାହା ନୁହେଁ, ସେ ବି ହେଉଛନ୍ତି ଜଣେ ଦକ୍ଷ ଚିତ୍ରଶିଳ୍ପୀ। ସ୍ୱଭାବକବିଙ୍କ ପ୍ରତିଛବି ନିଜ ହାତରେ ତୂଳୀ ଧରି ସେ ଅଙ୍କନ କରିଛନ୍ତି ଧ୍ୟାନନିବିଷ୍ଟ ଚିତ୍ତରେ। ତାହା ପରିଶୋଭିତ ହେଉଛି 'ଗଙ୍ଗାଧର ସ୍ମୃତି ଭବନ'ରେ। ଗଙ୍ଗାଧରଙ୍କ ପରିବାର ସହିତ ତାଙ୍କର ଘନିଷ୍ଠତା ଫଳରେ ସେ କବି ପରିବାରରେ ସଂଗୃହୀତ ହୋଇ ରହିଥିବା ସବୁ ପୁସ୍ତକ ଏପରି ଭାବରେ ତଲ୍ଲୀନ ଚିତ୍ତରେ ବର୍ଷ ବର୍ଷ ବ୍ୟାପୀ ପଢ଼ିପକାଇଲେ ଯାହା ଭାବିଲେ ଏବେ ତାଙ୍କର ମନେହୁଏ ସତେକି ଏକ ଅଲୌକିକ ଶକ୍ତି ତାଙ୍କୁ ସମ୍ପୂର୍ଣ୍ଣ ଭାବରେ ଭାବାଚ୍ଛନ୍ନ କରି ରଖିଥିଲା।

ରାମକୃଷ୍ଣ ପରମହଂସ, ସ୍ୱାମୀ ବିବେକାନନ୍ଦଙ୍କ ବାଣୀ ଓ ରଚନା ପଢୁଁ ପଢୁଁ କେଉଁ ମଙ୍ଗଳମୟ ମୁହୂର୍ତ୍ତରେ ସେ ଶ୍ରୀ ଅରବିନ୍ଦଙ୍କ ରଚିତ ପୁସ୍ତକ ପଢ଼ିବା ଆରମ୍ଭ

କଲେ ତାହା ଭାବିଲେ ତାଙ୍କୁ ଆଶ୍ଚର୍ଯ୍ୟ ଲାଗେ । ସେ କିଏ ? ଆଉ ଶ୍ରୀ ଅରବିନ୍ଦ କିଏ ? ନିଜର ଅଳ୍ପ ଶିକ୍ଷିତ ମସ୍ତିଷ୍କରେ ଶ୍ରୀ ଅରବିନ୍ଦଙ୍କ ଚେତନାକୁ ଧାରଣ କରିବା କ'ଣ ତାଙ୍କ ପକ୍ଷରେ ସହଜସାଧ୍ୟ ? ମାତ୍ର ଶ୍ରୀ ଅରବିନ୍ଦ ଆଶ୍ରମରେ ଶ୍ରୀମା ଭାବରେ ଯିଏ ପୂଜିତା, ସିଏ ହିଁ ଯେପରି ତାଙ୍କୁ ନିରନ୍ତର ପ୍ରେରଣା ଦେଇଚାଲିଲେ ଅନ୍ତର ଭିତରେ । ଶ୍ରୀମାଙ୍କ ଦର୍ଶନ ପାଇଁ ସେ ଯାଇଥିଲେ ମଧ୍ୟ ପଣ୍ଡିଚେରୀ । ମା'ଙ୍କୁ ଦର୍ଶନ ଦିବସ ଦିନ ବାଲକୋନି ଉପରେ, ଶହ ଶହ ଦର୍ଶକଙ୍କ ମେଳରେ ଛିଡ଼ା ହୋଇ ଯେତେବେଳେ ସେ ଅନାଇଲେ, ସେତେବେଳେ ତାଙ୍କର ମନେହୋଇଥିଲା ଏକ ସ୍ୱର୍ଗୀୟ ଜ୍ୟୋତିଶିଖା ଯେମିତି ମାନବୀ ରୂପ ଧାରଣ କରି ଏ ପୃଥିବୀରେ ଅବତୀର୍ଣ୍ଣା । ମା'ଙ୍କ ନିକଟତର ହେବା ସହଜ ଓ ସମ୍ଭବ ନଥିଲା ତାଙ୍କ ପାଇଁ । କିନ୍ତୁ ତାଙ୍କୁ ଲାଗିଥିଲା ଯେମିତି ମା'ଙ୍କ ସହିତ ସେ ବାର୍ତ୍ତାଳାପ କରିପାରୁଛନ୍ତି ଅନାୟାସରେ ।

ସେଠୁ ଫେରିଲା ପରେ ସେ ଆଉ ପୂର୍ବର ବୀରବର ସାହୁ ହୋଇ ରହିନଥିଲେ । ବରପାଲିରେ ଶ୍ରୀ ଅରବିନ୍ଦ ପାଠଚକ୍ର ପ୍ରତିଷ୍ଠାରେ ସେ ଗ୍ରହଣ କରିଥିଲେ ଅନନ୍ୟ ଭୂମିକା । ନିଜ ଘରେ ମା' ଶ୍ରୀ ଅରବିନ୍ଦଙ୍କ ପ୍ରାଣବନ୍ତ ପ୍ରତିମା ସ୍ଥାପନ କରି ପ୍ରତିଦିନ ତାଙ୍କ ଆଗରେ ଧ୍ୟାନସ୍ଥ ହୋଇ ବସୁଥିଲେ ଦୀର୍ଘ ସମୟ ବ୍ୟାପୀ । ପାଠ କରୁଥିଲେ ଶ୍ରୀ ଅରବିନ୍ଦଙ୍କ 'ଦୁର୍ଗାସ୍ତୋତ୍ର' କମ୍ପିତ କଣ୍ଠରେ । ତାଙ୍କର ଏ ପ୍ରକାର ପରିବର୍ତ୍ତନକୁ ପରିବାର ସମେତ ସାହି ପଡ଼ିଶା ସହଜ ଭାବରେ ଗ୍ରହଣ କରିପାରୁ ନଥିଲେ । ସେ ମଧ୍ୟ କାହା ସହିତ ନିଜକୁ ଖାପ ଖୁଆଇ ଚାଲିବା ଧୀରେଧୀରେ ଅସମ୍ଭବ ହୋଇପଡୁଥିଲା ।

କ'ଣ କରିବେ ସେ ? କିଛି ଭାବି ପାରୁନଥିଲେ । ବାଲ୍ୟକାଳରୁ ସେ ମାତୃଭକ୍ତ । ମା' ସମଲେଶ୍ୱରୀଙ୍କ ମନ୍ଦିର ତଳେ ତାଙ୍କର ଛୋଟ ମାଟିନିର୍ମିତ ଗୃହ । ତା'ରି ଭିତରେ ତାଙ୍କର ଜନ୍ମ । ଜନ୍ମ ହେଲାବେଳକୁ ମାତ୍ର କିଛି ଦିନ ପରେ ତାଙ୍କ ସାରା ଶରୀର ବସନ୍ତ ରୋଗାକ୍ରାନ୍ତ ହୋଇପଡ଼ିଥିଲା । ସେ ଯେ ବଞ୍ଚିବେ ଏ ଆଶା ତାଙ୍କର ମା' ବାପାଙ୍କର ଆଉ ନଥିଲା । କିନ୍ତୁ ଧୀରେଧୀରେ ସେ ଯେପରି ଆରୋଗ୍ୟଲାଭ କଲେ ତାହା ଥିଲା ଏକାନ୍ତ ବିସ୍ମୟଜନକ । ସେଦିନର କଥା ବାପା ମାଆଙ୍କଠାରୁ ଶୁଣୁଥିବାବେଳେ ସେ ଅନୁଭବ କରୁଥିଲେ ଯେ, ମା' ସମଲେଶ୍ୱରୀଙ୍କ ଅପାର କରୁଣା ତାଙ୍କୁ ମୃତ୍ୟୁ ମୁଖରୁ ବଞ୍ଚାଇ ଆଣିପାରିଛି, ସେଥିପାଇଁ ମା' ସମଲାଇଙ୍କ ପ୍ରତି କୃତଜ୍ଞତାର ଭାବରେ ତାଙ୍କର ପ୍ରାଣ ଉଚ୍ଛୁଳି ଉଠେ ।

ରାମକୃଷ୍ଣ ପରମହଂସ ମା' କାଳୀଙ୍କ ଦର୍ଶନଲାଭ କରିବା ପାଇଁ ଧୂଳିମାଟି ଉପରେ ମା' ମା' ବୋଲି ଆର୍ତ୍ତ ସ୍ୱରରେ ଡାକି ଡାକି ଯେପରି ଧୂଳିରେ ଲୋଟିପଡୁଥିଲେ,

ଆଜି ବୀରବର ସାହୁଙ୍କ ଅବସ୍ଥା ଠିକ୍ ସେମିତି ହୋଇଛି। ପଣ୍ଡିଚେରୀ ଆଶ୍ରମରେ ଶ୍ରୀମାଙ୍କୁ ଦେଖିବା ପରେ ତାଙ୍କ ମନ ଅଥୟ ହୋଇଉଠୁଛି ଟିକି ଶିଶୁଟିଏ ପରି। ପରିବାର ଭିତରେ ତାଙ୍କର ନିଷ୍ପତ୍ତି ସମ୍ପର୍କରେ ସେ କଠୋର ଭାବରେ ଜଣାଇଦେଲେ। କିଏ ବା ଏ ପ୍ରକାର ନିଷ୍ପତ୍ତିକୁ ସମର୍ଥନ କରନ୍ତେ ? ପତ୍ନୀ ତାଙ୍କର ଅଭିଯୋଗ କରି ଅଭିମାନ ଓ କ୍ରୋଧଭରା କଣ୍ଠରେ କହିଲେ 'ତୁମ ମୁଣ୍ଡର ଅବସ୍ଥା ସ୍ୱାଭାବିକ ଅଛି ତ ? ଏତେବଡ଼ ପରିବାରକୁ ଛାଡ଼ି ତୁମେ ଯେ ପଣ୍ଡିଚେରୀ ଯିବ ବୋଲି ସ୍ଥିର କରିଛ ଏଇଟା ତୁମର ପାଗଳାମୀ ନୁହେଁ ତ ଆଉ କ'ଣ ? ଆମ ସମସ୍ତଙ୍କୁ ସଂସାର ସମୁଦ୍ରରେ ଭସାଇଦେଇ ତୁମେ ଏକୁଟିଆ ଚାଲିଯିବ ପଣ୍ଡିଚେରୀକୁ ? ଏକଥା ତୁମକୁ କ'ଣ ଯୁକ୍ତିସଂଗତ ଲାଗୁଛି ?'

ସ୍ତ୍ରୀଙ୍କ ପ୍ରଶ୍ନବାଣରେ ତାଙ୍କର ସ୍ଥିରଚିତ୍ତ ଟିକିଏ ବି ବିଚଳିତ ହେଲା ନାହିଁ। ନିଜ ନିଷ୍ପତ୍ତିରେ ସେ ଅଟଳ ହୋଇ ରହିଲେ। ଦିନ ଧାର୍ଯ୍ୟ ହୋଇଗଲା ପଣ୍ଡିଚେରୀ ଯିବା ପାଇଁ। ନିତ୍ୟ ବ୍ୟବହାର୍ଯ୍ୟ ମାତ୍ର କେଇଟି ଲୁଗାପଟା ଓ ଜିନିଷ ଧରି ସେ ନିଜ ପରିବାର ଓ ସଂସାର ଆଡ଼କୁ ପଛ କରିଦେଇ ସିଧା ଚାଲିଗଲେ ପଣ୍ଡିଚେରୀ ଉଦ୍ଦେଶ୍ୟରେ। ଟ୍ରେନରେ ବସିଥିବାବେଳେ ତାଙ୍କୁ ଲାଗୁଥିଲା ସତେକି ଅତି ମନ୍ଥର ଗତିରେ ଏ ଟ୍ରେନଟି ଚାଲୁଛି। ମା'ଙ୍କ ନିକଟକୁ ତାଙ୍କର ମନ ପ୍ରାଣ ଓ ଆତ୍ମା ପ୍ରଧାବିତ ହୋଇଯାଉଥିଲା ତୀବ୍ର ଗତିରେ। ସେ ଗତି ସହିତ ଟ୍ରେନ କିପରି ବା ପ୍ରତିଯୋଗିତା କରି ଆଗକୁ ବଢ଼ିପାରନ୍ତା ?

ଯେତେବେଳେ ବୀରବର ଶ୍ରୀ ଅରବିନ୍ଦ ଆଶ୍ରମରେ ପାଦ ଥାପିଲେ ସାରା ଶରୀରରେ ତାଙ୍କର ଖେଳିଗଲା ଏକ ନୂତନ ଶିହରଣ। ନିଜର ଅସଲ ଗୃହଟିକୁ ସେ ଯେମିତି ଫେରି ଆସିଛନ୍ତି, ଏହିଭଳି ପ୍ରତୀତ ହେଲା ତାଙ୍କୁ। ସ୍ୱୟଂ ମା' ତ ଶ୍ରୀ ଅରବିନ୍ଦଙ୍କ ସାନ୍ନିଧ୍ୟ ବଳୟ ଭିତରେ ରହିବା ପାଇଁ ଏହିପରି ଧାଇଁ ଆସିଥିଲେ ଏଇ ଆଶ୍ରମକୁ। ସେ ବି ତ କେଉଁ ଏକ ଦିବ୍ୟ ପ୍ରେରଣାର ଆବେଗରେ ପରିଚାଳିତ ହୋଇ ମା'ଙ୍କ ଭଳି ଦୌଡ଼ି ଆସିଛନ୍ତି ଏଇ ପବିତ୍ର ପୀଠକୁ। ଏଠି କ'ଣ ମା' ତାଙ୍କୁ ନିଜ କୋଳରେ ଟିକିଏ ସ୍ଥାନ ଦେବେ ନାହିଁ ? ନିଶ୍ଚୟ ଦେବେ। ଏ ଭରସା ତାଙ୍କ ଭିତରେ ଦୃଢ଼ୀଭୂତ ହୋଇଗଲା। ଆଶ୍ରମକୁ ଦିବ୍ୟପ୍ରେରଣା ଦ୍ୱାରା ଚାଳିତ ହୋଇ ଆସିଥିବା ମହାନ ସାଧକ ବାବାଜୀ ମହାରାଜାଙ୍କୁ ସେ ଜାଣନ୍ତି। ଆଗରୁ ସେ ତାଙ୍କୁ ପତ୍ର ଲେଖି ନିଜର ଚୂଡ଼ାନ୍ତ ନିଷ୍ପତ୍ତି ସମ୍ପର୍କରେ ଜଣାଇ ଦେଇଥିଲେ। ଆଉ ତାଙ୍କର ଉତ୍ତରକୁ ଅପେକ୍ଷା ନ କରି ପବନ ଗତିରେ ଯେମିତି ସେ ଉଡ଼ି ଆସିଥିଲେ ପଣ୍ଡିଚେରୀକୁ। ବାବାଜୀ ମହାରାଜଙ୍କ ନିକଟକୁ ଯାଇ ପ୍ରଥମେ ପ୍ରଣାମ ନିବେଦନ କରିବା ଯଥାର୍ଥ ହେବ ବୋଲି ସେ

ମନେକଲେ। ପାଦ ତାଙ୍କର ଅଗ୍ରସର ହେଲା ବାବାଜୀ ମହାରାଜଙ୍କ ପ୍ରକୋଷ୍ଠ ଉଦ୍ଦେଶ୍ୟରେ। ସେଠି ଯାଇ ପହଞ୍ଚିଲେ ସେ ବହୁ ଆୟାସ ସ୍ୱୀକାର କରି। ମାତ୍ର ଶାରୀରିକ କ୍ଳାନ୍ତିକୁ ପ୍ରତି ମୁହୂର୍ତ୍ତରେ ପରାଜିତ କରିଦେଉଥାଏ ତାଙ୍କର ମାନସିକ ଶାନ୍ତି।

ଯେଉଁ ବାବାଜୀ ମହାରାଜଙ୍କୁ ଦେଖିବା ପାଇଁ ସେ ଉତ୍ସୁକ ଥିଲେ, ସେହି ବାବାଜୀ ମହାରାଜ ତାଙ୍କୁ ଦର୍ଶନ ଦେବା ପାଇଁ ସତେ ଯେମିତି ପ୍ରସ୍ତୁତ ହୋଇ ରହିଥିଲେ। ବୀରବରଙ୍କ ଚିଠି ପାଇଥିଲେ ପୂର୍ବରୁ। ଉତ୍ତର ବି ଦେଇସାରିଥିଲେ। ଏବେ ବୀରବରଙ୍କୁ ପାଖରେ ପାଇ ଆଶ୍ଚର୍ଯ୍ୟ ହୋଇ ପାଖରେ ବସାଇଲେ ତାଙ୍କୁ। ତାଙ୍କ ହାତକୁ ବଢ଼ାଇଦେଲେ ସୁଶୀତଳ ଜଳପୂର୍ଣ୍ଣ ପାତ୍ର। ତୃଷା ନିବାରଣ କରି ବୀରବର କୃତଜ୍ଞତାପୂର୍ଣ୍ଣ ଆଖିରେ ଅନାଇ ରହିଲେ ବାବାଜୀ ମହାରାଜଙ୍କୁ। କିଛି ସମୟ କଟିଗଲା ନିରବତା ମଧ୍ୟରେ। ବୀରବର ସାହସ ସଞ୍ଚୟ କରି ବାବାଜୀ ମହାରାଜଙ୍କୁ ପଚାରିଲେ – 'ବାବା, ମୋର ପତ୍ର ଆପଣ ପାଇଛନ୍ତି ତ ?'

ବାବାଜୀ ମହାରାଜ ସ୍ମିତ ହସି ମୁଣ୍ଡ ଟୁଙ୍ଗାରି ଦେଲେ। ପୁଣି ନିରବତା ଛାଇଗଲା ସେଇ ଆଧ୍ୟାତ୍ମିକ ପରିବେଶରେ। ଆଉ ଧୈର୍ଯ୍ୟ ଧରି ବୀରବର ରହିପାରିଲେ ନାହିଁ। ବାବାଜୀ ମହାରାଜଙ୍କୁ ବ୍ୟାକୁଳ ଚିତ୍ତରେ ପଚାରି ଉଠିଲେ – ବାବା ! କେଉଁଠି ମୁଁ ରହିବି ? କି କାମ ମୋତେ ମା' ପ୍ରଦାନ କରିବେ ? ତା'ର ସୂଚନା ଦୟାକରି ମୋତେ ଦିଅନ୍ତୁ। ମୁଁ ମା'ଙ୍କ ନିର୍ଦ୍ଦେଶରେ ଯେ କୌଣସି କାମ କରିବା ପାଇଁ ପ୍ରସ୍ତୁତ ଅଛି। କିନ୍ତୁ ମୋର ଦୃଢ଼ ନିଷ୍ପତ୍ତି ତ ଆପଣ ଜାଣିଥିବେ, ମୁଁ ଏଠି ସାରା ଜୀବନ ମା'ଙ୍କ ଚରଣ ତଳେ ନିଜକୁ ସମର୍ପି ଦେବାକୁ ଆସିଛି।

ବୀରବରଙ୍କ ବ୍ୟାକୁଳତା ଦେଖି ବାବାଜୀ ମହାରାଜଙ୍କ ଶାନ୍ତି ଓ ସ୍ନିଗ୍ଧତା ଆଚ୍ଛାଦିତ ମୁଖମଣ୍ଡଳରେ ପୁଣି ସ୍ନେହଭରା ଚାହାଣୀ ଓ ପ୍ରୀତିଭରା ସ୍ମିତହାସ୍ୟ ଉକୁଟି ଉଠିଲା। ପିଠି ଥାପୁଡ଼ାଇ ଦେଲେ ସେ ବୀରବରଙ୍କର। ଆଉଁଷି ଆଣିଲେ ତାଙ୍କର ମୁଣ୍ଡ ଉପରର କେଶରାଶିକୁ।

ବୀରବର ଭାବିଲେ ବାବାଜୀ ମହାରାଜଙ୍କ ସ୍ୱୀକୃତି ଓ ଆଶିଷ ସତେକି ତାଙ୍କୁ ମିଳିଗଲା ସେଇ ମୁହୂର୍ତ୍ତରେ। ଆହୁରି ବ୍ୟଗ୍ରତାଭରା ନୟନରେ ସେ ବାବାଜୀ ମହାରାଜଙ୍କ ମୁହଁକୁ ଅନାଇଲେ। କିଛି ସମୟ ପୁନଶ୍ଚ ନିରବତାରେ ଅତିବାହିତ ହୋଇଗଲା, ଏହି ପଣ୍ଡିଚେରୀ ଆଶ୍ରମରେ ପାରସ୍ପରିକ ଭାବ ବିନିମୟବେଳେ ସତେ ଯେମିତି ନିରବତାର ରାଜୁତି ସବୁ ଉତ୍ତର ଦେଉଥାଏ ନିଃଶବ୍ଦ ଭାବରେ। ବାବାଜୀ ମହାରାଜ ବୀରବରଙ୍କ ଆଡ଼କୁ ସ୍ନେହପୂର୍ଣ୍ଣ ନୟନରେ ଅନାଇ ପ୍ରଶ୍ନ କଲେ – ବୀରବରବାବୁ, ଆପଣ ଏଠାରେ ରହିବାକୁ ଆସିଛନ୍ତି ନା ?

ବୀରବର ଉତ୍ତର ଦେଲେ, "ସେ କଥାରେ ଆଉ କ'ଣ ସନ୍ଦେହ ଅଛି ବାବା ?"

ବାବାଜୀ ମହାରାଜ ତା'ପରେ ଅତ୍ୟନ୍ତ ଧୀର ଓ ନମ୍ର ସ୍ୱରରେ ବୀରବରଙ୍କୁ ପଚାରିଲେ 'ଶ୍ରୀ ଅରବିନ୍ଦ ଓ ଶ୍ରୀମା କେଉଁ କାର୍ଯ୍ୟ ଅପୂର୍ଣ୍ଣ ରଖିଯାଇଛନ୍ତି, ଯାହାକୁ ପୂର୍ଣ୍ଣ କରିବା ପାଇଁ ଆପଣ ଆସିଛନ୍ତି ଭାଇ ?'

ଏ ପ୍ରକାର ପ୍ରଶ୍ନ ବାବାଜୀ ମହାରାଜଙ୍କଠାରୁ ସେ କଦାପି ଆଶଙ୍କା କରିନଥିଲେ । ମୁହୂର୍ତ୍ତକରେ ତାଙ୍କ ଶରୀରରେ ଖେଳିଗଲା ଏକ ଅଦ୍ଭୁତ ବିଦ୍ୟୁତ ରେଖା । କିପରି ବା ଏ ପ୍ରଶ୍ନର ଉତ୍ତର ଦେବେ ସେ ? ମା' ଓ ଶ୍ରୀ ଅରବିନ୍ଦଙ୍କ କେଉଁ ଅପୂର୍ଣ୍ଣ କାର୍ଯ୍ୟକୁ ପୂର୍ଣ୍ଣ କରିବା ପାଇଁ ସେ ଆସିଛନ୍ତି ? ସେ କ'ଣ ମା' ଶ୍ରୀ ଅରବିନ୍ଦଙ୍କଠାରୁ ଆହୁରି ଶକ୍ତି ସମ୍ପନ୍ନ ଏକ ଅମୃତମୟ ସ୍ନିଗ୍ଧ ସତ୍ତା ? କୋଉ କାମ ପୂର୍ଣ୍ଣ କରିବେ ସେ ??

ଉତ୍ତର ଖୋଜି ପାଇଲେ ନାହିଁ ବୀରବର । ଖାଲି ଚମତ୍କୃତ ହେଲେ, ବିସ୍ମୟାଭିଭୂତ ହେଲେ, ଆଉ ସମ୍ପୂର୍ଣ୍ଣ ନିର୍ବାକ ହୋଇ ବସିରହିଲେ ବାବାଜୀ ମହାରାଜଙ୍କ ଆଗରେ । ନିରୁତ୍ତର ବୀରବରଙ୍କୁ ଲକ୍ଷ୍ୟ କରି ବାବାଜୀ ମହାରାଜ ସାନ୍ତ୍ୱନାଭରା ଶବ୍ଦରେ କହିଲେ - ଭାଇ ବୀରବର, ଆପଣଙ୍କୁ ଏଠାରେ ରହିବା ପାଇଁ ମା' ଅନୁମତି ଦେଇନାହାନ୍ତି । ଆପଣଙ୍କ ଜନ୍ମଭୂମି ଏକ ପବିତ୍ର ପୀଠ । ସେଇଠି ରହି ମା'ଙ୍କ କାର୍ଯ୍ୟରେ ଆପଣ ସମର୍ପିତ ହେବେ, ଏହା ହିଁ ମା'ଙ୍କର ଆନ୍ତରିକ ଇଚ୍ଛା ।

ବୀରବରଙ୍କ ମସ୍ତିଷ୍କରେ ଗୋଟିଏ କ୍ଷଣରେ ସୃଷ୍ଟି ହୋଇଗଲା ଏକ ବିରାଟ ପ୍ରଭଞ୍ଜନ । ସେହି ଝଡ଼ରେ ଭୂମିସାତ୍ ହୋଇଗଲା ତାଙ୍କର ଅହଙ୍କାରର ସୁଦୃଢ଼ ପ୍ରାଚୀର । ତତ୍‌ପରେ ମୁହୂର୍ତ୍ତକରେ ପୁଣି ସେହି ମସ୍ତିଷ୍କକୁ ଆବିଷ୍ଟ କରି ରଖିଲା ଏକ ପରମ ଶାନ୍ତିର ଶୀତଳତା । ବୀରବରଙ୍କ ଦୁଇ ଆଖିରୁ ଅନବରତ ଝରିବାକୁ ଲାଗିଲା ଲୁହଧାର । ବାବାଜୀ ମହାରାଜ ସେ ଲୁହବିନ୍ଦୁ ସବୁକୁ ତାଙ୍କ କୋମଳ ହାତରେ ପୋଛିନେଇ ଆଶୀର୍ବାଦ ସୂଚକ ଭଙ୍ଗୀରେ ବୀରବରଙ୍କୁ ପୁନର୍ବାର କହିଲେ - 'ଆପଣ ଫେରିଯାଆନ୍ତୁ ବୀରବର ଭାଇ । ବରପାଲିରେ ଆପଣଙ୍କୁ ତାଙ୍କର କାମ ଦେଇସାରିଛନ୍ତି ଶ୍ରୀମା ।'

ଏହାପରେ ବୀରବରଙ୍କର ଆଉ କିଛି କହିବାର ନଥିଲା । ସେ ମା'ଙ୍କୁ ଦର୍ଶନ କରିବା ପାଇଁ କେବଳ ଅଭିଳାଷ ପୋଷଣ କରିଥିଲେ । ସେ ଅଭିଳାଷ ଓ ଆଶା ବାବାଜୀ ମହାରାଜଙ୍କ ଉଦ୍ୟମରେ ପୂରଣ ହେଲା ଅବିଳମ୍ବେ । ଦୂରରୁ ଥାଇ ମା'ଙ୍କର ସ୍ନେହପୂର୍ଣ୍ଣ ପ୍ରଶାନ୍ତ ପ୍ରତିମାକୁ ଦେଖିବାର ସୁଯୋଗ ପାଇଲେ ସେ । କିନ୍ତୁ ଏ କ'ଣ ଦେଖୁଛନ୍ତି ସେ ? ତାଙ୍କ ଆଖିକୁ ବିଶ୍ୱାସ କରିପାରିଲେ ନାହିଁ ବୀରବର । ମା'ଙ୍କ ମୁଖମଣ୍ଡଳରେ

ଇଏ କିଏ ପ୍ରତିଭାତ ହେଉଛନ୍ତି ? ତାଙ୍କ ଜୀବନକୁ ସକଳ ଆପଦ ବିପଦରୁ ରକ୍ଷା କରିଥିବା ଏଇ ଯେ ମା' ସମଲେଶ୍ୱରୀଙ୍କ କରୁଣାମୟୀ ଶୁଭ୍ର ରୂପକୁ ଦର୍ଶନ କରୁଛନ୍ତି ସେ ନିଜ ଚର୍ମଚକ୍ଷୁରେ । ବାସ୍ତବ ଜଗତରେ ଅତ୍ୟନ୍ତ ସଚେତନ ଭାବରେ ।

ବୀରବରଙ୍କ ଦୁଇ ଆଖି ଭାବାଶ୍ରୁରେ ଭରିଗଲା । ନିର୍ବାକ ନିଃସ୍ପନ୍ଦ ହୋଇ ରହିଗଲେ ସେ ଅନେକ କ୍ଷଣ । ଦୁଇ ହାତ ତାଙ୍କର ଯୋଡ଼ି ହୋଇଗଲା ମା'ଙ୍କ ଉଦ୍ଦେଶ୍ୟରେ । ମସ୍ତିଷ୍କ ତାଙ୍କର ବିନୀତ ଭାବରେ ନଇଁ ଆସିଲା ମା'ଙ୍କ ସୁନ୍ଦର ମସୃଣ ପବିତ୍ର ଚରଣ ଯୁଗଳ ଆଡ଼କୁ । ସେ ତ ଆଉ ଦୁଇଟି ପାଦ ନୁହେଁ, ସତେକି ଦୁଇଟି ଶୁଭ୍ର ଗୋଲାପ । ସେହି ଗୋଲାପ ପାଖୁଡ଼ା ଉପରେ ସତେ ଯେମିତି ସେ ମଥା ଥାପିଦେଇ ଲାଭ କରୁଛନ୍ତି ଅସୀମ ଶାନ୍ତି । ଏଇକଥା ବୀରବରଙ୍କ ପ୍ରତିଟି ଲୋମକୂପ ଅନୁଭବ କରିବାକୁ ଲାଗିଲା ।

ନିର୍ଦ୍ଦିଷ୍ଟ ସମୟରେ ମାତୃନିର୍ଦ୍ଦେଶ ପାଳନ କରି ବାବାଜୀ ମହାରାଜଙ୍କ ଆଶୀର୍ବାଦ ନେଇ ପ୍ରତ୍ୟାବର୍ତ୍ତନ କଲେ ସେ ଜନ୍ମଭୂମି କବିତୀର୍ଥ ବରପାଲିର ପବିତ୍ର ମାଟିକୁ । ବରପାଲି ମାଟିରେ ପାଦ ଦେବା କ୍ଷଣି ପୁନଶ୍ଚ ତାଙ୍କର ଅନ୍ତରାତ୍ମାରେ ଏବଂ ସମଗ୍ର ଶରୀରରେ ଯେମିତି ଏକ ଅଲୌକିକ ଆଲୋକରେଖା ତଡ଼ିତ୍ ବେଗରେ ସୃଷ୍ଟି କରିଦେଲା ଅପୂର୍ବ ଭାବାନ୍ତର । ଘରକୁ ନ ଯାଇ ସିଧାସଳଖ ସେ ଧାଇଁଗଲେ ମା' ସମଲେଶ୍ୱରୀଙ୍କ ମନ୍ଦିର ଉଦ୍ଦେଶ୍ୟରେ । ଠିକ୍ ସେତିକିବେଳେ ଘଣ୍ଟ ଶଙ୍ଖ ବାଜି ଉଠୁଥାଏ । ଆଳତିର ଆଭାରେ ମାତୃ ମୂର୍ତ୍ତି ଦିଶୁଥାନ୍ତି ଦିବ୍ୟ ସୁନ୍ଦର । ସେହି ପରମ ପୂଜ୍ୟା ଦିବ୍ୟଜନନୀଙ୍କ ମୁଖମଣ୍ଡଳକୁ କୃତଜ୍ଞ ଚିତ୍ତରେ ଅନାଇବାବେଳେ ତାଙ୍କ ଦୁଇ ଆଖିରୁ ପୁଣି ବହିଗଲା ଅସରା ଅସରା ଲୁହ । ଇଚ୍ଛା ହେଲା ଶିଶୁଟିଏ ପରି ସେ ଯେମିତି ଭୋ ଭୋ କରି କାନ୍ଦି ଉଠନ୍ତେ । ସଜଳ ନୟନରେ କମ୍ପିତ ଓଠରେ ମା'ଙ୍କୁ କୃତଜ୍ଞତା ଜଣାଇବା ପାଇଁ ମୁଣ୍ଡଟେକି ସେ ଅନାଇଲେ । ମୁହୂର୍ତ୍ତକରେ ପୁଣି ଘଟିଗଲା ଏକ ଅଲୌକିକ ବ୍ୟାପାର । ଏ କ'ଣ ଦେଖୁଛନ୍ତି ବୀରବର ? ମା' ସମଲେଶ୍ୱରୀଙ୍କ ରକ୍ତିମ ବର୍ଣ୍ଣର ମୁଖମଣ୍ଡଳ ମଧ୍ୟରେ ଦିବ୍ୟଜନନୀ ଶ୍ରୀମା ତାଙ୍କ ଗୋଲାପୀ ଅଧରରେ ସ୍ମିତହାସ୍ୟ ପ୍ରକଟ କରି ତାଙ୍କୁ ଅନାଇ ରହିଛନ୍ତି କରୁଣାପୂର୍ଣ୍ଣ ନୟନରେ । ବୀରବରଙ୍କ ଅନ୍ତର ଭିତରେ ଏକ ଆନ୍ତରିକତାଭରା ସ୍ୱର ଗୁଞ୍ଜରିତ ହୋଇଉଠିଲା - 'ମା' ତମେ ଏଇଠି ?' ଆଉ କିଛି ଭାବିପାରିଲେ ନାହିଁ ବୀରବର । ତାଙ୍କ ଆପାଦ ମସ୍ତକ ଯେମିତି ଆବୃତ୍ତ ହୋଇ ରହିଥିଲା ମାତୃ ସ୍ନେହର ଅପୂର୍ବ ସ୍ନିଗ୍ଧ ଶାନ୍ତି ପ୍ରଦାୟକ ପ୍ରଲେପରେ । ବୀରବରଙ୍କ କୋମଳ ହୃଦୟରେ ଭରିଗଲା କେବଳ କୃତଜ୍ଞତାର ଆଲୋକ କଣିକା । ହୃଦୟ କକ୍ଷରେ ପ୍ରତିଧ୍ୱନିତ ହୋଇ ଉଠିଲା ଶ୍ରୀ ଅରବିନ୍ଦଙ୍କ ଦୁର୍ଗାସ୍ତୋତ୍ରର ମନ୍ତ୍ରସିକ୍ତ

ଶବ୍ଦାବଳୀ। ମହାକବି ମହାଯୋଗୀ ଶ୍ରୀ ଅରବିନ୍ଦଙ୍କ 'ସାବିତ୍ରୀ' ମହାକାବ୍ୟର ସଂଗୀତମୟ ପଦାବଳୀ ଝଂକୃତ ହୋଇଉଠିଲା ତାଙ୍କର ପ୍ରାଣତନ୍ତ୍ରୀରେ। ଚତୁର୍ଦ୍ଦିଗରୁ କେବଳ ଭାସିଆସିଲା ପଦ୍ମପାଖୁଡ଼ାର ସ୍ୱର୍ଗୀୟ ସୁଗନ୍ଧ। ମା' ସମଲେଶ୍ୱରୀଙ୍କ ଜୀବନ୍ତ ପ୍ରତିମା ସମ୍ମୁଖରେ ସମ୍ପୂର୍ଣ୍ଣ ଲୋଟିପଡ଼ିଲେ ବୀରବର। ତାଙ୍କ ଦୁଇ ଆଖିରୁ ଝରୁଥିବା ଅଶ୍ରୁଧାର ବିନ୍ଦୁବିନ୍ଦୁ ହୋଇ ଯେତେବେଳେ ଝରିପଡୁଥିଲା, ତାହା ତାଙ୍କୁ ପ୍ରତୀତ ହେଉଥିଲା ଗୋଟିଏ ଗୋଟିଏ ଦିବ୍ୟ ଆଭାଯୁକ୍ତ ମୁକ୍ତା ପରି। ପ୍ରାର୍ଥନା କରୁଥିଲେ ମା'ଙ୍କୁ ସେ - 'ମା', ମୋ ଦୁଇ ଅଖିରୁ ଏ ଅଶ୍ରୁ କ୍ଷରଣ କେବେ ରୁଦ୍ଧ ହୋଇନଯାଉ। ସାରା ଜୀବନ ତୁମରି କୋଳରେ ଆଶ୍ରୟ ନେଇ ଏମିତି ନିଷ୍ପାପ ଶିଶୁଟିଏ ପରି ମୁଁ ଲୋତକ ବର୍ଷଣ ଯେମିତି କରୁଥିବି - ଏଇ ଆଶିଷ ଦିଅ ମା'।' ଉଚ୍ଚାରିତ ହେଉଥିଲା ତାଙ୍କ କଂପିତ ଓଷ୍ଠାଧାରରେ କେବଳ - 'ମା, ମା, ମା।'

■

(୨୦୧୯ ମସିହା 'ନବଲିପି'ର ଶାରଦୀୟ ବିଶେଷାଙ୍କରେ ପ୍ରକାଶିତ।)

ମୋ ଇନ୍ଦୁନାନୀ

ଏଥର ଇନ୍ଦୁନାନୀର ନିମନ୍ତ୍ରଣକୁ ଗ୍ରହଣ କରିପାରିନଥିବାର ବେଦନା ସହଜରେ ଦୂରୀଭୂତ ହେଉନାହିଁ ଅନ୍ତରରୁ।

ଗଙ୍ଗାଧରଙ୍କ ପ୍ରଥମ ପ୍ରକାଶିତ କାବ୍ୟର ନାମ ଥିଲା 'ଇନ୍ଦୁମତୀ'। ଆମ ଭାଇ ଭଉଣୀଙ୍କ ମଧ୍ୟରେ କିନ୍ତୁ କାହାରି ସେଇ ନାମ ନଥିବାର ଅବସୋସ ବୋଧହୁଏ ଅଚେତନ ଭାବରେ ଗୋପନ ହୋଇ ରହିଥିଲା ସମସ୍ତଙ୍କ ମନ ଭିତରେ। ସମସ୍ତଙ୍କର ଏହି ଅବସୋସକୁ ପରିତୃପ୍ତ କରିବା ପାଇଁ ହିଁ ଯେପରି ଆବିର୍ଭୂତ ହୋଇଥିଲା ପ୍ରିୟ ଇନ୍ଦୁନାନୀ। ବରପାଲି ନିକଟସ୍ଥ ବାଗବାଡ଼ି ଥିଲା ତାଙ୍କର ଘର। ବରପାଲିରେ ରହୁଥିଲେ ତା'ର ବଡ଼ବାପା। ସେ ଥିଲେ ସମ୍ପୂର୍ଣ୍ଣ ଏକୁଟିଆ। ଇନ୍ଦୁନାନୀ ଆସି ତାଙ୍କରି ସେବାରେ ମନପ୍ରାଣ ଢାଳି ଦେଇଥିଲା।

ଆମ ଘର ପାଖରେ ଯେଉଁ ସମ୍ପର୍କୀୟ ବଡ଼ବାପାଙ୍କ ଘର ଥିଲା ସେଇ ଘରର ବଡ଼ମା' ଆସି ପ୍ରଥମେ ଖବର ଦେଇଥିଲେ ଇନ୍ଦୁନାନୀ ବିଷୟରେ। ମାତୃହୀନା ଏଇ ବାଳିକାଟିକୁ ଆମ ଘରେ ରଖିବା ପାଇଁ ସିଏ ଦେଇଥିଲେ ପ୍ରସ୍ତାବ। ଅଚିରେ ତାହା ସମସ୍ତଙ୍କ ଦ୍ୱାରା ଗୃହୀତ ହୋଇଯାଇଥିଲା। ଇନ୍ଦୁନାନୀ ତା'ର ନିରୀହ ଆଖି ଦୁଇଟି, ସରଳ ପ୍ରାଣଟି ଆଉ ନିଷ୍ପାପ ମୁଖ ମଣ୍ଡଳଟି ନେଇ ପହଞ୍ଚିଥିଲା ଆମ ପରିବାରରେ। ଘରକାମରେ ତା'ର କି ଆନ୍ତରିକତା ! ଘରର ସମସ୍ତଙ୍କୁ ବଡ଼ବାପା ବଡ଼ମା' କାକା କାକୀ ସମ୍ବୋଧନ କରିବାରେ ତା'ର କି ଗଭୀର ଭକ୍ତି ! ! ଖୁବ୍ ଅଳ୍ପଦିନ ଭିତରେ ସେ ଆମ ପରିବାରର ଅବିଚ୍ଛେଦ୍ୟ ଅଙ୍ଗ ପାଲଟି ଯାଇଥିଲା। ସେ ଘରକାମରେ କ'ଣ ସହଯୋଗ କରୁଥିଲା ତା'ର ହିସାବ ରଖିବା ପାଇଁ ମୋ ମନରେ ଟିକିଏ ବି ସ୍ଥାନ ନଥିଲା। ମୁଁ କେବଳ ଅପେକ୍ଷା କରି ରହିଥାଏ ସେ କାମରୁ ନିସ୍ତାର ପାଇଲେ ତା' ସହିତ ଖେଳିବାକୁ।

ମୋତେ ତା'ର ସାନଭାଇ ଭାବରେ ଏତେ ଉଦାର ଭାବେ ସେ ଗ୍ରହଣ କରିନେଇଥିଲା ଯେ, ତାହା ଭାବିଲେ ବିସ୍ମିତ ହୁଏ ଆଜି ମୁଁ। ଘର ଭିତରେ ଯେତିକି ପ୍ରକାର ଖେଳ ଖେଳାଯାଇପାରେ ସେସବୁ ଖେଳ ତା' ସହିତ ଖେଳୁଥିଲି ମୁଁ ଅପୂର୍ବ ଆନନ୍ଦରେ। ପରିବାର ମଧ୍ୟରେ ସେତେବେଳେ ଏକମାତ୍ର ଛୋଟଛୁଆ ମୁଁ। ମୋର ଖେଳସାଥୀ କେହି ନଥାନ୍ତି। ସେଇ ପରିବେଶରେ ଇନ୍ଦୁନାନୀର ଶୁଭାଗମନ ମୋ ପାଇଁ ଥିଲା ଈଶ୍ୱରଙ୍କ ଆଶିଷର ପ୍ରସ୍ରବଣ। ଇନ୍ଦୁନାନୀର ଭାଇ ଭଉଣୀ ଥିଲେ। କିନ୍ତୁ ମତେ ଯେପରି ସାନଭାଇ ଭାବରେ ସେ ସ୍ନେହ ଆଦର କରୁଥିଲା ତା'ର ପ୍ରକୃତରେ ତୁଳନା ନାହିଁ। କେତେ ନିଦାଘ ଖରାବେଳ, କେତେ ଶାନ୍ତ ଶୀତଳ ସନ୍ଧ୍ୟାକାଳ, କେତେ ଶୀତାର୍ତ୍ତ ଦ୍ୱିପ୍ରହର କେତେ ମନୋରଞ୍ଜନ ପରିପୂର୍ଣ୍ଣ ରାତ୍ରି ତା' ସହ ବିତିଯାଇଛି, ତା'ର ହିସାବ ନାହିଁ। ମୁଁ ତା' ଆଗରେ ବିଭିନ୍ନ ବେଶ ଧାରଣ କରି ନାଟକର ଅଭିନେତା ପରି ଉଭା ହେଉଥିଲି। ଯେତେବେଳେ ଗାମୁଛା ଖଣ୍ଡିଏକୁ ଧୋତି ଭାବରେ ସଜାଡ଼ି ପିନ୍ଧୁଥିଲି ମୁଁ, ଆଉ ତା' ଆଗରେ ଛିଡ଼ା ହୋଇପଡୁଥିଲି ସେତେବେଳେ ଆନନ୍ଦରେ ସେ କୁରୁଳି ଉଠୁଥିଲା। କହୁଥିଲା, "ବାବୁ ବ୍ରାହ୍ମଣ ପିଲାଟିଏ ପରି ଦେଖାଯାଉଛି।" ମୋର ବାର୍ତ୍ତାଳାପ, ହସଖୁସି, ଖେଳକୌତୁକ ପଢ଼ାପଢ଼ି ସବୁକିଛିକୁ ଏପରି ଅସାଧାରଣ ଭାବରେ ସେ ଭଲପାଉଥିଲା ଯେ ତାହା କ୍ୱଚିତ ଭାଇଭଉଣୀଙ୍କ କ୍ଷେତ୍ରରେ ଦେଖିବାକୁ ମିଳେ। ଦିନ ୧ଟାରେ ମୋ ଖାଇଛୁଟି ହୁଏ। ସେ ମା' ସହିତ ଅପେକ୍ଷା କରିଥାଏ ମୋତେ, ଏକାଠି ଖାଇବା ପାଇଁ। ତା' ସହିତ ବସି ଖାଇବାରେ ଥିଲା ଦିବ୍ୟ ଆନନ୍ଦ। ଆଜି ବି ମନେପକାଇଲେ ସେଦିନମାନଙ୍କର ପ୍ରତିଟି ତିଅଣର ସ୍ୱାଦ ଅବିକଳ ମନେପଡ଼ିଯାଉଛି।

ପ୍ରଚଣ୍ଡ ଖରାରେ ଖାଲି ପାଦରେ ଚାଲି ଚାଲି ପ୍ରାୟ ସାତ ଆଠ କିଲୋମିଟର ରାସ୍ତା ଅତିକ୍ରମ କରି ଆମେ ପହଞ୍ଚୁଥିଲୁ ନୈମିଷାରଣ୍ୟରେ। ସେଠି ଦି'ପହର ସାରା ଚର୍ଚ୍ଚା ହେଉଥିଲା ଭାଗବତ। ସେଥିରେ ଆମର ମନ ନ ଥିଲା। ଆମ୍ବଗଛ ଉପରେ ହିଁ ମନ ଥିଲା। ଏକାନ୍ତରେ ବସି ଖୁସିଗପ କରିବାରେ ଆଉ ମୋର ମଝିଆଁ ମାମାଙ୍କ ସହିତ ବସି କିଛି ବୁଝିପାରୁନଥିଲେ ମଧ୍ୟ ଭାଗବତ ଚର୍ଚ୍ଚା ଶୁଣିବାରେ ବିତିଯାଉଥିଲା ନିଦାଘବେଳା। ବର୍ଷାଋତୁରେ ଆମ କ୍ଷେତରେ ପହ୍ଳାରୁଆ ହୁଏ। କିଛି ଦିନ ପରେ ଲଟା ବଛା ହୁଏ। ସେତେବେଳେ ମଝିଆଁ ବୁବୁଙ୍କ ସହିତ ଆମେ ଦି' ଜଣ ଯାଉ। କ୍ଷେତରେ ହୁଏ ମଧ୍ୟାହ୍ନ ଭୋଜନ। ଆ... ତା'ର ସ୍ୱାଦ, ତା'ର ପରିବେଶ ଆଉ ଜୀବନରେ ମିଳିନାହିଁ। ଏହିପରି ଇନ୍ଦୁନାନୀ ସବୁକିଛି କାର୍ଯ୍ୟରେ ଥିଲା ସଂଶ୍ଳିଷ୍ଟ। ତା' ସହିତ ପ୍ରଚଣ୍ଡ ଖରାକାଳରେ ଖାଲି ପାଦରେ ଗଲାବେଳେ ରାସ୍ତାର ଉତ୍ତପ୍ତ ବାଲିରେ ପାଦ ଜଳି ଯାଉଥିଲା, ତଥାପି ଇନ୍ଦୁନାନୀର ମୁହଁରେ ଯେଉଁ ଟେନାଏ ହସ ଲାଖିରହିଥିଲା,

ତାହା ପ୍ରକୃତରେ ପୂର୍ଣ୍ଣିମା ରାତ୍ରିର ଇନ୍ଦୁ ପରି । ସେଥିପାଇଁ ନିଦାଘ ବେଳର ସେ ଯନ୍ତ୍ରଣା ମୋତେ ସୁଶୀତଳ ଓ ସୁସ୍ନିଗ୍ଧ ମନେ ହେଉଥିଲା ସବୁବେଳେ । କେତେ ଲୁଚକାଳି ଖେଳ, କେତେ କବାଡ଼ି ଖେଳ, ଧାନଖଳାରେ ପୁଆଳ ଉପରେ କେତେ ଡିଆଁଡେଇଁ - ସବୁ କିଛି ମନେପକାଇଲେ ଭାବବିହ୍ୱଳ ହୋଇଯାଉଛି ମନ ମୋର । ଇନ୍ଦୁନାନୀ କେବେ ବି ମନଦୁଃଖ କରୁନଥିଲା । ହେଲେ ସେ କ'ଣ ମଣିଷ ନୁହେଁ? କେବେ ଆଘାତ ଦେବା ଭଳି କିଛି କଥା କହିଲେ ତାକୁ କ'ଣ ବାଧିବ ନାହିଁ? ସେଇପରି ସମୟରେ ସେ ରହୁଥିଲା ନିରୁତ୍ତର । କିନ୍ତୁ ସମସ୍ତଙ୍କ ଅଜାଣତରେ ଲୁଚିଲୁଚି ଚାଲିଯାଉଥିଲା ତା' ବଡ଼ବାପାଙ୍କ ଘରକୁ । ଦିନ ଦିନ ଧରି ଆଉ ଆସୁନଥିଲା । ମୋର ଥିଲା ଦାୟିତ୍ୱ ତା' ପାଖକୁ ଯାଇ ତାକୁ ମନେଇ ବୁଝେଇ ପୁଣି ତାକୁ ଘରକୁ ଫେରାଇ ଆଣିବା । ଏ କଷ୍ଟସାଧ୍ୟ କାମଟି ମୋ ପାଇଁ ଥିଲା ଏକାନ୍ତ ସହଜସାଧ୍ୟ । ଇନ୍ଦୁନାନୀ ପାଖକୁ ମୁଁ ପହଞ୍ଚୁ ପହଞ୍ଚୁ ତା'ର ସବୁ ଅଭିମାନ ତୁଳା ଭଳି କୁଆଡ଼େ ଉଡ଼ିଯାଉଥିଲା । ମୋତେ ଦେଖିବା ମାତ୍ରକେ ଖୁସିରେ ଅଧୀର ହୋଇ ଡାକୁଥିଲା ଘର ଭିତରକୁ । ତାକୁ କିଛି ବୁଝାଇବାକୁ ପଡୁନଥିଲା ମୋତେ । ଦେଖିବାମାତ୍ରକେ ବାହାରି ପଡୁଥିଲା ସେ ମୋ ସାଙ୍ଗରେ ଆମ ଘରକୁ ଆସିବା ପାଇଁ । ଘରକୁ ଫେରିବା ପରେ ବି କାହାରି ପ୍ରତି ତା'ର କୌଣସି ଅଭିଯୋଗ ବା ଅଭିମାନ ନଥାଏ । ପୂର୍ବପରି ହସି ହସି ପ୍ରତ୍ୟେକଙ୍କ ନିର୍ଦ୍ଦେଶ ଅନୁସାରେ କାମ କରି ଚାଲିଥାଏ ଅନବରତ ।

ମୁଁ ପଞ୍ଚମ ଶ୍ରେଣୀ ପଢ଼ିବାବେଳେ ଆମ ଘର ପାଖରେ ଗଙ୍ଗାଧର ରଙ୍ଗମଞ୍ଚରେ ଓଡ଼ିଶାର ବିଖ୍ୟାତ ନାଟ୍ୟସଂସ୍ଥା ଅନ୍ନପୂର୍ଣ୍ଣା ଥିଏଟର ତରଫରୁ ଦୀର୍ଘ ଏକ ମାସ ଧରି ନାଟକ ପରିବେଷିତ ହୋଇଥିଲା । ପ୍ରଥମ ଦିନ ନାଟକ ଦେଖିଯିବା ପାଇଁ ମୋର ଅନୁରୋଧ ପ୍ରତ୍ୟାଖ୍ୟାତ ହୋଇଥିବାରୁ ମୁଁ କାନ୍ଦି କାନ୍ଦି ଶୋଇପଡ଼ିଥିଲି । ମୋ ପରି ଏକ ବାଳକର ନିଷ୍ପାପ ଆଗ୍ରହକୁ ଭଗବାନ କ'ଣ ବୁଝନ୍ତେ ନାହିଁ? ତହିଁ ପରଦିନ ଯାହା ବ୍ୟବସ୍ଥା କରିବାର ସମୁଚିତ ତାହା ତାଙ୍କ ଦ୍ୱାରା ସମାହିତ ହୋଇଥିଲା । ଥିଏଟରରେ ଥିବା ମୋ ବୟସର ଏକ ବାଳକ ସହିତ ମୋର ବନ୍ଧୁତା ସ୍ଥାପିତ ହୋଇଯାଇଥିଲା ଅଳ୍ପକ୍ଷଣ ମଧ୍ୟରେ । ଆଉ ସିଏ ହିଁ ମତେ ଓ ଇନ୍ଦୁନାନୀଙ୍କୁ ନାଟକ ଦେଖିବା ପାଇଁ ନେଇଯାଇଥିଲା ୨୯ ରାତି ପାଇଁ । ଇନ୍ଦୁନାନୀ ସହିତ ସେହି ନାଟକଦେଖାର ସ୍ମୃତି କ'ଣ କେବେ ଭୁଲିଯାଇ ହେବ? ଅନ୍ନପୂର୍ଣ୍ଣା ଥିଏଟରର ମୁନା, ମୁଁ ଓ ଇନ୍ଦୁନାନୀ ତିନିହେଁ ଭାଇ ଭଉଣୀ ସମ୍ପର୍କରେ ଆବଦ୍ଧ ହୋଇଯାଇଥିଲୁ ଏକ ଅଦୃଶ୍ୟ ବନ୍ଧନ ଦ୍ୱାରା ।

ଇନ୍ଦୁନାନୀର ବୟସ ବଢୁଥିଲା । ସେ କ'ଣ ଆଉ ସବୁଦିନ ଆମ ଘରେ ରହିଥାନ୍ତା? ବିବାହଯୋଗ୍ୟା ହେବାରୁ ଅତି କମ୍ ବୟସରେ ତା'ର ବିବାହ ସମ୍ପନ୍ନ

ହୋଇଯାଇଥିଲା । ଆମେ ସମସ୍ତେ ସେହି ବିବାହ ଉତ୍ସବରେ ଯୋଗ ଦେଇଥିଲୁ, ଯାହାକି ଇନ୍ଦୁନାନୀର ମନରେ ଭରି ଦେଇଥିଲା ଅପୂର୍ବ ଆନନ୍ଦ ।

ତା'ପରେ ତା' ସହିତ ଦେଖା ହେବା ଆଉ ସମ୍ଭବ ହୋଇପାରିନଥିଲା । ଅନେକ ବର୍ଷ ପରେ ମୁଁ ଯେତେବେଳେ ବରପାଲି କଲେଜରେ ଅଧ୍ୟାପକ ହେଲି ସେତେବେଳେ ମୋର ପ୍ରିୟ ଛାତ୍ର ଅନୁଜ ପ୍ରତିମ ଶୁକମୁନିଙ୍କ ଘର ପାଖରେ ଇନ୍ଦୁନାନୀକୁ ଆବିଷ୍କାର କରିଥିଲି । ସେଠାରେ ଏକ ମାଟିଘର ଭଡ଼ାନେଇ ସପରିବାର ସେମାନେ ରହୁଥିଲେ । ମୁଁ ଅତ୍ୟନ୍ତ ଖୁସି ଅନୁଭବ କଲି ଯେ ଏଥର ଇନ୍ଦୁନାନୀ ସହିତ ସର୍ବଦା ଦେଖା ହୋଇପାରିବ ଆଉ ଭାବ ବିନିମୟ କରିହେବ । ମୋତେ ଦେଖୁ ଦେଖୁ ଖୁସିରେ ତା' ଆଖି ସଜଳ ହୋଇଯାଏ । ଘରର ପ୍ରତ୍ୟେକଙ୍କ ବିଷୟରେ ଟିକିନିଖି ଖବର ନିଏ ସେ ମୋଠାରୁ । ତା'ର ପୂର୍ବବେଳର ଆଗ୍ରହ ଓ ଆତ୍ମୀୟତାରେ ଟିକିଏ ବି ମଳିନତାର ଦାଗ ପଡ଼ିନଥିଲା ।

ଖୁସିଗୁଡ଼ିକ କ'ଣ ଚିରସ୍ଥାୟୀ ହୋଇପାରେ ? ସେଥିପାଇଁ ପରା ରାଧାନାଥ କହିଲେ – "ସୁଖ ବୋଲି ଯାହା ଜନନେତ୍ରେ ଦିଶେ / ହାତେ ଆସେ ହାତୁ ପଡ଼ିବା ପାଇଁ ସେ ।" ଇନ୍ଦୁନାତୀ ତ ଜହ୍ନରାଇଜରୁ ଆସିଥିଲା ନା ! ସେ କିପରି ହାତ ପାଆନ୍ତାରେ ରହନ୍ତା ସବୁବେଳ ପାଇଁ ? ସେମାନେ ଅତି ଅଳ୍ପ ସମୟ ଭିତରେ ଅନ୍ୟତ୍ର ସ୍ଥାନାନ୍ତରିତ ହେଲେ । ଇନ୍ଦୁନାନୀର ସ୍ୱାମୀ ମୋର ଭିଣୋଇଙ୍କୁ ସେଇ ସମୟରେ ଦେଖିଥିଲି । ନାନୀଠାରୁ ବୟସରେ ସେ ବହୁ ଅଧିକ । ହଠାତ୍ ଦିନେ ଖବର ପାଇଲି ଇନ୍ଦୁନାନୀ ବୈଧବ୍ୟ ବରଣ କରିଛି । ଏକଥା ଶୁଣି ଦୁଃଖର ସୀମା ନଥିଲା କିନ୍ତୁ ଇନ୍ଦୁନାନୀ କେଉଁଠି ଅଛି ତା'ର ନିର୍ଦ୍ଦିଷ୍ଟ ଖବର ଜଣାନଥିଲା ଆମକୁ । ବହୁଦିନ ପରେ ଜାଣିଲି ସେ ଅଛି ବିଜେପୁରରେ । ବିଜେପୁର କଲେଜରେ ଜଣେ ସାହିତ୍ୟପ୍ରେମୀ ଛାତ୍ର, ଯିଏ ମୋର ମଧ୍ୟ ଛାତ୍ର ପ୍ରତିମ ସେଇ ଚିନ୍ମୟ ଦ୍ୱାରା ଖବର ନେଲି ଇନ୍ଦୁନାନୀର ଠିକଣା ସମ୍ପର୍କରେ । ଚିନ୍ମୟ ବହୁ କଷ୍ଟରେ ଇନ୍ଦୁନାନୀକୁ ଠାବ କରି ମୋର ବାର୍ତ୍ତା ତାକୁ ଜଣାଇବା ସଂଗେ ସଂଗେ ମୋ ପାଖକୁ ତା'ର ବିସ୍ତୃତ ଖବର ଆଣି ପହଞ୍ଚାଇଦେଲେ । ଇନ୍ଦୁନାନୀଙ୍କୁ ମୁଁ ଅନୁରୋଧ କରିଥିଲି ଘରକୁ ଆସିବାକୁ । ସେ କ'ଣ ମୋ ଅନୁରୋଧକୁ ଏଡ଼ାଇଦେଇ ପାରିଥାନ୍ତା ? ଆସିଲା ସେ । କିନ୍ତୁ ଆମର ଶୂନ୍ୟତାପୂର୍ଣ୍ଣ ଗୃହ ପରିସର ଦେଖି କେବଳ ଭୋ ଭୋ ହୋଇ କାନ୍ଦି ଉଠିଲା । କାରଣ ସେତେବେଳକୁ ମୋର ଜେଜେ, ବଡ଼ବାପା, ବଡ଼ମା', ମଝିଆଁ ବଡ଼ବାପା, ମଝିଆ ମାମା, ସାନବଡ଼ବାପା, ସାନମାମା, ମୋର ବାପା, ମଝିଆଁ ପିଉସୀ, ସାନପିଉସୀ ସମସ୍ତେ ଚାଲିଗଲେଣି । ଏ ସମସ୍ତଙ୍କଠାରୁ ଯେଉଁ ଅକୃତ୍ରିମ ସ୍ନେହ ପାଇଥିଲା ଇନ୍ଦୁନାନୀ, ସେସବୁ କୋହ ଆକାରରେ ନିର୍ଗତ ହେଲା ଅଶ୍ରୁର ବନ୍ୟା ହୋଇ । ମା' ଓ ମୁଁ ତଥା ମୋ ସହଧର୍ମିଣୀ ତା' ସହିତ ବସି କେତେ ଦୀର୍ଘ ସମୟ ଭାବ ବିନିମୟ କରିଥିଲୁ ।

ଇନ୍ଦୁନାନୀ ଆମ ପାଇଁ ଗରମ ଗରମ ଚାଉଳ ବରା ନେଇ ଆସିଥିଲା । ଆମେ ତାକୁ କ'ଣ ଦେଲୁ ମୋର କିଛି ମନେନାହିଁ । କିନ୍ତୁ ସେ ଆଣିଥିବା ସେଇ ଚାଉଳ ବରା ଖାଇ ଯେମିତି ପ୍ରସାଦ ସେବନ କରିବା ପରି ମୁଁ ଅନୁଭବ କରୁଥିଲି ।

ଇନ୍ଦୁନାନୀ ବାରମ୍ବାର ଡାକେ ତା' ଘରକୁ ଯିବା ପାଇଁ । ବିଜେପୁର ବାଟଦେଇ ଗଲାବେଳେ ସବୁଥର ମୁଁ ଭାବେ ତା' ପାଖରେ କ୍ଷଣେ ଅଟକିଯିବା ପାଇଁ । ମାତ୍ର ସମୟାଭାବ ସେ ବିରଳ ସୁଯୋଗରୁ ନିଷ୍ଠୁର ଭାବରେ ମତେ ବଞ୍ଚିତ କରେ ।

ଶୁଣିଲି ବିଜେପୁରଠାରେ ସ୍ୱଭାବକବି ଗଙ୍ଗାଧର ମେହେରଙ୍କ ଷ୍ଟାଚ୍ୟୁ ପ୍ରତିଷ୍ଠା ହେବ । ଏହି ଶୁଭ ସମ୍ବାଦ ଆମ ମନରେ ଆଣି ଦେଇଥିଲା ପୂର୍ଣ୍ଣତାର ଆନନ୍ଦ । କାରଣ ବହୁଦିନ ଧରି ଗଙ୍ଗାଧର ବିଜେପୁରରେ ତାଙ୍କର କର୍ମମୟ ଜୀବନ ଅତିବାହିତ କରିଥିଲେ । ଷ୍ଟାଚ୍ୟୁ ପ୍ରତିଷ୍ଠା ବିଳମ୍ବ ହେଲା ସିନା, କିନ୍ତୁ ଯାହା ହେଉ ସେହି ଶୁଭକାର୍ଯ୍ୟଟି ଯେ ସମ୍ପନ୍ନ ହୋଇଗଲା, ଏହା ଥିଲା ସମସ୍ତଙ୍କ ପାଇଁ ଆଶା ଓ ଆନନ୍ଦର କିରଣ ପରି । ମହେନ୍ଦ୍ର ଦାଦାଙ୍କ ସହିତ ଆମେ ଯାଇଥିଲୁ ଷ୍ଟାଚ୍ୟୁ ଉନ୍ମୋଚନ ଉଦ୍ଦେଶ୍ୟରେ ଯୋଗଦେବା ପାଇଁ । ମୁଖ୍ୟବକ୍ତା ଭାବରେ ନିମନ୍ତ୍ରିତ ହୋଇଥିଲି ମୁଁ ସ୍ୱତନ୍ତ୍ର ଭାବରେ । ଷ୍ଟାଚ୍ୟୁ ଉଦ୍‌ଘାଟନର ଜନସମାବେଶ ମଧ୍ୟରେ ପ୍ରବେଶ କରି ଆମେ ଯେତେବେଳେ ଆଗକୁ ଆଗକୁ ବଢୁଥାଉ ହଠାତ୍ ଦେଖିଲି ଦୁଇଟି ଛୋଟ ବାଳକ ବାଳିକା ମୋ ପାଦଛୁଇଁ ନମସ୍କାର ଜଣାଇଲେ । ଏତେ ଭିଡ଼ ଭିତରେ ଏମାନେ କାହିଁକି ମୋ ପ୍ରତି ଭକ୍ତି ପ୍ରଦର୍ଶନ କଲେ ତାହା ବୁଝିବା ପାଇଁ ବାକି ରହିଲା ନାହିଁ । ମୁଣ୍ଡଟେକି ଅନେଇବା ବେଳକୁ ଇନ୍ଦୁନାନୀର ସେହି ଆତ୍ମୀୟତାପୂର୍ଣ୍ଣ ହସର ଚୁମ୍ବକୀୟ ଶକ୍ତି ମୋ ହୃଦୟକୁ ଆକର୍ଷିତ କରିସାରିଥିଲା । ନାନୀକୁ ପ୍ରଣାମ ଜଣାଇଲି । ଆମେ ଯେମିତି ଗଙ୍ଗାଧରଙ୍କ ବଂଶଧର, ସେମିତି ଇନ୍ଦୁନାନୀ ବି କ'ଣ ଗଙ୍ଗାଧରଙ୍କ ଉତ୍ତର ଦାୟାଦ ନୁହେଁ? ଫଟୋରେ ଗଙ୍ଗାଧରଙ୍କ ପ୍ରତିଛବି ଦେଖିଦେଖି ଛୋଟବେଳଠୁ ଆମେ ତାଙ୍କୁ 'ଫଟୁବାବା' ବୋଲି କହୁ । ଇନ୍ଦୁନାନୀଙ୍କର ମଧ୍ୟ ଗଙ୍ଗାଧର ଥିଲେ ପ୍ରିୟ 'ଫଟୁବାବା' । ତାଙ୍କ ପ୍ରତିମୂର୍ତ୍ତି ପ୍ରତିଷ୍ଠିତ ହେବ, ମଣୀନ୍ଦ୍ର, ମହେନ୍ଦ୍ର ସେଠାକୁ ଆସିବେ ଆଉ ଇନ୍ଦୁନାନୀ କ'ଣ ତା'ର ପ୍ରିୟ ଫଟୁବାବାଙ୍କଠାରୁ ଦୂରରେ ରହିବା ସମ୍ଭବ? ଉଦ୍‌ଘାଟନ ଉତ୍ସବରେ ଜମା ହୋଇଥିବା ବିଶାଳ ଜନ ସମାବେଶ ଆମକୁ ଗଙ୍ଗାଧରଙ୍କ ବଂଶଧର ବୋଲି ଚିହ୍ନିଲା । ସମାବେଶ ମଧ୍ୟରେ ଅପରିଚିତା ଅଲୋଡ଼ା ହୋଇ ମଧ୍ୟ ଆତ୍ମୀୟତାଭରା ମଧୁମୟ ଆଖିରେ 'ଇନ୍ଦୁନାନୀ' ଅନାଉ ଥିଲା ତା'ର ପ୍ରିୟ ଫଟୁବାବାଙ୍କ ପ୍ରତିମୂର୍ତ୍ତିକୁ ଓ ଆମ ଦୁଇ ଭାଇଙ୍କୁ । ନାନୀ ମତେ ଆବେଗ କମ୍ପିତ ସ୍ୱରରେ ନିମନ୍ତ୍ରଣ କରିଥିଲା ଉତ୍ସବ ସମାପ୍ତି ପରେ ତା' ଘରକୁ ଯିବା ପାଇଁ । ମାତ୍ର ଆମ ଭଳି ବ୍ୟସ୍ତ ମଣିଷଙ୍କର କ'ଣ

ସମୟ ଥାଏ, ଇନ୍ଦୁନାନୀଙ୍କ ଘରକୁ ଯିବା ପାଇଁ? ମନରେ ଅକୁହା ବେଦନା ନେଇ ଫେରିଆସିଲି ଇନ୍ଦୁନୀନାଙ୍କ ଘରକୁ ଯାଇପାରିଲି ନାହିଁ ବୋଲି।

ଫଟୁବାବାଙ୍କ ପ୍ରତିମୂର୍ତ୍ତିକୁ ଯେତେବେଳେ ଚାହିଁଲି ସେ ବଡ଼ ଉଦାସ ଦିଶୁଥିଲେ। ତାଙ୍କର କାବ୍ୟନାୟିକା ଇନ୍ଦୁମତୀ ସହିତ ଦେଖା ନ କରି ପ୍ରତ୍ୟାବର୍ତ୍ତନ କରିଥିବାରୁ ତାଙ୍କ ଦୁଇ ଆଖି ଯେମିତି ଅଶ୍ରୁସଜଳ ହୋଇ ଉଠିଛି। ସେଇ ଅଶ୍ରୁ କ୍ଷଣକ ମଧ୍ୟରେ ସଞ୍ଚରି ଆସିଲା ମୋର ଦୁଇ ଆଖିକୁ। ଆଉ କ୍ଷମା ପ୍ରାର୍ଥନା କରିବାର ମୁଦ୍ରାରେ ହାତଯୋଡ଼ି ମୁଁ ନିର୍ନିମେଷ ନୟନରେ ଦେଖୁଥିଲି ମୋର ପ୍ରପିତାମହ ଗଙ୍ଗାଧରଙ୍କ ପ୍ରତିଛବିକୁ। ତାଙ୍କ ଦୁଇ ଉଦାସ ଆଖିରେ ପ୍ରତିଭାତ ହେଉଥିଲା ଉନ୍ଦୁନାନୀଙ୍କ ତା'ର ପ୍ରିୟ ଭାଇକୁ ଅପେକ୍ଷା କରିଥିବାର ଅଶ୍ରୁଳ ଦୃଷ୍ଟି। କେବେ ପୁଣି ଦେଖାହେବ ଇନ୍ଦୁନାନୀଙ୍କ ସହିତ ଓ ତାଙ୍କ ମମତାର ବଳୟରେ ତାଙ୍କ ପ୍ରିୟ ଭାଇ ମଣୀନ୍ଦ୍ର ହେବ ଆବେଗସିକ୍ତ? ସେଇ ମୁହୂର୍ତ୍ତକୁ ସେ ଅପେକ୍ଷା କରି ରହିଛି। କେବେ ଆସିବ ସେ ସୁଦିନ? କେବେ ଆସିବ ସେ ଅମୃତ ଲଗ୍ନ??

■

(୨୦୧୯ ମସିହା 'ଆଇନା'ର ଅକ୍ଟୋବର ସଂଖ୍ୟାରେ ପ୍ରକାଶିତ।)

ୟାକୁବ

ଶେଷରେ ଟ୍ରକ୍ ଡ୍ରାଇଭର ଜଣକର ହୃଦୟରେ ଫୁଟିଉଠିଲା ପାଖୁଡ଼ା ପାଖୁଡ଼ା ଦୟାଫୁଲର ସୁବାସ। ଅମୃତ ଓ ୟାକୁବ ଉଭୟେ ସତେ ଯେପରି ପାଇଗଲେ ପିତୃକୋଳର ଆଶ୍ରୟ। ଉଭୟଙ୍କ ଆଖିରେ ଭରିଗଲା କୃତଜ୍ଞତାର ଅଶ୍ରୁ। ଡ୍ରାଇଭର ପାଖରେ ବସିଥିବା ହେଲ୍‌ପର ଜଣକ ଟ୍ରକ୍ ମାଲିକଙ୍କ ସହିତ ଡ୍ରାଇଭରଠୁ ଅଧିକ ଘନିଷ୍ଠ। ତେଣୁ ଡ୍ରାଇଭର୍ ଟ୍ରକ୍ ଚଳାଏ ସିନା, ହେଲ୍‌ପରର ନିଷ୍ପତ୍ତି ହୋଇଥାଏ ସର୍ବଦା ଚୂଡ଼ାନ୍ତ। ହେଲ୍‌ପରଟିର ସମ୍ମତି ନେବା ପରେ ଡ୍ରାଇଭର ଅମୃତ ଓ ୟାକୁବଙ୍କୁ ସଂକୀର୍ଣ୍ଣ ସ୍ଥାନ ଟିକିଏ ଦେଇପାରିଥିଲା।

ଠିକ୍ ସମୟରେ ଦୁହେଁ ପହଞ୍ଚି ଯାଇଥାନ୍ତେ ନିଜ ଗାଁକୁ। ମାତ୍ର ରାସ୍ତାରେ ହିଁ ଘଟିଲା ଯେଉଁ ଅଘଟଣ, ସେଥିରେ ବିପନ୍ନ ହୋଇଗଲେ ଦୁଇବନ୍ଧୁ। ଦୁଇଜଣ ଯାକ ଏକ ସାଙ୍ଗରେ ପାଠ ପଢ଼ିଥିଲେ ସ୍କୁଲରୁ। ଉଭୟଙ୍କ ପାରିବାରିକ ପରିସ୍ଥିତି ଥିଲା ଏକାନ୍ତ ଦୟନୀୟ। ଅମୃତର ମା' ଚାଲିଗଲେ ଅକାଳରେ। ଆଉ ୟାକୁବର ବାପା ବି ସେଇପରି। ଏଭଳି ଦୁଃସମୟ ଉଭୟଙ୍କୁ କରିଦେଇଥିଲା ଆହୁରି ଘନିଷ୍ଠ। ୟାକୁବ ଅମୃତର ବାପାଙ୍କଠାରୁ ପାଇଥିଲା ପିତୃସ୍ନେହ। ଅମୃତ ୟାକୁବର ମା'ଙ୍କଠାରୁ ଲାଭ କରିଥିଲା ମାତୃ-ମମତା। ଉଭୟେ ଅଲଗା ଅଲଗା ଧର୍ମର ହୋଇଥିଲେ ମଧ୍ୟ ଅନୁଭବ କରିଥିଲେ ଯେ ବାପା, ମା' ମାନଙ୍କର କୌଣସି ସାମ୍ପ୍ରଦାୟିକ ପରିଚିତି ନଥାଏ। ସେମାନେ କେବଳ 'ବାପା' ଓ 'ମା'। ସେହିପରି ବନ୍ଧୁତା ମଧ୍ୟରେ ନଥାଏ କୌଣସି ଜାତି ଧର୍ମର ସ୍ଥାନ। ଅମୃତ ୟାକୁବ ସେଥିପାଇଁ ସ୍କୁଲରେ ପାଠ ସମ୍ପୂର୍ଣ୍ଣ କରିପାରି ନଥିଲେ ମଧ୍ୟ ସେମାନେ ଥିଲେ ଭାରତ ମାତାଙ୍କ ଦୁଇ ଅଲିଅଳ ସନ୍ତାନ।

ଘରର ଆର୍ଥିକ ପରିସ୍ଥିତି ସୁଧାରିବା ପାଇଁ ଦୁହେଁ ସ୍ଥିର କରି ନେଇଥିଲେ ତାଙ୍କର ଯୋଜନା। କଲିକତାର ଏକ ଆଇସ୍କ୍ରିମ୍ ପ୍ରସ୍ତୁତ କରୁଥିବା ସଂସ୍ଥାରେ ସାଧାରଣ ଶ୍ରମିକ

ଭାବରେ ଯୋଗଦେଲେ କାର୍ଯ୍ୟରେ। ରହନ୍ତି ଏକାଠି। କାମ କରିଗଲାବେଳକୁ ମଧ୍ୟ ଯାଆନ୍ତି ଏକତ୍ର। ଫେରନ୍ତି ମଧ୍ୟ ସେଇପରି ସାଙ୍ଗ ହୋଇ।

ମଝିରେ ମଝିରେ ୟାକୁବର ଦେହ ହୋଇଯାଏ ଅସୁସ୍ଥ। ପାଖରେ ତ ଅମୃତ ବ୍ୟତୀତ ଆଉ କେହି ନାହିଁ। ଯାହା ପାଖରେ ଉପସ୍ଥିତ ଅମୃତମୟ ସ୍ପର୍ଶ ତା' ପାଖରେ ଜୀବନର ଆଉ କେଉଁ ଐଶ୍ୱର୍ଯ୍ୟ ଊଣା ହୋଇ ରହେ ? ଅମୃତ ୟାକୁବର ଗୋଡ଼ ଘଷିଦିଏ, ମାଲିସ୍ କରିଦିଏ ତେଲ। ସାରା ଶରୀରଟିକୁ ନିଜ ହାତର ପ୍ରେମ ଓ ବନ୍ଧୁତାର ସାନ୍ନିଧ୍ୟ ଦେଇ ସେ ପ୍ରତିଟି ଥର ୟାକୁବକୁ ଦିଏ ପୁନର୍ଜୀବନ। ବାପା-ମା'ଙ୍କ ପର୍ଯ୍ୟନ୍ତ କଥା ଯାଏ ନାହିଁ। ଉଭୟେ ପରସ୍ପରର ସ୍ନେହ ବନ୍ଧନରେ ଆବଦ୍ଧ ହୋଇ ଶ୍ରମ ସ୍ୱୀକାର କରନ୍ତି ଅନବରତ ଓ ମାସକୁ ମାସ ପଇସା ପଠାଇ ଦିଅନ୍ତି ବାପା, ମା'ଙ୍କ ନିକଟକୁ। ଉଭୟେ ଖାଆନ୍ତି ଗୋଟିଏ ଥାଳିରେ। ପୁଣି ଅମୃତ କେଉଁଦିନ ୟାକୁବର ପେଣ୍ଟ ସାର୍ଟ ପିନ୍ଧିଲାଣି ତ ୟାକୁବ ଆଉ କେଉଁଦିନ ଅମୃତର ପୋଷାକ ପରିଧାନ କରିଦିଏ। ଉଭୟଙ୍କ ମନରୁ ସ୍ଫୁରିତ ହେଉଥିଲା ସମାନ ଭାବ। ଉଭୟଙ୍କ ଦେହରୁ ନିର୍ଗତ ହେଉଥିଲା ସମାନ ସ୍ୱେଦ, ସମାନ ସୌରଭ। ଉଭୟଙ୍କ ପୋଷାକପତ୍ର ଅତର ବିହୀନ ହୋଇ ବି ଉଭୟଙ୍କ ପାଇଁ ଥିଲା ଏକାନ୍ତ ସୁବାସିତ।

କିଏ ଜାଣିଥିଲା ଏପରି ଏକ ଦୁର୍ଦ୍ଦିନ ଏ ପୃଥିବୀକୁ କବଳିତ କରିବ ବୋଲି ? ତା'ର ନାଁ କୁଆଡ଼େ 'କରୋନା'। ମହାମାରୀ ଭାବରେ ବିଶ୍ୱ-ସଞ୍ଚାରୀ ହେଲା ସେଇ ଦୁରାରୋଗ୍ୟ ବ୍ୟାଧି। ହଜାର ହଜାର ଲୋକଙ୍କ ମୃତ୍ୟୁ ସମ୍ବାଦ ଏଇ ଉଭୟ ବନ୍ଧୁଙ୍କୁ କରିଦେଉଥିଲା ନିର୍ବାକ ଓ ନିସ୍ପନ୍ଦ। ୟାକୁବ ନମାଜ ପାଠକରି ପ୍ରାର୍ଥନା କରେ ଆଲ୍ଲାଙ୍କୁ ଏ ଦୁର୍ଦ୍ଦିନରୁ ମଣିଷ ଜାତିକୁ ରକ୍ଷା କରିବା ପାଇଁ। ଅମୃତ ଭଗବାନ ରାମଚନ୍ଦ୍ରଙ୍କ ଭକ୍ତ। ସେ ବି ପ୍ରତିଦିନ ସକାଳେ ସନ୍ଧ୍ୟାରେ ଗାଏ 'ସର୍ବେ ଭବନ୍ତୁ ସୁଖିନଃ' ମନ୍ତ୍ରଟି। କେବେ କେବେ ଅମୃତ ନମାଜ ପଢ଼େ। ୟାକୁବ ପଢ଼େ ଭଗବତ୍ ଗୀତା ଆଉ ରାମାୟଣ। ଉଭୟ ଧର୍ମର ସାରାଂଶ ଏହି ଉଭୟ ସଖାଙ୍କ ଅନ୍ତରକୁ କରିଦେଇଥିଲା ଗୋଟିଏ ସୂତ୍ରରେ ଆବଦ୍ଧ। ବାପା, ମା'ଙ୍କଠାରୁ ମୋବାଇଲ୍ ଫୋନ୍ ଯୋଗେ ଆକୁଳ କଣ୍ଠର ଆବେଦନ ଶୁଣି ଦୁହେଁ ହୋଇଗଲେ ବିଚଳିତ। ଶେଷରେ ସ୍ଥିର ହେଲା ଦୁଇଜଣ ଫେରିଆସିବେ ନିଜ ଜନ୍ମମାଟିକୁ।

କରୋନାର ଭୟଙ୍କର ପରିସ୍ଥିତି ହେତୁ ଦେଶରେ ଘୋଷିତ ହୋଇଥାଏ ସମ୍ପୂର୍ଣ୍ଣ ଲକ୍‌ଡାଉନ୍। ଏଭଳି ଅବସ୍ଥାରେ କିପରି ଅବା ସେମାନେ ଫେରିଆସି ପାରିଥାନ୍ତେ ନିଜ ଗାଁକୁ ? ତଥାପି ମନରେ ଦୃଢ଼ତା ଜନ୍ମାଇ ଉଭୟେ ଆରମ୍ଭ କରିଥିଲେ ପଦଯାତ୍ରା। ଜନ୍ମଭୂମିର ମାଟି ମାଡ଼ିବାକୁ ଏହା ଥିଲା ତାଙ୍କର ଏକ ଶ୍ରେଷ୍ଠ ତୀର୍ଥଯାତ୍ରା। ଲୋକେ ତୀର୍ଥ ଦର୍ଶନ ପାଇଁ ନିଜ ଗ୍ରାମରୁ ଗୋଡ଼ କାଢ଼ି ଚାଲିଯାଆନ୍ତି ଦୂରଦୂରାନ୍ତରକୁ। ଏବେ କିନ୍ତୁ ସକଳ ସ୍ଥାନରୁ ନିଜ ନିଜକୁ ପ୍ରତ୍ୟାହୃତ କରିନେଇ ସମସ୍ତେ ଫେରୁଛନ୍ତି ଗାଁ ମାଟିର ମମତାମୟ ଆହ୍ୱାନ ଶୁଣି।

ଅମୃତ ଓ ୟାକୁବ୍ ଥକି ପଡ଼ିବା ପର୍ଯ୍ୟନ୍ତ ଚାଲୁଥାନ୍ତି ବାଟ। ସମଗ୍ର ଦେଶ ଓ ପୃଥିବୀରେ ଭୟର ବାତାବରଣ ସୃଷ୍ଟି ହୋଇଥିଲେ ମଧ୍ୟ ସେମାନେ ନିଜ ନିଜ ମଧ୍ୟରେ ଆଲୋଚନା କରନ୍ତି ବାଲ୍ୟ ଓ କୈଶୋର କାଳର ଅଭୁଲା ଦିନ ସବୁ ସମ୍ପର୍କରେ।

ସନ୍ଧ୍ୟା ଉତ୍ତୀର୍ଣ୍ଣ ହୋଇ ଆସୁଥାଏ। ସେମାନେ ଦେଖିଲେ ଯେ ଟ୍ରକଟିଏ ମାଡ଼ି ଆସୁଛି ତାଙ୍କ ପଛପଟୁ। ଅମୃତ ସଙ୍କେତ ଦେଇ ଅଟକାଇଲା ଟ୍ରକଟିକୁ। ଆଉ ଜଣାଇଲା ସେମାନଙ୍କ ଅସହାୟତା। ଟ୍ରକ ଡ୍ରାଇଭର୍ ତା'ଠାରୁ ବୟସରେ ଅଧିକ ଓ ମାଲିକଙ୍କ ଘନିଷ୍ଠ ହେଲ୍‌ପର ଆଡ଼କୁ ପ୍ରଶ୍ନବାଚୀ ଦୃଷ୍ଟି ନେଇ ଅନାଇଲା। ପ୍ରଥମେ ହେଲ୍‌ପର ଜଣକ ଆଦୌ ସମ୍ମତ ହୋଇପାରୁନଥାଏ। ତେବେ ଉଭୟଙ୍କ କାକୁସ୍ଥ ଅବସ୍ଥା ଦେଖି, ବିନମ୍ର ନିବେଦନ ଶୁଣି ତା'ର ପାଷାଣ ହୃଦୟରେ ସୃଷ୍ଟି ହେଲା କିଞ୍ଚିତ ଦୟା-କଣିକା। ଡ୍ରାଇଭରକୁ ଇଙ୍ଗିତ ଦେଲା ଉଭୟଙ୍କୁ ସାଙ୍ଗରେ ନେଇଯିବା ପାଇଁ।

କିଏ ଜାଣିଥିଲା ରାସ୍ତାରେ ପୁଣି ଘୋଟି ଆସିବ ଏପରି କଳା ମଚମଚ ଅନ୍ଧାରୁଆ ବହଳ ମେଘ ଓ କ୍ଷଣକରେ ଭସ୍ମୀଭୂତ କରିଦେଇ ପାରୁଥିବା ବିଜୁଳିର ଚମକ! କିଛି ସମୟ ପରେ, ହିଁ ଅମୃତ ଅନୁଭବ କରିଥିଲା ତା'ର ଅସୁସ୍ଥତା। ୟାକୁବ ଅମୃତର ହାତ ଉପରେ ହାତ ରଖି ଦେଉଥାଏ ଶକ୍ତି ଓ ସାନ୍ତ୍ୱନା ନିରବଚ୍ଛିନ୍ନ ଭାବରେ। ଠିକ୍ ଏହି ସମୟରେ ହେଲ୍‌ପର ଜଣକର ତୀକ୍ଷ୍ଣ ଦୃଷ୍ଟି ଆସି ପଡ଼ିଲା ଅମୃତ ଉପରେ। ସେ ଲକ୍ଷ୍ୟ କଲା ଯେ ଅମୃତ ଧୀରେଧୀରେ ଦୁର୍ବଳତା ଅନୁଭବ ହେତୁ ଆଉ ଭାରସାମ୍ୟ ରକ୍ଷା କରି ପାରୁନଥାଏ। ହେଲ୍‌ପର ଜଣକ କଠୋର କଣ୍ଠରେ ପଚାରିଲା ଆରେ, 'ତୁମେ ଦୁଇଜଣ କରୋନା ପୋଜିଟିଭ୍ କି ?'

ଉଭୟେ କ'ଣ ବା ଜାଣନ୍ତି ଏହି ସଂକ୍ରାମକ ବ୍ୟାଧି ସମ୍ପର୍କରେ ? ନିର୍ବାକ ହୋଇ ରହିଗଲେ ଦୁଇଜଣ। ବାହାରେ ପ୍ରବଳ ବର୍ଷା, ପବନ, ଘୂର୍ଣ୍ଣିବଳୟ ଆଉ ମନ ଭିତରର ଅବସ୍ଥା ମଧ୍ୟ ତା'ଠାରୁ ଆଦୌ ଭିନ୍ନ ନୁହେଁ। ହେଲ୍‌ପର ଜଣକ ଡ୍ରାଇଭରକୁ ନିର୍ଦ୍ଦେଶ ଦେଲ ରାସ୍ତା ମଝିରେ ଗାଡ଼ି ରଖିବାକୁ। ତା'ପରେ ଅତ୍ୟନ୍ତ ନିଷ୍ଠୁର ଭାବରେ କହିଲା - 'ଆରେ, ତୁମେ ଦୁଇଜଣଯାକଙ୍କ ଉପରେ ମୋର ସନ୍ଦେହ ଆସିଲାଣି। ତୁମକୁ ଆଉ ସାଙ୍ଗରେ ନେବା ସମ୍ଭବ ନୁହେଁ। ଶୀଘ୍ର ଯେତେ ଜଲ୍‌ଦି ପାର ଓହ୍ଲା ଏଠାରେ। ଅମୃତ ଏଇ ସମୟରେ ଟ୍ରକ ଭିତରୁ ବାହାରକୁ ଛିଟିକି ଆସିବା ଭଳି ଅବସ୍ଥାରେ ରହିଥାଏ। ୟାକୁବ କାକୁତି ମିନତି କରି ଦୁହିଁଙ୍କୁ ନିଜ ଗାଁ ରାସ୍ତାରେ ଛାଡ଼ିଦେବା ପାଇଁ କହୁଥିଲା ଥରିଲ ଥରିଲା କଣ୍ଠରେ। ତେବେ ଆଉ ବିଳମ୍ବ ନ କରି ଟ୍ରକ୍ ଷ୍ଟାର୍ଟ କରି ଷ୍ଟିଅରିଂ ମୋଡ଼ିଲା ନିଜେ ହେଲ୍‌ପର। କାରଣ ସିଏ ବି ଶିଖିଛି ଗାଡ଼ି ଚଳାଇବା। ଟ୍ରକଟି ଦେଖୁ ଦେଖୁ ଆଖି ଆଗରୁ ହୋଇଗଲା ଅଦୃଶ୍ୟ। ସେ ରାସ୍ତାଦେଇ ଆଉ ଯାହା ଟ୍ରକ୍ ଗଲା ବିକଳ ପ୍ରାଣରେ ୟାକୁବ ସେମାନଙ୍କୁ ନେଇଯିବା ପାଇଁ

ଅନୁରୋଧ କରୁଥିଲେ ମଧ୍ୟ କେହି ହେଲେ କର୍ଣ୍ଣପାତ କଲେ ନାହିଁ ତା' କଥାକୁ। ଏକ ବୃକ୍ଷମୂଳକୁ ଅମୃତକୁ ଦୁଇ ହାତରେ ଟେକି ନେଇଗଲା ୟାକୁବ। ସେ ଜାଣିପାରିଲା ଯେ ତା'ର ପ୍ରିୟବନ୍ଧୁ ଅମୃତ କରୋନାକ୍ରାନ୍ତ। ଅନ୍ତତଃ ସଂକ୍ରମଣରୁ ରକ୍ଷା ପାଇବା ପାଇଁ ସେ ଏକୁଟିଆ ଚାଲିଆସି ପାରିଥାନ୍ତା ଘରକୁ। ମାତ୍ର ଯେଉଁ ଅମୃତ କେତେ ଦୁଃଖ ବେଳାରେ ତା'ର କରିଛି ସେବାଯତ୍ନ ସେଇ ପ୍ରିୟ ସଖାଟିକୁ କିଭଳି ଅସହାୟ ଅବସ୍ଥାରେ ଛାଡ଼ିଦେଇ ସେ ଚାଲିଆସି ପାରିଥାନ୍ତା ?

ବୃକ୍ଷଟିର ପ୍ରତିଟି ସବୁଜ ପତ୍ରରୁ ଝରୁଥିଲା ଧାର ଧାର ଲୋତକ। ୟାକୁବ୍ ଅମୃତକୁ ଭିଡ଼ି ଧରିଲା ବକ୍ଷରେ ତା'ର। ଅମୃତ କ୍ଷୀଣ କଣ୍ଠରେ କହିଲା - ୟାକୁବ୍, ଭାଇ ମୋର ତୁ ମୋତେ ଏଇଠି ଛାଡ଼ି ଦେଇ ଚାଲିଯା କୌଣସି ନା କୌଣସି ଗାଡ଼ିରେ। ମୋ କଥା ଚିନ୍ତା କରନ୍ତା। ମତେ ଭଲ ଲାଗିଲେ ମୁଁ ପୁଣି ତୋର ପଛେପଛେ ଅନ୍ୟ ଗାଡ଼ିରେ ପଳାଇଯିବି ନିଶ୍ଚୟ। ୟାକୁବ୍ ନିଜ ମନର ସବୁ ଦ୍ୱନ୍ଦ୍ୱାତ୍ମକ ଝଡ଼କୁ ପ୍ରଶମିତ କରି ସାରିଥିଲା। ନିଷ୍ପତ୍ତି ନେଇଗଲା ଏଥର ପ୍ରଥମେ ଏକାକୀ। ଅମୃତକୁ ସେ କେବେହେଲେ ଛାଡ଼ିଯାଇ ପାରିବ ନାହିଁ। ତା' ଜୀବନରେ ଯାହା ଘଟୁ ନା କାହିଁକି। ଅମୃତକୁ ଛାଡ଼ିଦେଇ ଗାଁକୁ ଯାଇ କେଉଁ ଦୁଃଖରେ ସେ ଦେଖାଇବ ଅମୃତର ବାପାଙ୍କର ଓ ତା' ନିଜ ମା'ଙ୍କ ପାଖରେ ନିଜ ମୁହଁ? ଏକାଧିକ ବାର କହି ସାରିଛନ୍ତି ସେମାନେ ଅମୃତକୁ ଯେତେ ଯାହା ହେଲେ ଏକୁଟିଆ ଛାଡ଼ିଦେବୁ ନାହିଁ। ଅମୃତର ବାପାଙ୍କ ଅସହାୟତା କଳ୍ପନା କରିବା ତା' ପାଇଁ ଥିଲା ଅସମ୍ଭବ। ନିଜ ମା'ର ସ୍ନେହାତ୍ମକ ସେଇ କଣ୍ଠସ୍ୱର ପ୍ରତିଧ୍ୱନିତ ହେଉଥିଲା ଥରକୁ ଥର ଯେ - 'ଦେଖ୍ ଅମୃତକୁ କେବେହେଲେ ଏକୁଟିଆ ଛାଡ଼ି ଦେବୁ ନାହିଁ।' ୟାକୁବ୍ ସେଇ ମୁହୂର୍ତ୍ତରେ ବାରିପାରିଲା ନାହିଁ କେଉଁଟା ତା' ମା'ଙ୍କର କରୁଣ ସ୍ୱର ଓ କେଉଁଟା ଅମୃତର ବାପାଙ୍କ ? ପୁଣି ଅନୁଭବ କଲା। ଭାରତମାତାଙ୍କର ହୃଦୟର ଅନ୍ତର୍ବେଦନା ସତେ କି ଆଖିରୁ ତା'ର ବହି ଯାଉଥିଲା ଅସରା ଅସରା ଲୁହର ଧାର। ଜାଣିପାରୁ ନଥିଲା ସେ କେଉଁ ଧାରା ତା' ଆଖିର ଆଉ କେଉଁ ଧାରା ମାତୃସମ ବୃହତ୍ ବୃକ୍ଷଟିର !! ଅମୃତର କଣ୍ଠସ୍ୱର କ୍ଷୀଣ ହୋଇ ଆସୁଥିଲା। ଅମୃତକୁ ହୃଦୟ ପୂରାଇ ଚାପି ଧରିଲା ସେ ବକ୍ଷ ଉପରେ। କୋଳରେ ତାକୁ ଶୁଆଇଦେଇ କମ୍ପିତ କଣ୍ଠରେ କହୁଥିଲା - 'ନା ଅମୃତ ମୋତେ ଏକୁଟିଆ ଛାଡ଼ି ତୁ କେବେହେଲେ ଯାଇପାରିବୁ ନାହିଁ।'

ଅନ୍ଧାର ଆହୁରି ଘୋଟି ଆସୁଥିଲା। ଚତୁର୍ଦ୍ଦିଗରୁ ବର୍ଷାର ସଶବ୍ଦ ଧ୍ୱନି ଶୁଣି ସେ ଠଉରାଇ ପାରୁନଥିଲା ତା' କଣ୍ଠର କରୁଣ କ୍ରନ୍ଦନ ଓ ବିଜୁଳି ଆଘାତରେ ବିଦୀର୍ଣ୍ଣ ମେଘ ମାଳାର ଅବିଶ୍ରାନ୍ତ ବାରିଧାରା ମଧ୍ୟରେ ରହିଛି କେଉଁଠି ବ୍ୟବଧାନ।

■

ମିଚୋନିନି

ଯାହା ବିଷୟରେ କିଛି ଲେଖିବା ହୁଏ ବେଦନାଦାୟକ, ତା' ବିଷୟରେ ବର୍ଣ୍ଣନା କରିବା ପାଇଁ ମୁଁ ଯେ କିପରି କଲମ ଧରିଛି, ତାହା କାହାକୁ ବୁଝାଇ କହିବା ଏକାନ୍ତ ଅସମ୍ଭବ।

ମାତ୍ର ଛଅ-ସାତ ବର୍ଷର ଶିଶୁଟିଏ ଥିଲି ମୁଁ। ମୋର ମଝିଆଁ ବଡ଼ମା'ଙ୍କ ଅପାର ସ୍ନେହ ମୋତେ ସର୍ବଦା ବାନ୍ଧି ରଖିଥିଲା ତାଙ୍କ ସହିତ। ବଡ଼ମା'ଙ୍କ ମାତୃଗୃହ ଆମ ଘରର ଅତି ନିକଟବର୍ତ୍ତୀ। ସେଥିପାଇଁ ବଡ଼ମା' ବାରମ୍ବାର ଯାଆନ୍ତି ତାଙ୍କ ଶୈଶବ ବିତିଥିବା ସେଇ ପୁରୁଣା ଘରକୁ। ଏକୁଟିଆ ଯିବାରେ ତାଙ୍କର ନଥାଏ ଆନନ୍ଦ। ସେଥିପାଇଁ ସେ ସବୁବେଳେ ମୋତେ ହିଁ ନେଇଯାଆନ୍ତି ସାଙ୍ଗରେ, ଗୋମାତା ଯେପରି ନିଜ ବାଛୁରୀକୁ ନେଇଯାଏ ସବୁଜ ଘାସର ବିସ୍ତୀର୍ଣ୍ଣ ଇଲାକାକୁ। ବଡ଼ମା'ଙ୍କ ସହିତ ଯିବାରେ ମୋର କ'ଣ କମ୍ ଆନନ୍ଦ ଥାଏ? ବଡ଼ମା'ଙ୍କ ମାତୃଗୃହ ମୋର ତ ଆଉ ଏକ 'ମାମୁଁଘର'। ସେଠାକୁ ପହଞ୍ଚିଗଲେ ଅଜା, ଆଈ, ମାମୁ, ମାଇଁ, ଭାଇଭଉଣୀ; ସମସ୍ତଙ୍କ ଆଗ୍ରହ ମୋତେ ବିଭୋର କରିପକାଏ। ନିଃସଙ୍ଗ ପକ୍ଷୀଟିଏ ଏକ ବିରାଟ ବୃକ୍ଷରେ କୂଜନ କରୁଥିବା ଅସଂଖ୍ୟ ଚଢ଼େଇଙ୍କ ମେଳକୁ ପହଞ୍ଚିଗଲେ ଯେପରି ଆନନ୍ଦ ଅନୁଭବ କରେ, ସେଇ ମାମୁଘରକୁ ପହଞ୍ଚିଯିବା ମାତ୍ରକେ ସେଇପରି ଏକ ସ୍ନେହାତ୍ମକ ପରିବେଶ ମୋତେ ସର୍ବଦା ବାନ୍ଧିରଖେ। ମୁଁ ଆମ ଘରକୁ ଶୀଘ୍ର ଆସିବା ପାଇଁ କେତେବେଳେ ବି ତରତର ହୁଏନା କିମ୍ବା ସେଇ ମାମୁଁଘରେ ଗୋଟିଏ ମୁହୂର୍ତ୍ତ ମଧ୍ୟ ମୋ ପାଇଁ ବିଷାଦମୟ ମନେହୁଏନି।

ମୋର ଏହି ଅବର୍ଣ୍ଣନୀୟ ଆନନ୍ଦ ଦିନେ ଆହୁରି ସମ୍ପ୍ରସାରିତ ହୋଇଗଲା ଯେଉଁଦିନ ବଡ଼ମାଇଁଙ୍କ ଘରେ ଜନ୍ମ ନେଲା କୁନି ଝିଅଟିଏ। ତାକୁ ଦେଖିବା ମାତ୍ରକେ ମୋର ମନପ୍ରାଣ ଅପୂର୍ବ ପୁଲକରେ ଭରିଯାଏ। ତାକୁ ଚାରିପାଞ୍ଚ ମାସ ହେବାପରେ ମୁଁ କାଖ କରି ପାରୁଥିଲି ତାହାକୁ। ସେଇ ଘରଟି ଭିତରେ ତାକୁ ଛାତିରେ ଜାକିଧରି ବୁଲାଇବା

ଥିଲା ମୋ ଜୀବନର ଏକ ଶ୍ରେଷ୍ଠ ଅଂଶ। ଅନେକ ସମୟରେ ଖଟୁଲି ଉପରେ ତାକୁ ମୋ କୋଳରେ ଧରି ଘଣ୍ଟାଘଣ୍ଟା ବ୍ୟାପୀ ବସିରହେ ଓ ମୁଁ ଜାଣିଥିବା ସ୍କୁଲ ଗୀତଗୁଡ଼ିକ ଗାଇ ତା'ର ମନ ଆକର୍ଷିତ କରିବା ପାଇଁ କରୁଥାଏ ଅବାରିତ ଉଦ୍ୟମ। ସେଇ ଝିଅଟି ମଧ୍ୟ ଆଶ୍ଚର୍ଯ୍ୟଜନକ ଭାବରେ ମୋ କୋଳରେ ରହି ଯେମିତି ଲାଭ କରୁଥିଲା ସ୍ନେହର ଉଷ୍ମସ୍ପର୍ଶକୁ। ସେଥିପାଇଁ ସେ ଆଦୌ କାନ୍ଦୁନଥିଲା କି ଅଳି ଅଝଟ କରୁନଥିଲା। ତାକୁ ସେଠୁ ଛାଡ଼ି ଆସିବା ପାଇଁ ମୋର ମନ ହୁଏ ନାହିଁ। ବାଧ୍ୟ ହୋଇ ମଧ୍ୟାହ୍ନ ନଇଁ ଆସିଲେ ବଡ଼ମା'ଙ୍କ ସହିତ ଆମେ ଫେରିଆସୁ ଆପଣା ଘରକୁ। ମୁଁ ଅପେକ୍ଷା କରିଥାଏ ପୁଣି କେବେ ବଡ଼ମା' ଯିବେ ମାମୁଁଘରକୁ ଆଉ ସେଇ କୁନିଝିଅଟିକୁ ମୁଁ କୋଳେଇ ଧରି ଲାଭ କରିବି ଆନନ୍ଦର ବ୍ୟାଖ୍ୟା ହୋଇପାରୁନଥିବା ମୁହୂର୍ତ୍ତଗୁଡ଼ିକୁ। ଝିଅଟି ଥିଲା ସବୁଠୁ ଛୋଟ। ସେଥିପାଇଁ ମୁଁ ତାକୁ 'ମିଚୋନିନି' ବୋଲି ଡାକେ। 'ମିଚୋ' ଅର୍ଥ ସମ୍ବଲପୁରୀ ଭାଷାରେ ହେଉଛି ଅତ୍ୟନ୍ତ ଛୋଟ ଆଉ 'ନିନି' ଅର୍ଥ ହେଉଛି ଝିଅ। ଏଇ ମିଚୋନିନି ବର୍ଷ ବର୍ଷ ଧରି ମୋ ପ୍ରାଣକୁ ଏତେ ଆହ୍ଲାଦିତ କରିଥିଲା ଯେ ତାକୁ ଲେଖି ରଖିବା ମୋ ପାଇଁ ଆଦୌ ସହଜ ନୁହେଁ। ସବୁବେଳେ ଯେ ବଡ଼ମା'ଙ୍କ ସହିତ ମୁଁ ମାମୁଁଘରକୁ ଯାଉଥିଲି ତାହା ନୁହେଁ। ଅଧିକାଂଶ ସମୟରେ ଏକୁଟିଆ ମଧ୍ୟ ମୁଁ ଚାଲିଯାଏ ମାମୁଁଘରକୁ। ମିଚୋନିନିର ନିରୀହ ଆଖି ଦୁଇଟିକୁ, ତା'ର ଓଠରେ ଲାଖି ରହିଥିବା ହସଟିକକ ଦେଖିବା ପାଇଁ ଓ ତା'ର ଦରୋଟି କଥା ଶୁଣିବା ପାଇଁ ମୁଁ ଟାଣି ହୋଇଯାଉଥିଲି ଚୁମ୍ବକ ଆଡ଼କୁ ଆଉ ଏକ ଛୋଟ ଚୁମ୍ବକ ପରି ଆକର୍ଷିତ ହୋଇ।

ଓଃ! ସିଏକି ଅଦ୍‌ଭୁତ ଉତ୍ସବମୟ ଦିନ ଥିଲା ମୋ ପାଇଁ!! ମୁଁ ତ ଏବେ ବି କଳ୍ପନା କରିପାରେନା ଯେ ମୋ ଭିତର ଅତ୍ୟନ୍ତ ନିରୀହ ଆଉ କୋମଳ ଆତ୍ମାଟି କିପରି ସେଇ ଅନନ୍ୟ ପରିବେଶରୁ ଆହରଣ କରିପାରୁଥିଲା ଅପୂର୍ବ ଅନୁଭୂତି। ମୋର କୌଣସି ଛୋଟ ଭାଇ କିମ୍ବା ଭଉଣୀ ନଥାନ୍ତି। ଆମ ଘରେ ମୁଁ ହିଁ ଥିଲି ସବୁଠୁ କନିଷ୍ଠ। ପୁଣି ମୁଁ ହିଁ ଥିଲି ଘରେ ଏକମାତ୍ର ଶିଶୁ। ତେଣୁ ହୁଏତ ମୋର ଅନ୍ତରାତ୍ମା ଆକାଂକ୍ଷା କରିଥିଲା ଏପରି ଏକ କୋମଳତମ ଶିଶୁ-ସତ୍ତାକୁ, ଯାହାକୁ ମୁଁ ଦେଇପାରନ୍ତି ହୃଦୟର ଅମାପ ଆବେଗ। ମିଚୋନିନିକୁ ମୁଁ ତାହା ହିଁ ଦେଉଥିଲି। ନା ନା। ଏକଥା କହିବା ଭୁଲ୍। ମୁଁ ମିଚୋନିନିକୁ ଯେତିକି ଆବେଗ ଦେଇଛି ତା'ଠାରୁ ସହସ୍ର ଗୁଣରେ ଅଧିକ ସୂକ୍ଷ୍ମତମ ସ୍ପର୍ଶାନୁଭୂତିରେ ସେ ମୋତେ ଅଜସ୍ର ପୁଲକ ଦାନ କରିଛି, ଯାହା ବ୍ୟାଖ୍ୟାତୀତ। ତା' ଭିତରେ ଏତେ ଫୁଲ ଫୁଟୁଥିଲା! ତା' ଆଖିରେ ଏତେ ସଂଖ୍ୟକ ଦୀପ ଜଳି ଉଠୁଥିଲା!! ତା'ର ପ୍ରତିଟି ଅଙ୍ଗପ୍ରତ୍ୟଙ୍ଗରେ ଏତେ ସମର୍ପଣର ସଂଗୀତ ଝଙ୍କୃତ ହେଉଥିଲା!!! ଓଃ! ଆଜି ତ ମୁଁ ସେ କଥା କଳ୍ପନା କଲେ ମୋ ହୃଦୟଟି କେତେ

କ୍ଷୁଦ୍ର ତାହା ଅନୁଭବ କରି ବିସ୍ମିତ ହେଉଛି । ବହୁଦିନ ପର୍ଯ୍ୟନ୍ତ ମିଚୋନିନି ଏକ ହୃଦୟସ୍ପର୍ଶୀ ସଂଗୀତ ପରି ମୋତେ ଆବିଷ୍ଟ କରିଥିଲା । ଧୀରେଧୀରେ ତା'ର ବୟସ ବଢ଼ିବାକୁ ଲାଗିଲା । ଆଉ ଠିକ୍ ଏଇ ସମୟରେ ଆମେ ସମସ୍ତେ ଚାଲିଆସିଲୁ ନୂଆଁ ଘରକୁ । ନୂଆଁ ଘରକୁ ଆସିବା ପରେ ଆଉ ସହଜରେ ମାମୁଁଘରକୁ ମୁଁ ଯାଇପାରୁନଥିଲି । ବଡ଼ମା'ଙ୍କ ସହିତ ମିଚୋନିନି ସମ୍ପର୍କରେ ଘଣ୍ଟା ଘଣ୍ଟା ଧରି ଆଳାପ କରୁଥିଲି ସଶ୍ରଦ୍ଧ ଚିତ୍ତରେ । ମାମୁଁଘରକୁ ଯିବା ଆସିବାର ସଂଖ୍ୟା କମିବାକୁ ଲାଗିଲା । ମୁଁ ମଧ୍ୟ ମୋର ସ୍କୁଲ ଜୀବନ ବିତାଇବାକୁ ଲାଗିଲି ଆଉ ଏକ ଭିନ୍ନ ଢଙ୍ଗରେ । ମିଚୋନିନିକୁ ବର୍ଷବର୍ଷ ଧରି ଦେଖିବା ଆଉ ସମ୍ଭବ ହେଉନଥିଲା । ବେଳେବେଳେ ସେ ତା'ର ନାନୀ ବା ମା'ଙ୍କ ସହିତ ବୁଲିବାକୁ ଆମ ଘରକୁ ଆସେ, ମାତ୍ର ମୁଁ ଖାଲି ଦୂରରୁ ତାକୁ ଦେଖେ । ସେ ମଧ୍ୟ ଦେଖେ ମୋତେ ଅତ୍ୟନ୍ତ ସ୍ନେହଭରା ଚାହାଣୀରେ । ମୁଁ ବହୁତ ଲାଜକୁଳା ହୋଇଯାଇଥିଲି । ତେଣୁ ତା' ସହିତ ମିଶିବା ଆଉ ମୋ ପାଇଁ ସମ୍ଭବ ହେଉନଥିଲା ।

ହଠାତ୍ ଦିନେ ମୋର ଚିନ୍ତନକୁ ଝଡ଼ପରି ପ୍ରବେଶ କଲା ଏପରି ଏକ ବାସ୍ତବ ନିଷ୍ଠୁର ସତ୍ୟ, ଯାହା ଥିଲା ଅସ୍ତ୍ରାଘାତଠାରୁ ଆହୁରି ଗଭୀର । କ'ଣ ସେ ଆଘାତ ? କ'ଣ ସେ ଯନ୍ତ୍ରଣା ? ? ତାହା ହେଉଛି ମିଚୋନିନିକୁ ୧୫-୧୬ ବର୍ଷ ଅତିକ୍ରମ କରିଯିବା ପରେ ସୁଦ୍ଧା ତା' ଦେହକୁ ବା ମନକୁ ବା ଆଖିକୁ ତାହା ଓହ୍ଲାଇ ଆସିଲା ନାହିଁ, ଯାହାକୁ କୁହାଯାଏ 'ଯୌବନ' । ମୁଁ ଦେଖିଲି ବର୍ଷ ପରେ ବର୍ଷ ସେ ଆସୁଥିଲା ଆମ ଘରକୁ । କିନ୍ତୁ ତା'ର ମୁଖମଣ୍ଡଳରେ, ତା'ର ଅଙ୍ଗପ୍ରତ୍ୟଙ୍ଗରେ ଫୁଟି ଉଠୁନଥିଲା ଫୁଟନ୍ତା ଫୁଲର ମାଧୁର୍ଯ୍ୟ । ଛୋଟବେଳୁ ଯେଉଁ ସୌନ୍ଦର୍ଯ୍ୟ ଉକୁଟି ଉଠୁଥିଲା ତା' ଦେହରେ ଏବଂ ଆଖିରେ ତା' ମଧ୍ୟ ଧୀରେଧୀରେ ନିଷ୍ପ୍ରଭ ହୋଇଆସିଲା । ତାକୁ ଦେଖିଲେ ଜୀବନ୍ତ ମଣିଷଟିଏ ପରି ଲାଗୁନଥିଲା । ମନେ ହେଉଥିଲା ସତେଯେମିତି ଏକ ଜୀବନହୀନ ଶରୀର ଅଚେତନ ଭାବରେ କେବଳ ଯାତାୟାତ କରୁଛି । ତା'ର ବଡ଼ଭଉଣୀମାନଙ୍କର ବିବାହ ହୋଇଯିବା ତ ଥିଲା ସ୍ୱାଭାବିକ, କିନ୍ତୁ ତା'ପରେ ତା'ର ଯେଉଁ ଛୋଟ ଭଉଣୀମାନେ ଜନ୍ମ ନେଇଥିଲେ ସେମାନେ ମଧ୍ୟ ବାହା ହୋଇ ଘର ସଂସାର କଲେ । ମାତ୍ର ମିଚୋନିନି ଯେମିତି ଥିଲା ସେମିତି ହିଁ ରହିଥିଲା ଅପରିବର୍ତ୍ତିତ ହୋଇ । ତା' ଆଖିରେ ନଥିଲା କିଛି ସ୍ୱପ୍ନ । ତା' ହୃଦୟରେ ନଥିଲା କୌଣସି ଆଲୋଡ଼ନ । କଥାବାର୍ତ୍ତାରେ ନଥିଲା କୌଣସି ସଂଗୀତର ଧ୍ୱନି । ଚାଲିବାରେ ଆଉ ତା' ଚାହାଣୀରେ କଅଁଳି ଉଠୁନଥିଲା ସବୁଜପତ୍ର ।

ଏକଥା ବର୍ଣ୍ଣନା କରିବା, ଏପରିକି ଏକଥା ଭାବିବା କି ବେଦନାଦାୟକ ତାହା ଅନୁଭବ କରିବାକୁ ଲାଗିଲି ଧୀରେଧୀରେ । ଆଉ ସିଏ ତା'ର ସବୁ ଭଉଣୀ ବିବାହ କରି ଚାଲିଯିବା ପରେ ଅବିବାହିତ ରହି ତା' ଘରଟିକୁ ପରିଷ୍କାର ପରିଚ୍ଛନ୍ନ ରଖିବାରେ ନେଉଥିଲା

ଶ୍ରେଷ୍ଠ ଭୂମିକା । ତା'ର ବଡଭାଇମାନଙ୍କ ପୁଅଝିଅଙ୍କ ଯତ୍ନ ନେବାରେ ସେ ଗ୍ରହଣ କରିଥିଲା ଶ୍ରେଷ୍ଠ ସେବିକାର ସ୍ଥାନ । ସେଥିରେ ତା'ର ଆନନ୍ଦ ଅନୁଭବ କରିବାର ଶକ୍ତି ଅଛିକି ନାହିଁ ତାହା ଜାଣିପାରିବା ମଧ୍ୟ ମୋ ପାଇଁ ନଥିଲା ସମ୍ଭବ । ଯେଉଁ ବିଧାତା ତା'ର ଅବୟବ ଏବଂ ତା'ର ହୃଦୟକୁ ଏପରି ପ୍ରସ୍ଫୁଟନହୀନ କରି ରଖିଲେ ସିଏ ହିଁ ଜାଣିଥିବେ ତା' ଅନ୍ତରର ନିଭୃତତମ ଆନନ୍ଦ, ଦୁଃଖ, ବ୍ୟର୍ଥତାବୋଧ ବା ଶୂନ୍ୟତାର ଅପରିସୀମ ବେଦନା ।

ଆଜି ବି ମିଚୋନିନି ସେଇଭଳି ଅଛି । ବୟସ ତା'ର ବଢ଼ିବାରେ ଲାଗିଛି । ଯୌବନ ସିନା ଆସିଲା ନାହିଁ ତା' ମନକୁ, ଆଖିକୁ, ଶରୀରକୁ, କିନ୍ତୁ ପ୍ରୌଢତ୍ୱ ଧୀରେଧୀରେ ମାଡ଼ିଆସିଛି ସେଇ ଅନଧିକୃତ ଇଲାକାକୁ । ସେ କ୍ରମେ କ୍ରମେ ହୋଇଯିବ ବୃଦ୍ଧା । ହୋଇଯିବ ଅପାରଗ । ହୋଇଯିବ ନୀରବ ଓ ନିଥର । ପୁଣି ଏମିତି ଦିନଟିଏ ଆସିବ ଯେଉଁଦିନ ତାକୁ ବରଣ କରିନେବ ମରଣ । ବିଶ୍ୱକବି ରବୀନ୍ଦ୍ରନାଥ ତାଙ୍କର ଏକ କବିତାରେ ଜୀବନକୁ ସ୍ତ୍ରୀ ଓ ମରଣକୁ ସ୍ୱାମୀ ବୋଲି କଳ୍ପନା କରିଛନ୍ତି । ମିଚୋନିନି ଅବିବାହିତ ହୋଇ ବଅବୃଦ୍ଧା ହୋଇଯିବା ପରେ, ତା'ର ସବୁ ଅଙ୍ଗପ୍ରତ୍ୟଙ୍ଗ ଶିଥିଳ, ଲୋଳିତ, ଶୁଷ୍କ ହୋଇଯିବା ପରେ ମୃତ୍ୟୁ ରୂପକ ସ୍ୱାମୀ ଆସି ତା' ଗଳାରେ ଦେବ ବରଣମାଳା । ମୁଁ ଭାବିପାରୁଛି ତ ଏସବୁ ମୁଁ କ'ଣ ଲେଖୁଛି ? ମୁଁ କଳ୍ପନା କରିପାରୁଛି ତ କ'ଣ ସବୁ କଥା ମୁଁ ବର୍ଣ୍ଣନା କରିଯାଉଛି ? ଏସବୁ ମୋ ଅନ୍ତରକୁ କ'ଣ ବିଦୀର୍ଣ୍ଣ କରି ଦେଉନାହିଁ ? ମଣିଷକୁ ଏପରି ରୂପହୀନ, ଭାବହୀନ, ତେଜହୀନ କରି ଈଶ୍ୱର ପୁଣି ପଠାନ୍ତି କାହିଁକି ? ଏ ସଂସାରରେ ମିଚୋନିନିର ଭୂମିକା କ'ଣ ? ତା' ଭିତରର ଭଗବାନ ହୁଏତ ଉପଲବ୍ଧି କରିପାରୁଥିବେ ତା' ଜୀବନର ସାର୍ଥକତାକୁ । ସାଧାରଣ ମଣିଷ କେବେହେଲେ ଅନୁଭବ କରିପାରିବ ନାହିଁ ଏପରି ଏକ ନିଃସଙ୍ଗ ଏପରି ଏକ ନିସ୍ପନ୍ଦ ଜୀବନର ବ୍ୟର୍ଥତା ବା ସାର୍ଥକତା ।

ମୁଁ ତ ଗାଁରୁ ଚାଲିଆସିଛି ବହୁତ ଦୂରକୁ । ଏବେ ଆଉ ମିଚୋନିନିକୁ ଦେଖିବା ମୋ ପାଇଁ ସମ୍ଭବ ନୁହେଁ । କିନ୍ତୁ ତା'ର ସେଇ ଭାବାବେଶରେ କଣ୍ଢେଇ ଭଳି ନିଶ୍ଚଳ ଆଖିଡୋଳାକୁ ଆଉ ତା'ର ରଙ୍ଗରୂପହୀନ ଅନାକର୍ଷଣୀୟ ଜୀବନକୁ ମୁଁ ଭୁଲି ପାରୁନାହିଁ । ବାରମ୍ବାର ମୋର ଚିତ୍ତକୁ ମନ୍ଥିତ ନକଲେ ମୁଁ କାହା କଥା ସତରେ ଲେଖିପାରେନି । ଅନେକ ଦିନଧରି ମିଚୋନିନି ମୋ ପ୍ରାଣକୁ ଉଦ୍‌ବେଳିତ କରୁଥିବାରୁ କଲମରୁ ମୋର ଝରୁଛି ବିନ୍ଦୁ ବିନ୍ଦୁ ଲୁହର କାଳି । ଏବେ କହିବାକୁ ଇଚ୍ଛା ହେଉଛି ତା' ଉଦ୍ଦେଶ୍ୟରେ ଯେ – 'ମିଚୋନିନି ! ତୁ ଯେତେବେଳେ ଜନ୍ମ ହେଲୁ ଆଉ ଛୋଟଟିଏ ଥିଲୁ ତୋତେ କେଡ଼େ ଖୁସିରେ ମୁଁ ମିଚୋନିନି ବୋଲି ଡାକୁଥିଲି ଆଉ ଆଜି ଯେତେବେଳେ ମୋର ଅନ୍ତରାତ୍ମା ଭିତରେ ତୋତେ ମିଚୋନିନି ବୋଲି ଡାକୁଛି ସେତେବେଳେ ଆଉ ଛୋଟ ବେଳର ଆନନ୍ଦ ନାହିଁ, ଅଛି ଅନନ୍ତ ବେଦନାର ଅସଂଖ୍ୟ ଢେଉ ପରେ ଢେଉ । ମିଚୋନିନି !

ଯେତେଦିନ ପର୍ଯ୍ୟନ୍ତ ରହିଥିବ ମୋର ଜୀବନ ଦୀପ ଅଲିଭା ହୋଇ, ସେତେଦିନ ପର୍ଯ୍ୟନ୍ତ ମୁଁ ଅନୁଭବ କରୁଥିବି ୬-୭ ବର୍ଷର ସେଇ ଛୋଟ ବାଳକଟିର ହୃଦୟରେ ଜୀବନ ରୂପକ ତୈଳ କେତେ ପରିମାଣରେ ଭରିଦେଇଛୁ ତୁ। ମୁଁ ନା ତୋତେ ଅନ୍ତର ଭିତରକୁ ପ୍ରବେଶ କରି ତୋତେ ବୁଝି ପାରିବି ନା ତୋ ପରିବାର ବା ଆତ୍ମୀୟ ସ୍ୱଜନ ତୋତେ ନେଇ କ'ଣ ଚିନ୍ତା କରନ୍ତି ତାହା ଜାଣିପାରିବି ? କିଛି ବି ଜାଣିବା, ଅନୁଭବ କରିବା ମୋ ପାଇଁ ସମ୍ଭବ ନୁହେଁ। ମୋର କେବଳ ଇଚ୍ଛା ହେଉଛି ତୁ ସବୁଦିନ ପାଇଁ ମିଚୋନିନି ହୋଇ ରହିଗଲୁ। ମନେହେଉଛି ମୁଁ ୬-୭ ବର୍ଷର ସେଇ ନିଷ୍ପାପ ବାଳକ ହୋଇଯାଆନ୍ତି ଆଉ ଖଟୁଲି ଉପରେ ବସି ମୋର ପ୍ରିୟ ମିଚୋନିନିକୁ କୋଳରେ ବସାଇ ଗାଉଥାନ୍ତି ପ୍ରାର୍ଥନା ଗୀତ। ଏସବୁ କଥା ଭାବିଲାବେଳେ ଆଉ କ'ଣ ମନେହେଉଛି ଜାଣୁ ମିଚୋନିନି ? ମୋତେ ଲାଗୁଛି ମୁଁ ବି ସେଇ ୬-୭ ବର୍ଷର ବାଳକ ହୋଇ ଯେପରି ରହିଥିଲି ଆଜି ବି ସେପରି ରହିଛି। ତୋତେ ଯେମିତି ସ୍ପର୍ଶ କଲା ନାହିଁ ଯୌବନର ଉଦ୍ଦାମତା, ସ୍ପର୍ଶ କଲାନାହିଁ ଯେମିତି ଅସୁମାରି ସୂକ୍ଷ୍ମ ତରଙ୍ଗ, ଆଖିରେ ତୋର ଯେମିତି ଉଛୁଳି ଉଠିଲାନି ଆବେଗର ସମୁଦ୍ର ଆଜି ମୁଁ ମଧ୍ୟ ସେହିପରି ଆବେଗହୀନ, ସ୍ପନ୍ଦନହୀନ, ଭାବହୀନ, ଏକ ପ୍ରୌଢ଼ ଯନ୍ତ୍ରମଣିଷରେ ଯେମିତି ରୂପାୟିତ ହୋଇଯାଇଛି। ମିଚୋନିନି ! ତୁ ଯେମିତି ସବୁଦିନ ରହିଗଲୁ ମିଚୋନିନି ହୋଇ ମୁଁ ସେମିତି ଚାହୁଁଛି ଆଉ ସତରେ ହୋଇଯାଉଛି ଚିରଦିନ ଲାଗି ମିଚୋବାବୁଟିଏ। ମିଚୋବାବୁ ମିଚୋନିନିକୁ ଖଟୁଲି ଉପରେ କୋଳ କରି ଘଣ୍ଟାଘଣ୍ଟା ଧରି ବସି ଯେଉଁ ଗୀତ ଗାଉଛି ସେ ଗୀତର ସ୍ୱରରେ ମୁଁ ଆଜି ବିଲୀନ। ସେଦିନର କଥା ମୋ ପାଇଁ ଖାଲି ସ୍ମୃତିକଥା ନୁହେଁ। ଆଜି ଲାଗୁଛି ତାହା ନିରାଟ ସତ୍ୟ ପରି। ପାଖରେ ଥିଲେ ତୋତେ ସ୍ନେହରେ ଛଳଛଳ ହୋଇ ମୁଁ ଡାକନ୍ତି ମିଚୋନିନି, ମିଚୋନିନି ବୋଲି। ତୁ ତ କେତେ ଦୂରରେ। ମୋ କଥା ଶୁଣିବାର ସମ୍ଭାବନା ତୋର ନାହିଁ। ତଥାପି ଶହଶହ ମାଇଲ ଦୂରରେ ଥାଇ ଶୂନ୍ୟ ଆକାଶ ଆଡ଼କୁ ଚାହିଁରହି ତୋ ଉଦ୍ଦେଶ୍ୟରେ ସମ୍ବୋଧନ କରୁଛି ସେଇ ମୋର ଅତିପ୍ରିୟ ଅତିମଧୁର, ଅତି ହୃଦୟଗ୍ରାହୀ ସମ୍ବୋଧନଟି - "ମିଚୋନିନି ! ମିଚୋନିନି !!"

■

ବରପାଲିରେ ବିନୋବା

ଗଙ୍ଗାଧର ମେହେର ମହାବିଦ୍ୟାଳୟରେ ଗାନ କରାଯାଇଥିବା ସେଇ ଭକ୍ତି ସଂଗୀତର ଧ୍ୱନି ବିନୋବାଜୀଙ୍କ ହୃଦୟକନ୍ଦରରେ ପ୍ରତିଧ୍ୱନିତ ହୋଇ ଉଠୁଥିଲା। ମହାତ୍ମା ଗାନ୍ଧୀଙ୍କ ପଟ୍ଟଶିଷ୍ୟ ସିଏ। ଗାନ୍ଧୀ ଯେମିତି ଭାରତର ବିଭିନ୍ନ ପ୍ରଦେଶର ଭାଷା ଶିକ୍ଷା କରିବା ପାଇଁ ଆଗ୍ରହ ପ୍ରକଟ କରିଥିଲେ, ସେହିପରି ବିନୋବାଜୀ ମଧ୍ୟ ଗାନ୍ଧି ଆଦର୍ଶ ଦ୍ୱାରା ଅନୁପ୍ରାଣିତ ହୋଇ ଭାରତୀୟ ଭାଷା ଶିକ୍ଷାରେ ଅପୂର୍ବ ଶ୍ରଦ୍ଧା ପ୍ରଦର୍ଶନ କରିଥିଲେ। ସେ ଓଡ଼ିଆ ଅକ୍ଷର ଲେଖିବା ଓ କହିବାର ଯେମିତି ଅଭ୍ୟାସ କରିଛନ୍ତି, ସେହିପରି ଓଡ଼ିଆ ଭାଷାଭାଷୀ ଲୋକଙ୍କ ସହିତ ମିଶି ଓଡ଼ିଆ ବୁଝିବାର ଶକ୍ତି ଅର୍ଜନ କରିସାରିଛନ୍ତି। ଭାରତବର୍ଷର ବିଭିନ୍ନ ଭାଷାର ଅନେକ ସଂଗୀତ ଶୁଣିଛନ୍ତି ସେ ଜୀବନରେ। ମାତ୍ର ଆଜି ଗଙ୍ଗାଧର ମେହେର ମହାବିଦ୍ୟାଳୟରେ ଛାତ୍ରଛାତ୍ରୀମାନେ ସ୍ୱଭାବକବି ଗଙ୍ଗାଧର ମେହେରଙ୍କ ରଚିତ ଭକ୍ତି କବିତାଟିକୁ ଯେପରି ଭାବରେ ଗାନକଲେ, ତାହା ଶୁଣି ସେତିକିବେଳଠାରୁ ବିନୋବାଜୀଙ୍କ ହୃଦୟ ସ୍ପନ୍ଦିତ ହୋଇଉଠୁଛି। 'ବିଶ୍ୱ ଜୀବନ ହେ, ତୁମ୍ଭକୁ କରୁଣାସିନ୍ଧୁ...' ଏ ଗୀତଟିର ଭାବାର୍ଥ ବୁଝିବା ପାଇଁ ତାଙ୍କୁ ଆଦୌ ଅସୁବିଧାର ସମ୍ମୁଖୀନ ହେବାକୁ ପଡ଼ିନଥିଲା।

ମଣିଷ ଭଗବାନଙ୍କ ନିକଟରେ କେତେ ଅଭିଯୋଗ ଉପସ୍ଥାପନା କରେ। କେତେ ଧନସମ୍ପତ୍ତି, କେତେ କ୍ଷମତା, କେତେ ପଦବୀ ମାଗିଥାଏ। ନିଜ ସକଳ ଦୁଃଖ ପାଇଁ ସେ ଦାୟୀ କରିଥାଏ ଭଗବାନଙ୍କୁ। ଭଗବାନ କଠୋର ନିଷ୍ଠୁର ବୋଲି ସେ ମଧ୍ୟ ଗାଳିଦିଏ। ଏ ଗାଳିରେ ଆନ୍ତରିକତା ଭରି ରହିଥାଏ ନିଶ୍ଚୟ। ତାହା ମଧ୍ୟ ହୃଦୟକୁ ଆନ୍ଦୋଳିତ କରିପକାଏ। ମାତ୍ର ଓଡ଼ିଶାର ଗଙ୍ଗାଧର ମେହେର କି ଧରଣର କବି ? ଭକ୍ତି ଭଳି କବିତା ବିନୋବାଜୀ କେବେ ଶୁଣିନଥିଲେ। ଈଶ୍ୱରଙ୍କୁ କରୁଣାସିନ୍ଧୁ ବୋଲି ବର୍ଣ୍ଣନା କରିବା ମଧ୍ୟ କେତେ ସୀମିତ ଅନୁଭବର ପରିଚୟ, ତାହା ସେ ଜାଣିପାରିଲେ

କଲେଜ ପରିସରରେ। ଆଗରୁ ଯେ, ବିନୋବାଜୀଙ୍କର ଏ ଉପଲବ୍ଧି ନଥିଲା, ତାହା ନୁହେଁ; ମାତ୍ର ଆଜି କାହିଁକି କେଜାଣି ଉପରକୁ ଅନାଇବା ମାତ୍ରେ ସାରା ନୀଳ ଆକାଶ ଭଗବାନଙ୍କ କରୁଣାରେ ପରିପୂର୍ଣ୍ଣ ପରି ଦେଖାଯାଉଛି ତାଙ୍କ ଆଖିକୁ। ସମ୍ବଲପୁରରୁ ସେ ବରପାଲି ଯାଉଛନ୍ତି ପାଦରେ ଚାଲିଚାଲି। ୭୦ ବର୍ଷର ବୃଦ୍ଧ ସିଏ। ଅଥଚ ଗାନ୍ଧୀଙ୍କ ଭଳି ତାଙ୍କ ମନୋବଳ ଅତି ଦୃଢ଼। ସତର ବର୍ଷର ଯୁବକ ପରି ଚାଲିଛନ୍ତି ସେ ଆଗକୁ ଆଗକୁ। ଯେଉଁମାନେ ଭୂଦାନ ଆନ୍ଦୋଳନ ସହ ଜଡ଼ିତ, ସେମାନେ ତାଙ୍କ ସାଥୀ ହୋଇ ସମ୍ବଲପୁରରୁ କବିଙ୍କ ଜନ୍ମଭୂମି ବରପାଲିକୁ ସେହିଭଳି ଉତ୍ସାହ ସହକାରେ ବିନୋବାଜୀଙ୍କ ପାଦ ସହ ପାଦ ମିଳାଇ ଚାଲିଛନ୍ତି, ସ୍ନେହ, ଶ୍ରଦ୍ଧା ଓ ମମତାରେ ପୁଲକିତ ହୋଇ।

ବିନୋବାଜୀ ତାଙ୍କ ପାଖରେ ଥିବା ସର୍ବୋଦୟ କର୍ମୀ ମଦନ ମୋହନ ସାହୁଙ୍କୁ କହିଲେ ଆଉଥରେ 'ଭକ୍ତି' କବିତାଟି ଗାଇବା ପାଇଁ। ମଦନ ମୋହନ ବିହ୍ୱଳ କଣ୍ଠରେ ଗାଇଉଠିଲେ -

"ବିଶ୍ୱ ଜୀବନ ହେ ତୁମ୍ଭଙ୍କୁ କରୁଣା ସିନ୍ଧୁ
ବୋଲିବାକୁ ମନ ବଳୁନାହିଁ ଯେଣୁ
ସିନ୍ଧୁ ତବ କୃପାବିନ୍ଦୁ।"

ଓଡ଼ିଆ ଭାଷାର ଏ କବିତା ବିନୋବାଜୀ ବୁଝିପାରୁଥିଲେ। ତଥାପି ମଦନମୋହନଙ୍କୁ ସେ ଅନୁରୋଧ କଲେ, ଏହାର ଅର୍ଥ ବ୍ୟାଖ୍ୟା କରିଦେବା ପାଇଁ। ମଦନମୋହନ ତ ଗଙ୍ଗାଧରଙ୍କ ପରମ ଭକ୍ତ। ସେ 'ଭକ୍ତି' କବିତାକୁ ସୁଲଳିତ କଣ୍ଠରେ ଗାଇ ଗାଇ ବୁଝାଇଦେଲେ ବିନୋବାଜୀଙ୍କୁ ତାହାର ଗଭୀର ଅର୍ଥ।

ବିନୋବାଜୀ ମୁଗ୍ଧ ହୋଇ ଶୁଣୁଥିଲେ ସେ ପଦଗୁଡ଼ିକ। ମନେ ମନେ ଭାବୁଥିଲେ ଏହି ମହାନ୍ କବି ଆଜି ଯଦି ସଶରୀରେ ଥା'ନ୍ତେ, ତାଙ୍କୁ ଦେଖିବାର ସୁଯୋଗ ମିଳିଥାନ୍ତା ତାଙ୍କୁ। ପୁଣି ଭାବୁଥିଲେ ଯଦି ମହାତ୍ମା ଗାନ୍ଧୀ ବଞ୍ଚିଥାନ୍ତେ, ତେବେ ଏ କବିତା ତାଙ୍କ ଆଗରେ ଗାଇଥାନ୍ତେ ବିନୋବା। ଏକଥା ଭାବୁ ଭାବୁ ସତେ ଯେପରି ଗାନ୍ଧିଜୀଙ୍କ ସୂକ୍ଷ୍ମ ସତ୍ତା ତାଙ୍କ ଆଗରେ ଆବିର୍ଭୂତ ହୋଇଗଲା। ବିନୋବା ଅନୁଭବ କଲେ ଗାନ୍ଧିଜୀ ତାଙ୍କ ହାତ ଧରି ଚଲାଇ ନେଉଛନ୍ତି ଆଗକୁ ଆଗକୁ। ମହାତ୍ମା ଗାନ୍ଧୀଙ୍କ ଆଗରେ ଗୁଣୁଗୁଣୁ ହୋଇ ଗାଇ ଉଠିଲେ ସେ ସେହି ଅନନ୍ୟ ଭକ୍ତିଭରା ସଂଗୀତର ପଦ। ମହାତ୍ମା ଗାନ୍ଧୀ ଶିଶୁଟିଏ ପରି ଦିଶୁଥିଲେ ପରିପୂର୍ଣ୍ଣ। ଯେମିତି ସେ କହିବାକୁ ଚାହିଁଲେ, 'ତୁମେ ଦେଖିପାରିବ ଏଇ କବିତାର ଭାବ ସାରଲ୍ୟ ?' ବିନୋବାଜୀଙ୍କ ଅନ୍ତର ଭିତରେ ଗାନ୍ଧିଜୀଙ୍କ ଓଠର କଥା ଅତି ଜୀବନ୍ତ ଭାବରେ ଝଙ୍କୃତ ହେଉଥିଲା।

ଗାଁ ଗାଁରେ ତାଙ୍କ ପ୍ରତି ଓଡ଼ିଶାର ଲୋକମାନେ ଯେମିତି ଶ୍ରଦ୍ଧା ବାଢ଼ି ଦେଇଛନ୍ତି, ତାହା ଲକ୍ଷ୍ୟ କରି ସେ ପରମ ଆନନ୍ଦ ଲାଭ କରୁଥିଲେ। ସମ୍ବଲପୁରରୁ ବରପାଲି ଯିବା ବାଟରେ ବିଭିନ୍ନ ଗାଁରେ ଯେତେବେଳେ ସେ କିଛି କିଛି କ୍ଷଣ ପାଇଁ ଅଟକି ଯାଉଥିଲେ, ଗାଁର ମୁଖିଆ ଲୋକମାନେ କବି ଗଙ୍ଗାଧର ମେହେରଙ୍କ କଥା ତାଙ୍କୁ ଶୁଣାଉଥିଲେ। ଗଙ୍ଗାଧରଙ୍କ ଦର୍ଶନ ଲାଭ କରିନଥିଲେ ମଧ୍ୟ ବିନୋବାଙ୍କୁ ଲାଗୁଥିଲା ଏହି ସରଳ ଲୋକମାନଙ୍କ ଆଖିରେ ଆଖିରେ ଯେମିତି ଗଙ୍ଗାଧରଙ୍କ କବିତାର ଭାବ ଉଛୁଳି ପଡୁଛି ଓ ଯେକୌଣସି ଲୋକର ବା ମା' ଭଉଣୀମାନଙ୍କ ଆଖିରେ ତାଙ୍କର ଦୃଷ୍ଟି ପଡ଼ିଯାଉଥିଲା, ସେ ଅନୁଭବ କରୁଥିଲେ ସତେ ଯେମିତି ସେଇ ଆଖି ସବୁରୁ ଝରୁଛି ବିନ୍ଦୁ ବିନ୍ଦୁ ଅମୃତ। ଶୀତମାସରେ ଏ ପଦଯାତ୍ରା ତାଙ୍କୁ ଆଦୌ କଷ୍ଟକର ଲାଗୁନଥିଲା। ଗାଁର ଲୋକମାନେ ଗ୍ଲାସ୍‌ରେ ବା ଯେଉଁ କଂସା ଖୁରିରେ ଲେମ୍ବୁ ସରବତ ତାଙ୍କୁ ପିଇବା ପାଇଁ ଦେଉଥିଲେ, ତାହା ପିଇବାବେଳେ ସେ ଅନୁଭବ କରୁଥିଲେ, ଯେମିତି ଗଙ୍ଗାଧରଙ୍କ ଅମୃତମୟ ଜୀବନ ଓ କବିତାର ଭାବରାଶି ସେ ପାନ କରୁଛନ୍ତି। ଆହା! କି ବିଚିତ୍ର, କି ଗଭୀର, କି ରସାଣିତ ଏ ଅନୁଭବ!! ବିନୋବା ନିଜେ ଯେମିତି ଗୋଟାପଣେ ତରଳି ଯାଉଥିଲେ ସେହି ଭାବ ଭାବନାର ପରଶରେ। ଲୋକମାନଙ୍କୁ ଦେଖି ସେ ବେଳେବେଳେ ପଚାରୁଥିଲେ ଯେ, ଆପଣମାନେ କ'ଣ କବି ଗଙ୍ଗାଧରଙ୍କୁ ଦେଖିଛନ୍ତି ? ଅନେକ ବୃଦ୍ଧବ୍ୟକ୍ତି ଗଙ୍ଗାଧରଙ୍କୁ ଦେଖିଥିବାର ଅନୁଭୂତି ଗଦ୍‌ଗଦ୍ ହୋଇ ପ୍ରକାଶ କରୁଥିଲେ ତାଙ୍କ ଆଗରେ। ବିନୋବାଜୀ ଭାବୁଥିଲେ ଜଣେ ମହତ୍ କବି ପ୍ରକୃତରେ ଏଇଭଳି ଭାବରେ ଲୋକମାନଙ୍କ ଅନ୍ତର ଭିତରେ ବଞ୍ଚି ରହିଥାଏ ଚିରଦିନ ଲାଗି। ସେ ରବୀନ୍ଦ୍ରନାଥଙ୍କ ବଙ୍ଗଳା କବିତା ଶୁଣିଛନ୍ତି। ସେ ବେଦ, ଉପନିଷଦ, ଗୀତା ଆଦି କେତେ ଗ୍ରନ୍ଥ ପାଠ କରିଛନ୍ତି। ବହି ପଢ଼ିବା ଗୋଟିଏ ଦିଗର କଥା ଆଉ ବହିର ସାରକଥାକୁ ନିଜ ଜୀବନ ଭିତରକୁ ଓହ୍ଲାଇ ଆଣିବା ଆଉ ଏକ ମହାନ୍ ତପସ୍ୟା। ସେ ତାଙ୍କ ପାଖରେ ଉପସ୍ଥିତ ଜଣେ ବ୍ୟକ୍ତିଙ୍କୁ ପଚାରିଲେ ଗଙ୍ଗାଧର ଯେମିତି କବିତା ଲେଖୁଥିଲେ ତା'ଠାରୁ ସେ ଅଲଗା ଥିଲେ କି? ଏ ପ୍ରଶ୍ନ ଶୁଣୁଶୁଣୁ ଏକାଧିକ ବ୍ୟକ୍ତି କହିଉଠିଲେ, "ନା, ନା ବିନୋବାଜୀ, ତାଙ୍କ କବିତା ଯେମିତି ତାଙ୍କ ଜୀବନ ବି ସେମିତି।" ଏହିପରି ନିରୁତା କଥା ପଦେ ପଦେ ସେ ବହୁତ କମ୍ ଜାଗାରୁ ଶୁଣିଛନ୍ତି। ଏବେ ତାଙ୍କର ମନେହେଲା ଯେ, ସେ ଯେଉଁ ବରପାଲିକୁ ଯାଉଛନ୍ତି, ସେ ବରପାଲିରେ ଗଙ୍ଗାଧର ନିଶ୍ଚୟ ତାଙ୍କୁ ଅପେକ୍ଷା କରି ରହିଥିବେ। କାହିଁକି କେଜାଣି ଷ୍ଟାଚ୍ୟୁରେ ଦେଖିଥିବା ଗଙ୍ଗାଧରଙ୍କ ବ୍ରୋଞ୍ଜ ନିର୍ମିତ ମୁହଁଟି ତାଙ୍କ ଅନ୍ତର ଭିତରେ ଉଦ୍‌ଭାସିତ ହୋଇଉଠିଲା। ତାଙ୍କୁ ଲାଗିଲା ଯେମିତି ଗୋଟେ ସୂକ୍ଷ୍ମ ତାର ତାଙ୍କୁ ଟାଣି ଟାଣି ନେଇଯାଉଛି କବିତୀର୍ଥ ବରପାଲିକୁ। ବରପାଲି ଯେତିକି ନିକଟ ହେଇ ଆସୁଥାଏ, ବିନୋବାଙ୍କ ଆଗ୍ରହ

ସେତେ ବଢ଼ିବଢ଼ି ଚାଲିଥାଏ । ସେ ଭୁଲିଯାଇଛନ୍ତି ଯେ, ଗଙ୍ଗାଧର ବର୍ତ୍ତମାନ ଅନୁପସ୍ଥିତ । ତାଙ୍କୁ ଲାଗୁଚି ଏବେ ବି ଯେମିତି ସେଇ କବି ବରପାଲିର ଧୂଳି ଧୂସରିତ ରାସ୍ତା ଉପରେ ଛିଡ଼ାହୋଇ ତାଙ୍କୁ ଅପେକ୍ଷା କରିଛନ୍ତି । ଆଉ ତାଙ୍କ ଆଖିରେ ଭରି ରହିଛି ବିନୋବାଜୀଙ୍କ ପ୍ରତି ଅପାର ପ୍ରେମ ।

ସତକଥା, ଗଙ୍ଗାଧର ଯେଉଁ ଈଶ୍ୱରଙ୍କର କଳ୍ପନା କରିଛନ୍ତି, ସେ ବାସ୍ତବରେ ଅକଳନୀୟ । ତାଙ୍କ ନାମରେ ନା ମାଳା ଜପି ହେବ ନା ପାଦସ୍ପର୍ଶ କରି ମୁଣ୍ଡିଆଟିଏ ମାରିହେବ । କାରଣ ତାଙ୍କ ନାମାଙ୍କିତ ମାଳାରେ କୋଟି କୋଟି ଗ୍ରହ ଗୁନ୍ଥାହୋଇ ରହିଛନ୍ତି । ସେହିପରି ତାଙ୍କ ପାଦତଳ ଧୂଳି ଉପରେ ଶତ ସହସ୍ର ନକ୍ଷତ୍ର ଧୂଳିଭଳି ରୁଣ୍ଡ ହୋଇଛନ୍ତି । ଗାନ୍ଧିଜୀ ହୁଅନ୍ତୁ ବା ବିନୋବା ହୁଅନ୍ତୁ, ସେମାନେ କେବେ କ'ଣ ମନକଥା ଭଗବାନଙ୍କୁ ଶୁଣାଇଛନ୍ତି ? ହଁ ଗାନ୍ଧିଜୀ କହିଥିଲେ, 'ପ୍ରାର୍ଥନା ହିଁ ତାଙ୍କ ଜୀବନକୁ ରକ୍ଷା କରିଛି ।' ବିନୋବାଜୀ ଜାଣନ୍ତି ଏକଥା ଅକ୍ଷରେ ଅକ୍ଷରେ ସତ । ଏବେ ସେ ଆଉ ଏକ ଅଭିନବ ଅନୁଭବରେ ଶିହରି ଉଠୁଛନ୍ତି ଯେ ଯାହାକୁ ହୃଦୟର କଥା କହିବା ପାଇଁ ମଣିଷ ଚିନ୍ତା କରିଥାଏ, ସେହି ଭାବକୁ ଭଗବାନ ତା' ଆଗରୁ ଜାଣି ସାରିଥାନ୍ତି ।

ଆହା ! ସୋରିଷ ଭିତରେ କ'ଣ ହିମାଳୟ ରହିପାରିବ ? ଅର୍ଜୁନଙ୍କ ହୃଦୟ ଶ୍ରୀକୃଷ୍ଣଙ୍କ ବିଶ୍ୱରୂପ ଧରି ରଖିବା କ'ଣ ସମ୍ଭବ ? ଭଗବତ୍ ଗୀତାର ଶ୍ଳୋକଗୁଡ଼ିକ ଗୋଟିକ ପରେ ଗୋଟିଏ ମନେପଡ଼ିଗଲା ତାଙ୍କର । ଯାହା ମଣିଷ ଏ ସଂସାରର ଚତୁର୍ଦ୍ଦିଗରେ ଦେଖୁଛି, ସେଇ ସବୁ ତ ହେଉଛି ସେ ଭଗବାନଙ୍କର । ତେଣୁ ତାଙ୍କୁ ପୂଜା କରିବାବେଳେ କି ଦ୍ରବ୍ୟ ଦେଇ ସେ ଆରାଧନା କରିବ ? 'ଭକ୍ତି' କବିତାର ଏହି ଭାବଧାରାକୁ ବିନୋବାଜୀ ଆଉ କାହାକୁ ନ ପଚାରି ନିଜେ ବୁଝାଇ ଚାଲିଛନ୍ତି । ଲୋକଙ୍କୁ କହୁଛନ୍ତି, 'ନିଜ ଅହଙ୍କାରକୁ ଯେତେବେଳେ ଈଶ୍ୱରଙ୍କ ପାଖରେ ଅର୍ପଣ କରିଦିଏ ଜଣେ, ସେତେବେଳେ ହିଁ ତା' ପୂଜା ହୁଏ ସାର୍ଥକ ।' ଜଣେ ଜମିଦାର ପୁତ୍ର ବିୟୋଗରେ ଦୁଃଖରେ ଶୋକାଶ୍ରୁ ସମ୍ବରଣ କରି ନ ପାରି ବିନୋବାଜୀଙ୍କୁ ପଚାରୁଥିଲେ – "ବିନୋବାଜୀ ମୁଁ କେମିତି ବଞ୍ଚିବି କୁହନ୍ତୁ ? ଥରେ କହିଦିଅନ୍ତୁ ତ !" ବିନୋବାଜୀଙ୍କ କଣ୍ଠରୁ ବାହାରି ପଡ଼ିଲା, "ତୁମର ଯେତିକି ଧନ ସମ୍ପତ୍ତି, ଜମିବାଡ଼ି, ଘରଦ୍ୱାର ଅଛି, ନିଜେ ଚଳିବା ପାଇଁ ଯେତିକି ଆବଶ୍ୟକ ସେଗୁଡ଼ିକ ରଖି ଅନ୍ୟମାନଙ୍କୁ ତୁମେ ତାହା ଦେଇଦିଅ । ତୁମର ପୁଅ ବଞ୍ଚିଥିଲେ ତାକୁ ତୁମେ ଏ ସବୁ ଦେଇଥାନ୍ତ । ଏବେ ଏ ସମାଜରେ ଥିବା ଦରିଦ୍ର ଯୁବକମାନେ ତୁମ ପୁଅ ପରି । ସେମାନଙ୍କୁ ଦେଇପାରିଲେ ତୁମର ପୁଣ୍ୟ ହେବ ।" ଏକଥା ଅନେକଥର ଜମିଦାର ଭାବିଥିଲେ । ଅନେକଙ୍କଠାରୁ ଉପଦେଶ ମଧ୍ୟ ଶୁଣିଥିଲେ । କିନ୍ତୁ କିଛି ବି ସ୍ଥିର କରିପାରିନଥିଲେ ସେ । ଏବେ

ବିନୋବାଜୀଙ୍କ କଣ୍ଠରେ ଯେତେବେଳେ ଗଙ୍ଗାଧରଙ୍କ କବିତାର ଆବୃତ୍ତି ଶୁଣିଲେ, ଆଉ ଶୁଣିଲେ ସଦୁପଦେଶ, ସେତେବେଳେ ହୃଦୟରେ ପୁଞ୍ଜିଭୂତ ସବୁ ଲୁହ ଆଖିରୁ ବାହାରି ପଡ଼ିଲା ଧାର ଧାର ହୋଇ। ସେହି ମୁହୂର୍ତ୍ତରେ ନିଜର ବୋଲି ଯେଉଁ ଜମିବାଡ଼ି ଉପରେ ନିଜର ଅଧିକାର ସାବ୍ୟସ୍ତ କରୁଥିଲେ ସେ, ସବୁକୁ ଗାଁର ଭୂମିହୀନମାନଙ୍କୁ ବାଣ୍ଟି ଦେବା ପାଇଁ ପ୍ରତିଜ୍ଞା କଲେ ବିନୋବାଜୀଙ୍କ ପାଦ ଛୁଇଁ।

ବିନୋବାଜୀ ଅଭିଭୂତ ହୋଇପଡ଼ିଲେ ସେଇ ଜମିଦାରଙ୍କୁ ଦେଖି। ଘର ଅଗଣାରେ ତାଙ୍କର ଏକ ବିରାଟ ଆମ୍ବଗଛ। ତାରି ତଳେ କିଛି ସମୟ ପାଇଁ ଶାନ୍ତିରେ ଶୋଇପଡ଼ିଲେ ବିନୋବାଜୀ। ଜମିଦାରଙ୍କଠାରୁ ଏ କଥା ପଦକ ଶୁଣି ତାଙ୍କର ସେଇ ଶାନ୍ତିର ଅନୁଭବ ଆହୁରି ପ୍ରଗାଢ଼ ହୋଇଗଲା। ସେ ଭାବିଲେ ଏଇଟା କ'ଣ ମୋ ଶକ୍ତିର ପରିଚୟ ? ଏହା କ'ଣ ଗଙ୍ଗାଧରଙ୍କ ପ୍ରତିଭାର ପ୍ରଭାବ ? ପ୍ରକୃତରେ ଏହା ସର୍ବଶକ୍ତିମାନ ଈଶ୍ୱରଙ୍କ ପ୍ରେରଣା କ'ଣ ନୁହେଁ ? ସେଇ ଜମିଦାର ଭିତରେ ଯେମିତି ବିଶ୍ୱଜୀବନଙ୍କର କରୁଣା ପ୍ରକାଶିତ ହୋଇଉଠିଲା, ତାହା ଦେଖି ମହମ ପରି ତରଳିଗଲା ତାଙ୍କର ହୃଦୟ।

ବରପାଲି ପାଖ ହେଇ ଆସିଲାଣି। ତାଙ୍କର ଉତ୍କଣ୍ଠା ବଢ଼ିବଢ଼ି ଯାଉଛି। ତାଙ୍କୁ ଦେଖିବା ପାଇଁ ସତେ ଯେମିତି ସତର ବର୍ଷର ଯୁବକ ପରି ସେ ଧାଇଁ ଚାଲିଛନ୍ତି। ଯେତେବେଳେ ପହଞ୍ଚିଲେ ସେ ବରପାଲିର ପବିତ୍ର ମାଟିକୁ ବରପାଲିବାସୀ ତାଙ୍କୁ ଆଗ୍ରହରେ ଅପୂର୍ବ ପ୍ରେମରେ ପାଛୋଟି ନେଲେ ଗଙ୍ଗାଧରଙ୍କ ପ୍ରତିମୂର୍ତ୍ତି ସ୍ଥଳକୁ। ଆଖି ଉଠାଇ ଦେଖିଲେ ବିନୋବା। ନିଜ ଆଖିକୁ ବିଶ୍ୱାସ କରିପାରିଲେ ନାହିଁ। ଏଇଟା ସତରେ କ'ଣ ଗଙ୍ଗାଧରଙ୍କ ମାର୍ବଲ ଷ୍ଟାଚ୍ୟୁ ନା ଗଙ୍ଗାଧରଙ୍କ ଜୀବନ୍ତ ମୁଖମଣ୍ଡଳ ? 'ଭକ୍ତି' କବିତାର ଯେଉଁ ମାର୍ମିକ ପଦ ସେ ଶୁଣିଆସିଥିଲେ ଗଙ୍ଗାଧର ମେହେର କଲେଜରେ, ସେଇ କବିତାର ପ୍ରାଣବନ୍ତ ଶୁଦ୍ଧସ୍ୱର ଗଙ୍ଗାଧରଙ୍କ କଣ୍ଠରେ ଯେମିତି ଧ୍ୱନିତ ହେଉଛି। ନିଜ ଜୀବନର ସେଇ ଶ୍ରେଷ୍ଠ କବିତା ଗାନ କରି ଗଙ୍ଗାଧର ସତେ ଯେମିତି ବିନୋବାଜୀଙ୍କୁ ସ୍ୱାଗତ କରୁଛନ୍ତି ନିଜ ଅଞ୍ଚଳକୁ। ବିନୋବାଜୀ ଗଙ୍ଗାଧରଙ୍କ କଣ୍ଠ ସହିତ କଣ୍ଠ ମିଳାଇ ଗାଇ ଉଠିଲେ -

"ମୁଁକାର ମାତର ମୋର ନୁହେଁ ବୋଲି
କହିବାକୁ ନାହିଁ ବାଟ
ଦୂରୁ ଶ୍ରୀଚରଣେ ଅର୍ପଣ କରୁଛି
ଘେନ ତା' ବିଶ୍ୱ ସମ୍ରାଟ।"

କେହି ଜଣେ ଶ୍ରଦ୍ଧାଳୁ ଭକ୍ତ ଗଙ୍ଗାଧରଙ୍କ ପ୍ରତିମୂର୍ତ୍ତିରେ ଅର୍ପଣ କରିବା ପାଇଁ ତାଙ୍କ ହାତରେ ଧରାଇଦେଲେ ଏକ ସୁଗନ୍ଧିତ ପୁଷ୍ପମାଳା। ବିନୋବାଜୀଙ୍କ ହାତ ଧରି ଷ୍ଟାଚ୍ୟୁ ପାଖକୁ ଉଠାଇ ଦେଲେ। ଆଉ ଜଣେ ଗଙ୍ଗାଧରପ୍ରେମୀ ଭଦ୍ରବ୍ୟକ୍ତି କାଠ ଚଉକିଟି

ଉପରେ ଛିଡ଼ା ହେବା ପାଇଁ ହାତଧରି ଉଠାଇଦେଲେ ବିନୋବାଜୀଙ୍କୁ। ଗଙ୍ଗାଧରଙ୍କ ଶୁଭ୍ରଗଳାରେ ପିନ୍ଧାଇ ଦେଲେ ସେ ସେଇ ସୁନ୍ଦର ଫୁଲମାଳାଟି। କିନ୍ତୁ ଏ କ'ଣ ଦେଖୁଛନ୍ତି ସେ ? ଗଙ୍ଗାଧରଙ୍କ ଆଖି ସହିତ ତାଙ୍କ ଆଖି ମିଶିଗଲା କିପରି ? ଉଭୟଙ୍କ ଭିତରେ ସେହି ଗୋଟିଏ କ୍ଷଣରେ ଯେମିତି ହୋଇଗଲା ଅପୂର୍ବ ଭାବ ବିନିମୟ। ସହଜରେ ଆଖି ଫେରାଇ ନେଇପାରୁନାହାନ୍ତି ବିନୋବାଜୀ। ଯେଉଁମାନେ କାଠ ଚଉକିଟି ଧରିଥିଲେ ହାତରେ ଯେମିତି ବିନୋବାଜୀ ଯେପରି ପଡ଼ିନଯାନ୍ତି, ସେମାନେ ଭାବୁଥିଲେ ବିନୋବାଜୀ ହୁଏତ ଦୁର୍ବଳତା ଅନୁଭବ କରି ଓହ୍ଲାଇ ପାରୁନାହାନ୍ତି ତଳକୁ ଶୀଘ୍ର। ମାତ୍ର ବିନୋବାଜୀ ଧୀରେଧୀରେ ଯେତେବେଳେ ତଳକୁ ଓହ୍ଲାଇଲେ ତାଙ୍କ ଉଭୟ ଚକ୍ଷୁ ହୋଇଯାଇଥିଲା ଅଶ୍ରୁପୂର୍ଣ୍ଣ। କଣ୍ଠ ହୋଇଯାଇଥିଲା ବାଷ୍ପରୁଦ୍ଧ। ଗଙ୍ଗାଧର ମେହେର ମହାବିଦ୍ୟାଳୟ ପରିସରରେ ସେ କହିଥିଲେ ଏହି ଗୋଟିଏ କବିତା 'ଭକ୍ତି' ଯଦି ଗଙ୍ଗାଧର ଲେଖିଥାନ୍ତେ, ସେତିକିରେ ସେ ଅମର ହୋଇ ରହିଯାଇଥାନ୍ତେ। ବରପାଲିରେ ସେଇକଥା ବାଷ୍ପରୁଦ୍ଧ କଣ୍ଠରେ ଆଉ ଥରେ ଉଚ୍ଚାରଣ କଲେ ସେ। ପୁଣି କହିଲେ 'ଭକ୍ତି' ଭଳି ମହାନ୍ କବିତା ଆମ ଭାରତମାତାଙ୍କ ଅଙ୍ଗରେ ସୁନ୍ଦର ଭାବରେ ପରିଶୋଭିତ ହେବା ଆବଶ୍ୟକ। ଏ କବିତା ନା ହିନ୍ଦୁମାନଙ୍କର, ନା ମୁସଲମାନ, ନା ଖ୍ରୀଷ୍ଟିୟାନମାନଙ୍କର। ଏହା ତ ଜାତି, ଧର୍ମ, ବର୍ଣ୍ଣ ନିର୍ବିଶେଷରେ ସମସ୍ତଙ୍କ ପାଇଁ ଉଦ୍ଦିଷ୍ଟ। ପ୍ରତିଦିନ ପ୍ରାତଃକାଳରୁ ଗାନ କରିବା ଭଳି ଏକ ହୃଦୟସ୍ପର୍ଶୀ ପ୍ରାର୍ଥନା ଏହା। ସେ ଏକଥା କହିବାବେଳେ ହୃଦୟର ଅନ୍ତରତମ ପ୍ରଦେଶରୁ ଏକ ବିଶୁଦ୍ଧ କୋହଭରା ଲୁହଧାର ଦୁଇ ଆଖି ଦେଇ ବହି ଆସିଲା ତାଙ୍କର। ମୁହଁ ଟେକି ଯେତେବେଳେ ତାଙ୍କ ପାଖରେ ଥିବା ସର୍ବୋଦୟ କର୍ମୀ ଓ ବରପାଲିବାସୀଙ୍କୁ ଚାହିଁ ଦେଖିଲେ, ଠିକ୍ ତାଙ୍କରି ପରି ସେ ସମସ୍ତଙ୍କର ଆଖି କୃତଜ୍ଞତାର ଲୁହରେ ଭରିଯାଇଛି। ସେ କୃତଜ୍ଞତା ବିନୋବାଜୀଙ୍କ ପ୍ରତି ଫୁଟିଉଠିଥିବା ଏକ ଏକ ଶୁଭ୍ର ଗୋଲାପ ପରି। ସେ କୃତଜ୍ଞତା ଗଙ୍ଗାଧରଙ୍କ ଉଦ୍ଦେଶ୍ୟରେ ଅର୍ପିତ ହେଉଥିବା ଏକ ଏକ ସୁଗନ୍ଧିତ ପଦ୍ମପୁଷ୍ପ। ସେହି କୃତଜ୍ଞତା ବିଶ୍ୱସମ୍ରାଟଙ୍କ ପ୍ରତି ନିବେଦିତ ହେଉଥବା ଏକ ଏକ ପୁଣି ଶୁଭ୍ର ପଦ୍ମର ସୁରମ୍ୟମାଳା।

ବିନୋବାଜୀଙ୍କ ଦୁଇ ଆଖି ସହିତ ସବୁ ଅଶ୍ରୁପୂର୍ଣ୍ଣ ଆଖି ମିଶିଯାଇ ହୋଇଗଲା ଅଭିନ୍ନ। ସେଇ ସାରା ପରିବେଶଟି ନିରବ ନିଥର ଭାବପୂର୍ଣ୍ଣ ଓ ଭକ୍ତିମୟ ହୋଇଉଠିଲା। ବିନୋବାଜୀ ସେହି ସ୍ଥାନ ତ୍ୟାଗ କରି ଆଗକୁ ପାଦ ବଢ଼ାଇବା ପାଇଁ ଚାହୁଁ ନ ଥିଲେ। ଶେଷଥର କବିଙ୍କ ଉଦ୍ଦେଶ୍ୟରେ ପ୍ରଣତି ଜଣାଇବା ପାଇଁ ଯେତେବେଳେ ମୁଣ୍ଡ ଟେକି ଗଙ୍ଗାଧରଙ୍କ ପ୍ରତିମୂର୍ତ୍ତିକୁ ଆଉ ଥରେ ଦେଖିଲେ, ସେତେବେଳେ ତାଙ୍କ ଅନ୍ତରରେ ଗଙ୍ଗାଧରଙ୍କ ଓଠରୁ ଉଚ୍ଚାରିତ ହେଉଥିବା ଶବ୍ଦ ତାଙ୍କୁ ଶୁଣାଗଲା। କବି ଯେମିତି କହୁଛନ୍ତି,

"ଅନ୍ଧାର ଦୁଃଖ ନ ଗଣି ଆଲୋକ ସୁଖ ନ ମଣି ଚାଲିଛି ଦୂର ସରଣୀ ନତବଦନେ" ପ୍ରିୟ ବିନୋବାଜୀ ମୁଁ, ଆପଣଙ୍କ ସହିତ ହିଁ ଚାଲିଛି ସମଭାବାପନ୍ନ ହୋଇ।" ଗଙ୍ଗାଧରଙ୍କ ହୃଦୟର ଏହି ବାଣୀ ପ୍ରତିଧ୍ୱନିତ ହୋଇଉଠିଲା ବିନୋବାଜୀଙ୍କ ମର୍ମସ୍ଥଳରେ। ଆଗକୁ ପାଦ ବଢ଼ାଇଲେ ସେ। ଅନୁଭବ କଲେ ତାଙ୍କର ଗୋଟିଏ ପାର୍ଶ୍ୱରେ ମହାତ୍ମା ଗାନ୍ଧୀ ଛିଡ଼ା ହୋଇଥିବାବେଳେ ଅନ୍ୟ ପାର୍ଶ୍ୱଟିରେ କବି ଗଙ୍ଗାଧର ଦଣ୍ଡାୟମାନ ହୋଇ ରହିଛନ୍ତି। ଆଉ ତିନିହେଁ ପାଦକୁ ପାଦ ମିଳାଇ ଚାଲିଛନ୍ତି ଆଗକୁ ଆଗକୁ, ଅନ୍ଧାର ଦୁଃଖ ନ ଗଣି ଆଲୋକ ସୁଖ ନ ମଣି।

■

(ସପ୍ତର୍ଷି, ଅକ୍ଟୋବର-ଡିସେମ୍ବର, ୨୦୨୦)

ବୁଢ଼ା ! ତୋ ଅପେକ୍ଷାରେ...

ଜୀବନର ପ୍ରୌଢ଼ କାଳରେ ବାଲ୍ୟକାଳ କଥା କାହିଁକି ଅଧିକ ମନେପଡ଼େ ? ସେ ଦିନଗୁଡ଼ିକ ଖେଳରେ ଖେଳରେ ସ୍ୱପ୍ନ ପରି ଭାସିଯାଉଥିଲା । ନିର୍ଦ୍ଦିଷ୍ଟ ଭାବରେ ଯଦି ମୋ କଥା କୁହେ, ତା'ହେଲେ ମୁଁ ଯୌବନ କାଳରେ ଆଦୌ ଖେଳପ୍ରିୟ ନଥିଲି । ମୋର ସବୁ ଖେଳ ସେହି ବାଲ୍ୟକାଳରେ ହିଁ ସରିଯାଇଥିଲା । ହୁଏତ ସେହି କାରଣରୁ ଛୋଟବେଳର କଅଁଳ ଦିନଗୁଡ଼ିକ ଆଜି ବେଶୀ ବେଶୀ ଉଦ୍‌ବେଳିତ କରୁଛି ହୃଦୟକୁ ।

'ବୁଢ଼ା' କଥା ନ କହିଲେ କ'ଣ ପୂର୍ଣ୍ଣତା ଆସିବ ମୋ ସ୍ମୃତିଚାରଣରେ ! ତା' ନାଁଟି ସିନା ବୁଢ଼ା, କିନ୍ତୁ ସିଏ ମୋ ବୟସର ଥିଲା ପିଲାଟିଏ ମାତ୍ର । ପିଲାମାନଙ୍କୁ 'ବୁଢ଼ା' ନାମରେ ଡାକିବାର ନିଶ୍ଚୟ ରହିଛି ଏକ ଗହନ ଅର୍ଥ । ତାହା ଆଉ କିଛି ନୁହେଁ, କେବଳ ଦୀର୍ଘାୟୁ ହେବାର ଆନ୍ତରିକ ଆଶୀର୍ବାଦର ସଂକେତ ମାତ୍ର ।

ଆମ ଘରପାଖ 'ଗଙ୍ଗାଧର ସ୍ମୃତି ଭବନ' ସଂଲଗ୍ନ ପଡ଼ିଆଟା ହିଁ ଥିଲା ଆମମାନଙ୍କର ପ୍ରିୟ କ୍ରୀଡ଼ାକ୍ଷେତ୍ର । ସେଇଠି ଅପରାହ୍ନ ଉତ୍ତୀର୍ଣ୍ଣ ହେବା ପୂର୍ବରୁ ଆମେ ପହଞ୍ଚୁଥିଲୁ ଦଳ ଦଳ ହୋଇ ଓ ମାତି ରହୁଥିଲୁ ବିଭିନ୍ନ ପ୍ରକାରର ଖେଳରେ ରାତି ପର୍ଯ୍ୟନ୍ତ । ଘରକୁ ଫେରିବା ମାତ୍ରକେ ଗାଳି ଶୁଣିବାକୁ ପଡୁଥିଲା ପଢ଼ାପଢ଼ିରେ ମନ ଦେଉନଥିବା ଯୋଗୁଁ । ସତକୁ ସତ ମୋ ମନ କେବେହେଲେ ଏହି ପଢ଼ାବହି ଭିତରେ ଲାଖିରହି ପାରୁନଥିଲା । ସବୁବେଳେ ମୋର କେବଳ ଇଚ୍ଛା ହେଉଥିଲା ଖେଳରେ ନିମଜ୍ଜିତ ହୋଇ ରହିବା ପାଇଁ । 'ବୁଢ଼ା' ସହିତ ସେହି ସ୍ମୃତିଭବନ କ୍ରୀଡ଼ାକ୍ଷେତ୍ରରେ ହିଁ ହୋଇଥିଲା ପରିଚୟ ଓ ଘନିଷ୍ଠତା । ଯେତେବେଳେ ଆମେ ଦଳବଦ୍ଧ ହୋଇ ଖେଳୁଥିଲୁ ଆନନ୍ଦମଗ୍ନ ହୋଇ, ସେତେବେଳର ଘଟଣା ଯଦିଓ ମନେପଡ଼େ ନିର୍ଦ୍ଦିଷ୍ଟ ଭାବରେ ବିଶେଷ କୌଣସି ମୁହୂର୍ତ୍ତ ଦୋହଲାଇ ପାରେନା ଛାତିକୁ । ତେବେ ଏହି ବାଲ୍ୟବନ୍ଧୁମାନଙ୍କ ମଧ୍ୟରୁ ଜଣେ

ଜଣେ ବନ୍ଧୁଙ୍କ ସହିତ ଯେତେବେଳେ ଏକାନ୍ତରେ ବିତିଛି କିଛି କିଛି ମୁହୂର୍ତ୍ତ, ସେଇଥିରେ ହିଁ ଭରିରହିଛି ଅସଲ ସଂଗୀତ । ବୁଢ଼ା ସହିତ ଆମେ ଦୁଇଜଣ ନିଛାଟିଆ ସେହି ପଡ଼ିଆରେ ଅସମୟରେ ଯେତେବେଳେ ହେଉ ଏକାଠି, ସେତେବେଳର ସ୍ମୃତି ତୁହାକୁ ତୁହା ଆନ୍ଦୋଳିତ କରେ ଅସରା ଅସରା ବର୍ଷା ଭଳି ।

ହୁଏତ ସେଦିନ ହୋଇଥିଲା ରବିବାର ଛୁଟି । ଦିନ ଦି'ପହରେ ଯେତେବେଳେ କେହି ପ୍ରବେଶ କରନ୍ତି ନାହିଁ ସେ ଇଲାକାକୁ, ସେତେବେଳେ ସ୍ୱତଃ ଆକର୍ଷିତ ହୋଇ ମୁଁ ଯାଇଥିଲି ସେଠାକୁ । ଆବିଷ୍କାର କରିଥିଲି, ବୁଢ଼ା ସ୍ମୃତିଭବନ ବାରଣ୍ଡାରେ ବସିଛି ସମ୍ପୂର୍ଣ୍ଣ ଏକୁଟିଆ ହୋଇ । ତା' ମୁହଁରେ ଅଜଣା ଯନ୍ତ୍ରଣାର ଛାପ । ମୁଁ ତ ସେହି କାରଣ ଜାଣିପାରିନଥାନ୍ତି, କିନ୍ତୁ ବୁଢ଼ାର ଛଳଛଳ ଆଖି ଦୁଇଟି ମୋତେ ମଧ୍ୟ ଭିନ୍ନ ଭାବାବେଗରେ ଆପ୍ଲୁତ କରିଦେଲା । ମୁଁ ତାକୁ ପ୍ରତ୍ୟକ୍ଷ ଭାବରେ କିଛି ନ କହି ପ୍ରତିଦିନ ପରି ସହଜ ଭାବରେ କଥା କହିବା ଆରମ୍ଭ କରିଥିଲି । ଉପଲବ୍ଧି କଲି ଯେ ମୋ ମୁହଁକୁ କେତେ ବ୍ୟାକୁଳ ଭାବରେ ସେ ଚାହିଁରହିଛି । ନିଜ ଅଜାଣତରେ ମୋର ଦୁଇ ଆଖି ଦେଇ ଯେଉଁ ସମବେଦନା ପ୍ରକାଶିତ ହେଉଥିଲା, ତାହା ବୋଧହୁଏ ତାକୁ ସୂକ୍ଷ୍ମ ରୂପରେ ଆଲିଙ୍ଗନବଦ୍ଧ କରିପକାଉଥିଲା । ମୋର ଉପସ୍ଥିତି ବୁଢ଼ାର ଅସ୍ଥିର ମନକୁ ସ୍ଥିର କରିଦେଲା ଓ ସେ ମୋ ସହିତ ତା' ପାରିବାରିକ ଜୀବନର କେତେ କେତେ ଅନୁଭୂତି ଗୋଟାଏ ପରେ ଗୋଟାଏ ଉନ୍ମୋଚିତ କରିଦେଉଥିଲା । ଏହି ନିକାଞ୍ଚନ ପରିବେଶରେ ଯେଉଁ ଦୁଇଟି ନିଷ୍ପାପ ଆତ୍ମା ହେଉଥିଲେ ପରସ୍ପରର ନିକଟବର୍ତ୍ତୀ, ତାହା ସୁଦୀର୍ଘ ପଇଁଚାଳିଶ ବର୍ଷ ପରେ ମଧ୍ୟ ଅନୁଭବ କରୁଛି ଅତ୍ୟନ୍ତ ନିବିଡ଼ ଭାବରେ ।

ବୁଢ଼ାର ମା' ଆମ ସରକାରୀ ଡାକ୍ତରଖାନାରେ ଅବସ୍ଥାପିତ ଥିଲେ ନର୍ସ ଭାବରେ । ମୁଁ କେବେହେଲେ ବୁଢ଼ାର ବାପାଙ୍କୁ ଦେଖି ନାହିଁ । କେବେହେଲେ ପୁଣି ପଚାରି ବି ନାହିଁ ତାକୁ ଏ ବିଷୟରେ । ମାତ୍ର ବୁଢ଼ାର ବେଦନାପ୍ଲୁତ ଆଖି ଦୁଇଟିକୁ ସେଦିନ ବାରମ୍ବାର ମୁଁ ନିରୀକ୍ଷଣ କରୁଥିଲି । ଆମେ ଦୁହେଁ ପରସ୍ପରର ଅତ୍ୟନ୍ତ ନିକଟତର ହୋଇ ବସିଥିଲୁ ଓ ସ୍ୱାଭାବିକ ଭାବରେ ଭାବବିନିମୟ କରୁଥିଲୁ ଏକାନ୍ତରେ । ବୁଢ଼ା କେତେ ସମୟ ଧରି ନୀରବ ରହିଗଲା । ତା'ପରେ ସେହି ସିମେଣ୍ଟ ବାରଣ୍ଡା ମଝିରେ ଶୋଇପଡ଼ିଲା ଭାବାକୂଳ ଆଖିନେଇ । ତା'ର ଏପରି ଶୟନ ଦେଖି ମୁଁ ବି ତା' ପାଖରେ ଠିକ୍ ସେହିପରି ଶୋଇପଡ଼ିଲି ସିଧା ହୋଇ । ପଚାରିଲି ବୁଢ଼ା, 'କ'ଣ ଭାବୁଛୁ ତୁ କହିଲୁ ?' ଠିକ୍ ଏତିକିବେଳକୁ ନୀଳ ଆକାଶ ବକ୍ଷରେ କାଉଟିଏ କା' କା' କରି ଉଡ଼ିଗଲା । ବୁଢ଼ା ସେହି କାଉ ଉଦ୍ଦେଶ୍ୟରେ ଇଙ୍ଗିତ କରି ମୋତେ କହିଲା, "ଓଃ, ମୁଁ ଏପରି କାଉଟିଏ କି କୋଇଲିଟିଏ ହୋଇଯାଆନ୍ତି ନାହିଁ ! ଅଚିନ୍ତାରେ ଉଡ଼ି ବୁଲୁଥାନ୍ତି ଆକାଶ ସାରା ।

ଯେତେବେଳେ ଯେଉଁଠି ଇଚ୍ଛା ହେଲା, ସେହି ଗଛ ଡାଳରେ ବସି ପଡ଼ନ୍ତି ଆଉ କା' କା' ଶବ୍ଦ କରି ସଂଗୀତ ବୋଲନ୍ତି।" କାଉର କଣ୍ଠସ୍ୱର କି କର୍କଶ, ତାହା କିଏ ବା ନ ଜାଣେ ! ମାତ୍ର ସେଦିନ ମୁଁ ଉପଲବ୍ଧି କରିଥିଲି ଯେ, କାଉର ସ୍ୱର ଭିତରେ ମଧ୍ୟ ଭରି ରହିଛି ଅନାବିଷ୍କୃତ ଅନନୁଭୂତ ମାଧୁର୍ଯ୍ୟ।

ବୁଢ଼ା ମୋତେ ଚାହିଁଲା କିଛି ସମୟ। ଆଜି ମନେପକାଇବା ବେଳକୁ ଲାଗୁଛି ସତେ ଯେପରି ସେ ଦିଶୁଥିଲା ଛୋଟ ଦାର୍ଶନିକଟିଏ ପରି। ଆମେ ଏହି ବାରଣ୍ଡାରେ ବସି ବା ପଡ଼ିଆରେ ଖେଳି କେତେ ଯେ ହସିଛୁ, ତା'ର ସୀମା ନାହିଁ। ହେଲେ ବୁଢ଼ା ଆଖିର ସଜଳ ଭାବ ପ୍ରଥମ କରି ଅନୁଭବ କରିଥିଲି ସେଦିନ। କିଛି ସମୟ ଅତିକ୍ରମ ହୋଇଗଲା ନୀରବତା ନୀରବତାରେ। ବୁଢ଼ା ମୋତେ ଏକ ଲୟରେ ଚାହିଁ ପଚାରିଲା - ମଣୀନ୍ଦ୍ର, ତୋର କେବେ କାଉଟିଏ ହୋଇଯିବା ପାଇଁ ଇଚ୍ଛା ହୁଏ ନାହିଁ ? ତା' ପ୍ରଶ୍ନ ଭିତରେ ଭରି ରହିଥିଲା ଯେଉଁ ଗଭୀର ଅର୍ଥ, ତାହା ସେତେବେଳେ ନା ମୁଁ ଜାଣିପାରିଥିଲି ନା ସେ ! ଉତ୍ତର ଦେଇଥିଲି - 'ସେ ବିଷୟରେ ମୁଁ ଭାବି ନାହିଁ ବୁଢ଼ା।'

ବୁଢ଼ା କହିଲା - "ଆଃ, ପକ୍ଷୀଟିଏ ହୋଇ ମୁଁ ଆକାଶ ତଳେ ଏମିତି ଉଡ଼ି ବୁଲୁଥାନ୍ତି କି ! ନା ଖାଇବାର ଚିନ୍ତା ଥାଆନ୍ତା ନା ଥାଆନ୍ତା ବାପା ମା'ଙ୍କ ବିଷୟରେ ଭାବିବାର କିଛି କାରଣ। ମଜା ହିଁ ମଜା। ସେ ଜୀବନରେ କିଛି ନାହିଁ ଚିନ୍ତା କି ଦୁଃଖ।"

ଦାର୍ଶନିକ ପରି ହସି ହସି ଏତକ କହିଦେଇ ମୋ ଆଡ଼କୁ ଅନାଇଲା ସେ ସମର୍ଥନ ସୂଚକ ଶବ୍ଦଟିଏ ପାଇଁ। ମୁଁ କହିଲି, 'ବୁଢ଼ାରେ, ତୁ ଯଦି ଏମିତି କାଉ କି କୋଇଲି ହୋଇ ଉଡ଼ିବୁଲିବୁ ତୋ ଇଚ୍ଛା ଅନୁସାରେ, ତା'ହେଲେ ମୁଁ ବି ରାଜି ଅଛି ତୋ ସହିତ ଠିକ୍ ସେମିତି ଉଡ଼ିବୁଲିବାରେ।' ବୁଢ଼ାକୁ ଭୋକ ହେଉଥିଲା ଭାରି। ମୋ କଥାରେ ସାରା ମୁହଁଟି ତା'ର ହୋଇଉଠିଲା ଉଜ୍ଜ୍ୱଳ ଆଉ ବିଳମ୍ବ ନ କରି ସେ ଚାଲିଗଲା ଆମ ଘର ସମ୍ମୁଖରେ ଥିବା ସରକାରୀ ହସ୍ପିଟାଲ କ୍ୟାମ୍ପସ ଭିତରକୁ, ଯେଉଁଠି ରହନ୍ତି ତା' ମା' ଓ ସେ ବୋଧହୁଏ ଏକୁଟିଆ।

ବୁଢ଼ା ପ୍ରତି ମୋର ଏତେ ସହାନୁଭୂତି ଓ ସମ୍ବେଦନା ସତ୍ତ୍ୱେ ଯେଉଁ ଘଟଣାଟି ଘଟିଯାଇଥିଲା ପରବର୍ତ୍ତୀ କୌଣସି ଏକ ସାନ୍ଧ୍ୟକାଳୀନ ମୁହୂର୍ତ୍ତରେ, ତାହା ମନେପଡ଼ିଲେ ଏବେ ବି ମୋତେ କାନ୍ଦ କାନ୍ଦ ଲାଗେ। ସେଦିନ ସନ୍ଧ୍ୟାରେ କୌଣସି ବିଷୟକୁ ନେଇ ଆମ ଦୁହିଁଙ୍କ ମଧ୍ୟରେ ହୋଇଥିଲା ଝଗଡ଼ା। ମୁଁ ରାଗିଯାଇ ବୁଢ଼ାର ପିଠି ପଟର ସାର୍ଟକୁ ଟାଣି ଧରିଥିଲି ଖୁବ୍ ଜୋର୍‌ରେ। ଆଦୌ ଆଶଙ୍କା ମୋର ନଥିଲା ଯେ, ସାର୍ଟଟି ଏତେ ଦୁର୍ବଳ କନାରେ ତିଆରି ହୋଇଥିବ ଓ ମୁଁ ତାକୁ ଟାଣିଦେବା ପରେ ତାହା କାଗଜ ପରି ଚିରିଯିବ ଫଡ଼ଫାଡ଼ ହୋଇ। ଏହା ହିଁ ଘଟିଲା ଆସତର୍କ ମୁହୂର୍ତ୍ତରେ। ବୁଢ଼ା ଖୋଲିଦେଲା

ତା' ଦେହରୁ ଚିରା ସାର୍ଟ ଖଣ୍ଡିକ ଆଉ ଯେଉଁଠି ସେହି ପଡ଼ିଆରେ ଜାତୀୟ ପତାକା ଅଗଷ୍ଟ ପନ୍ଦର ଓ ଜାନୁଆରୀ ଛବିଶ ଦିନ ଫରଫର ଉଡ଼େ ସେହି ମଞ୍ଚର ପାହାଚ ଉପରେ ବସି କେବଳ କାନ୍ଦିବାକୁ ଲାଗିଲା ଆକୁଳ ଭାବରେ। ମୋ ଉପରେ ସେ ରାଗିଲା ନାହିଁ। କିନ୍ତୁ କୌଣସି ଆଘାତ ବି ଦେଲା ନାହିଁ। କେବଳ କାନ୍ଦିକାନ୍ଦି ଗୋଟିଏ କଥା ଦୋହରାଉଥାଏ ବାରମ୍ବାର – "ମୋ ସାର୍ଟ ଫେରେଇ ଦେ।" ମୁଁ ଆଉ କେଉଁଠୁ ସାର୍ଟଟିଏ ଆଣି ଫେରାଇ ଦେଇଥାଆନ୍ତି ତାକୁ ? ବୁଝିପାରିଥିଲି ମୋର ଦୋଷ ଓ ଦୁର୍ବଳତାକୁ। ବୁଢ଼ା ବି ଜାଣିଥିଲା ଯେ ଏହା ମୋର ଇଚ୍ଛାକୃତ ନୁହେଁ। ତଥାପି ସେ ରାହା ଧରିଥିଲା – 'ମୋ ସାର୍ଟ ଖଣ୍ଡକ ଫେରାଇ ଦେ।'

ସନ୍ଧ୍ୟା ଉତ୍ତୀର୍ଣ୍ଣ ହୋଇଯାଇ ରାତିର ଘନ ଅନ୍ଧକାରରେ ଆବୃତ୍ତ ହୋଇଗଲା ସାରା ପଡ଼ିଆ। ମୋ ଦୋଷ ଦେଖିବା ପାଇଁ ଆକାଶରେ ଉଠିଲା ଜହ୍ନ। ଉଇଁ ଉଠିଲେ ଅସଂଖ୍ୟ ତାରା। ମୁଁ ଲଜ୍ଜିତ, ଅପମାନିତ ଓ ତିରସ୍କୃତ ଅନୁଭବ କରି ନିରୁପାୟ ଭାବରେ ବୁଢ଼ାକୁ ସେହି ଅନ୍ଧକାର ଭିତରେ ଏକୁଟିଆ ଛାଡ଼ିଦେଇ ଚାଲିଆସିଲି ଘରକୁ। ଘରେ ସେଦିନ ଏକଥା ହେଲେ କହିପାରିଥାନ୍ତି ଟିକିଏ ! କିଛି ବି କହିଲି ନାହିଁ। ପ୍ରତିଦିନ ପରି ଖାଇପିଇ ଶୋଇପଡ଼ିଲି ଖଟ ଉପରେ। ମାତ୍ର ଆଦୌ ନିଦ ହେଲା ନାହିଁ ରାତି ସାରା। ମୋର ମନେହେଲା ବୁଢ଼ା ଯେମିତି ତାଙ୍କ ଘରକୁ ଫେରିପାରି ନାହିଁ। ସେହି ପାହାଚ ଉପରେ ବସି ଠିକ୍ ସେମିତି କାନ୍ଦୁଛି ରାତିସାରା ଆଉ କହୁଛି – "ମୋ ସାର୍ଟ ମୋତେ ଫେରାଇ ଦେ ମଣୀନ୍ଦ୍ର।"

ଏହାରି ମଧ୍ୟରେ ବିତିଗଲାଣି ପଇଁଚାଳିଶ / ପଚାଶ ବର୍ଷ। ବୁଢ଼ା ସହିତ ସେତେବେଳେ ଆଉ ବାରମ୍ବାର ଦେଖା ହୋଇଛି। ଆମେ ଦୁହେଁ ପୂର୍ବ ପରି ଖେଳିଛୁ, ବୁଲିଛୁ। ତଥାପି ସେହି ସନ୍ଧ୍ୟାର କଥା ମନେପଡ଼ିଯିବା ମାତ୍ରକେ ବୁଢ଼ା ଅତି ଆର୍ଦ୍ର ସ୍ୱରରେ ଠିକ୍ ପୂର୍ବ ଭଳି ସାର୍ଟ ଖଣ୍ଡିକ ତା'ର ଫେରାଇ ଦେବାକୁ ଅଳି କରୁଥିଲା।

କେଉଁଠି ହଜିଗଲା ମୋର ସେ ପିଲାଦିନର ଅତିପ୍ରିୟ ସାଙ୍ଗ ବୁଢ଼ା ? ଝାପ୍‌ସା ଝାପ୍‌ସା ଯାହା ମନେପଡୁଛି ହୁଏତ ତା'ର ମା'ଙ୍କର ବଦଳି ହୋଇଯାଇଥିଲା। ଆଉ ତା'ପରେ ମୋ ଜୀବନ ମଞ୍ଚରୁ ସବୁଦିନ ପାଇଁ ବୁଢ଼ା ନେଇଥିଲା ବିଦାୟ। ଆଉ କ'ଣ ତା' ସହିତ ନା ଦେଖା ହୋଇପାରିଛି ନା ହୋଇପାରିବ କେବେ ? ସେଦିନର ସନ୍ଧ୍ୟା ଓ ଅନ୍ଧକାର ଭିତରେ ବୁଢ଼ାକୁ ଏକୁଟିଆ ଛାଡ଼ି ଆସିବାର କଥା ମନେପଡ଼ିଲେ ଆଜି ବି ମୋ ହୃଦୟରୁ ଉଠେ ଅବାରିତ କୋହ। ମୋ ଅନ୍ତରାତ୍ମା ଭିତରେ କେହି ଜଣେ କହୁଥାଏ – "ବୁଢ଼ା ! ତୁ ତ ଥିଲୁ ମୋର ଅତିପ୍ରିୟ ସାଙ୍ଗ। ମୁଁ କ'ଣ ଜାଣିଥିଲି ତୋ ପିନ୍ଧିଥିବା କାମିଜଟି ଏମିତି ଚିରିଯିବ ଅଚାନକ ! ଆଉ ମୁଁ ହେବି ଦୋଷୀ ସାବ୍ୟସ୍ତ। ତୋତେ

ଫେରାଇଦେଇ ପାରିବିନି ତୋର ସାର୍ଟ ଖଣ୍ଡିକ। ଯେଉଁଠି ବି ତୁ ଥାଆ ନା ବୁଢ଼ା ଥରେ କେବଳ ତୋ ସହିତ ଦେଖା ହୋଇଯାଉ ତ! ତୋର ହାଲୁକା ନୀଳରଙ୍ଗର ପତଳା କନାରେ ତିଆରି ସେହି ନରମ ଚିରାସାର୍ଟ ବଦଳରେ ମୁଁ ତୋ ପାଇଁ ଗୋଟିଏ ନୁହେଁ ତୋ ଇଛା ମୁତାବକ କିଣିଦେବି ଅସଂଖ୍ୟ କାମିଜ।

ମୁଁ ଜାଣେ ବୁଢ଼ା, ତୋ ସାର୍ଟ ଖଣ୍ଡିକ ମୁଁ ଅଜାଣତରେ ଅନିଛାକୃତ ଭାବରେ ଚିରି ଦେଇଥିଲି ସିନା, ଆଉ ତୁ କାନ୍ଦୁଥିଲୁ କି ବ୍ୟାକୁଳ ଭାବରେ। ତଥାପି ମୁଁ ଜାଣେ ଆଉ ତୁ ବି ଜାଣୁ ଯେ, ତୋ ସାର୍ଟ ମୁଁ ଚିରିଛି। ହୃଦୟ ନୁହେଁ।

■

(୨୦୨୧ ମସିହା 'ପରାଗ'ର ଶାରଦୀୟ ବିଶେଷାଙ୍କରେ ପ୍ରକାଶିତ।)

ରହସ୍ୟମୟ ବାରବର୍ଷ

ରାତିର ସ୍ୱପ୍ନ ସ୍ଥିତପ୍ରଜ୍ଞ ଗଙ୍ଗାଧରଙ୍କ ହୃଦୟକୁ କରିଦେଇଛି ଉଦ୍‌ବେଳିତ। ନିରୋଳାରେ ବସିରହି ସେ ଭାବୁଛନ୍ତି ପୁତ୍ର ଅର୍ଜୁନଙ୍କ ବିଷୟରେ। ଅର୍ଜୁନ କଥା ମନେପଡ଼ିବା କ୍ଷଣି ତାଙ୍କ ଅନ୍ତରାତ୍ମାରୁ ଯେଉଁ କୋହ ଉଠେ ତାହା କାହାରି ଆଗରେ ସେ ପ୍ରକାଶ କରିବା ଏକାନ୍ତ ଅସମ୍ଭବ। ହୃଦୟର ସ୍ଥିରତା ସେ ଅବ୍ୟାହତ ରଖିପାରନ୍ତି ନାହିଁ, ଯେତେବେଳେ ଅର୍ଜୁନର ନିଷ୍ପାପ କୋମଳ ମୁହଁଟି ତାଙ୍କୁ ଆନମନା କରିଦିଏ। ଏଇ କେତେ ଦିନ ହେଲା ସେ ଧୈର୍ଯ୍ୟ ଧାରଣ କରିବା ଅସମ୍ଭବ ହୋଇଉଠିଛି। ସେ ଜାଣନ୍ତି ବରପାଲି ଶ୍ମଶାନ ଘାଟରେ କମ୍ପିତ ହସ୍ତରେ ଅର୍ଜୁନର ପ୍ରାଣହୀନ ଶରୀରକୁ ସେ କିପରି ମୁଖାଗ୍ନି ଦେଇଥିଲେ। ତାଙ୍କର ନିଷ୍ଠୁର ପିତୃ ହୃଦୟକୁ ସେ ଧିକ୍କାର କରନ୍ତି। ପିତା ହୋଇ ପୁତ୍ରର ନିର୍ଜୀବ ଶରୀରକୁ ସେ ଦେଖିପାରୁଥିଲେ କିପରି ? ଅର୍ଜୁନର ଗୋରା ତକତକ ସୁନ୍ଦର ଦିବ୍ୟ ଶରୀରଟି ବରପାଲି ଶ୍ମଶାନରେ ଭସ୍ମୀଭୂତ ହୋଇସାରିଛି କେତେ ଦିନରୁ। ତଥାପି ତାଙ୍କର ମନେହେଉଛି ଅର୍ଜୁନ ଯେପରି ଅମରକାନ୍ତିରେ ତାଙ୍କ ହୃଦୟରେ ଅମ୍ଲାନ ହୋଇ ରହିଛି। ଆଖିରୁ ସ୍ୱତଃସ୍ଫୂର୍ତ୍ତ ଲୋତକଧାରାକୁ କାହା ଆଗରେ ଗଙ୍ଗାଧର ପ୍ରଦର୍ଶନ କରିପାରନ୍ତି ନାହିଁ। ରାତିର ଗହନ ଅନ୍ଧକାର ମଧ୍ୟରେ ଅସଂଖ୍ୟ ଥର ଅର୍ଜୁନ ଉଦ୍ଦେଶ୍ୟରେ ସେ କୋହଭରା ପ୍ରଶ୍ନ ପଚାରୁଛନ୍ତି - 'ବାବୁ ଅର୍ଜୁନ, ମାତ୍ର ବାରବର୍ଷ କାଳ ତୋର ଯଦି ଏଠାରେ ରହିବାର ଥିଲା ତେବେ ତୁ ଆଉ କାହିଁକି ଆସିଥିଲୁ ? ମୋର ସ୍ଥିର କୋମଳ ହଦୟକୁ ଅସ୍ଥିର ଅଥଚ ଓ ଶୋକସନ୍ତପ୍ତ କରିବା ପାଇଁ ତୁ କାହିଁକି ଓହ୍ଲାଇ ଆସିଥିଲୁ ମୋ କୋଳକୁ ? ଏ ପ୍ରଶ୍ନ ପଚାରି ପଚାରି କ୍ଲାନ୍ତ ଓ ଅବଶ ହୋଇ ସେ ଶୋଇ ପଡ଼ନ୍ତି ରାତି ରାତି ଧରି। କିନ୍ତୁ ଗତକାଲିର ପ୍ରଶ୍ନ ପଚାରିବା ପରେ ସ୍ୱପ୍ନରେ କି ଜାଗରଣରେ ଯାହା କିଛି ଘଟିଗଲା ସେ ତାକୁ ଅବିଶ୍ୱାସ କରିପାରୁନାହାନ୍ତି।'

ସବୁଦିନ ପରି ସେ କୋହଭରା କଣ୍ଠରେ ପଚାରିଥିଲେ ସେହି ସେହି ପ୍ରଶ୍ନ ଅର୍ଜୁନଙ୍କୁ। ତା'ପରେ ତନ୍ଦ୍ରାଚ୍ଛନ୍ନ ଅବସ୍ଥାରେ ଯାହା କିଛି ତାଙ୍କ ଆଖି ଆଗରେ ଉଭାସିତ ହୋଇଉଠିଲା ସେ ତାକୁ ଅସ୍ୱୀକାର କରିପାରୁନାହାନ୍ତି। କ'ଣ ସେ ଘଟଣା ? ତନ୍ଦ୍ରାଚ୍ଛନ୍ନ ଅବସ୍ଥାରେ ଗଙ୍ଗାଧର କ'ଣ ଦେଖିଲେ ରାତିର ଘନ ଅନ୍ଧକାର ମଧ୍ୟରେ? ସେଇ ଘଟଣା ମନେପଡ଼ିବା ମାତ୍ରକେ ଅର୍ଜୁନର ସୁକୁମାର ମୁଖ ମଣ୍ଡଳ ତାଙ୍କ ଆଖି ଆଗରେ ପ୍ରାଣବନ୍ତ ହୋଇଉଠୁଛି। ଅର୍ଜୁନର ସୂକ୍ଷ୍ମ ସତ୍ତା ଏକ ଆଲୋକିତ ରୂପ ପରିଗ୍ରହ କରି ତାଙ୍କୁ ରାତିର ନିବିଡ଼ ଅନ୍ଧାର ଭିତରେ ଯାହା କହିଦେଲା, ତାକୁ ସେ ଅବାସ୍ତବ ବୋଲି ଭାବିପାରିବେ କିପରି ? ଅର୍ଜୁନଙ୍କ ଉତ୍ତର ସାବଲୀଳ ଭାବରେ ଗଙ୍ଗାଧରଙ୍କ ଅନ୍ତରରେ ଯେମିତି ଅମର ଅକ୍ଷରରେ ଲିପିବଦ୍ଧ ହୋଇଯାଇଛି। ଦିବସର ଆଲୋକସ୍ନାତ ପରିବେଶରେ ମଧ୍ୟ ଅର୍ଜୁନଙ୍କ ନିଷ୍ପାପ କୋମଳ କଣ୍ଠର ଭାଷା ସେ ଶୁଣିପାରୁଛନ୍ତି। ଅର୍ଜୁନଙ୍କ ଆଲୋକିତ ଆତ୍ମା ଗଙ୍ଗାଧରଙ୍କ ହୃଦୟ ଭିତରେ ଆବିର୍ଭୂତ ହୋଇ କହିବାକୁ ଆରମ୍ଭ କରିଥିଲେ ଏଇପରି - 'ବାପା ମାତ୍ର ବାରବର୍ଷ ତୁମ ସ୍ନେହସିକ୍ତ କୋଳରେ ଆଶ୍ରୟ ନେଇ ମୁଁ ଫେରି ଆସିଥିବାରୁ ତମ ମନରେ ଭରିଯାଇଛି ଅମାପ କୋହ। ତୁମ ହୃଦୟର ବେଦନାକୁ ଛୋଟ ପିଲାଟିଏ ହୋଇଥିଲେ ମଧ୍ୟ ମୁଁ ବୁଝିପାରୁଛି ଅବିକଳ ଭାବରେ। ମୋର ଜନ୍ମର ରହସ୍ୟ ତୁମେ କ'ଣ ଜାଣିଛ ବାପା ? ସେ ରହସ୍ୟ ଆଜି ତୁମ ଆଗରେ ଉନ୍ମୋଚନ କରିଦେବା ପାଇଁ ମୁଁ ଚାହୁଁଛି। ମୋ ଆତ୍ମାର ସୂକ୍ଷ୍ମତର ସତ୍ତାକୁ ମାନବ ଶରୀର ମଧ୍ୟରେ ସ୍ଥାପନ କରି ବିଶ୍ୱବିଧାତା ଯେତେବେଳେ ମୋତେ ପୃଥିବୀ ପୃଷ୍ଠକୁ ପ୍ରେରଣ କରିଥିଲେ, ସେତେବେଳେ ଯେଉଁ ଅଲୌକିକ ଘଟଣା ଘଟିଥିଲା, ତାହା ଯଥାର୍ଥ ଭାବାରେ ବୁଝାଇ ପାରିବାର ଶକ୍ତି ମୋ ପାଖରେ ନାହିଁ। ତଥାପି ସେଇ ଦିବ୍ୟ ମୁହୂର୍ତ୍ତର ଅନୁଭୂତି ତୁମ ଆଗରେ ପ୍ରକାଶ ନ କଲେ ମୋ ଆତ୍ମା ଯେମିତି ଅତୃପ୍ତ ହୋଇ ରହିବ ତୁମର ଆତ୍ମା ମଧ୍ୟ ସେହିପରି ଝୁରି ହେଉଥିବ ମୋର ସ୍ମୃତିକୁ। ସେଥିପାଇଁ ମୋର ସୂକ୍ଷ୍ମ ଅଶରୀରି ସତ୍ତା ନିଷ୍ପତ୍ତି ନେଲା ତୁମ ଆଗରେ ସତ କଥାଟି ଉଚ୍ଚାରଣ କରିଦେବା ପାଇଁ। ସେ କଥାଟି କହିବି ବାପା ?'

ଅର୍ଜୁନଙ୍କ ଏ ପ୍ରଶ୍ନର ଉଚ୍ଚାରଣ ଶୁଣି ଗଙ୍ଗାଧର ଆଶ୍ଚର୍ଯ୍ୟ ହୋଇଉଠିଲେ। ତା'ପରେ ସେ ଅର୍ଜୁନ ଉଦ୍ଦେଶ୍ୟରେ ଅନୁରୋଧଭରା ଭାବ ନେଇ କହିଉଠିଲେ - 'ହଁରେ ବାବୁ, ତୋ ମୁହଁର କଥା ଶୁଣିବା ପାଇଁ ଏଇ ମୋର ନିଷ୍ଠୁର ହୃଦୟ ବ୍ୟାକୁଳ ହୋଇ ରହିଛି। ମୁଁ ସିନା ବହୁଦିନ ନିରବ ରହିବା ପରେ ପୁଣି ସାହିତ୍ୟ ସାଧନା ଆରମ୍ଭ କରିଛି, ଲେଖୁଚି 'କୀଚକବଧ' କାବ୍ୟ; କିନ୍ତୁ ମୋ ହୃଦୟ ଖାତାରେ ତୋ

ପାଇଁ ମୁଁ ଲେଖୁଛି ଅଜସ୍ର କବିତା। ସେ କବିତାକୁ କାଗଜରେ ଉତାରିବା ପରି ଦମ୍ଭ ନାହିଁ ମୋର। ସେଥିପାଇଁ ସେଇ ହୃଦୟର ଅନ୍ତଃସ୍ଥଳରେ ତାକୁ ଚାପି ରଖି ରାତି ସାରା ନିରବରେ ଅଶ୍ରୁତର୍ପଣ କରୁଛି ତୋ ପାଇଁ।'

ଗଙ୍ଗାଧରଙ୍କ ଏହି ଶୋକାପ୍ଲୁତ ବାଣୀ ଶୁଣି ସାରିବା ପରେ ଅର୍ଜୁନ ଗଙ୍ଗାଧରଙ୍କ ଉଦ୍ଦେଶ୍ୟରେ କହିଉଠିଲେ 'ବାପା ମୋର ଉତ୍ତରକୁ ଦୀର୍ଘ ଭାବରେ ମୁଁ ବର୍ଣ୍ଣନା କରିପାରୁ ନାହିଁ। କେବଳ ମଞ୍ଜି କଥାଟି ତୁମ ଆଗରେ କହିଦେଇ ମୁଁ ପୁଣି ଫେରିଯିବି ସେହି ସୀମାହୀନ ରାଜ୍ୟକୁ, ଯେଉଁଠୁ ଆସି ମୁଁ ଅବତରଣ କରିଥିଲି। ମୋର ଜନ୍ମ ନେବାର ଠିକ୍ ପୂର୍ବ ମୁହୂର୍ତ୍ତରେ ମୋ ପ୍ରତି ଏକ ଦିବ୍ୟ କଣ୍ଠର ଧ୍ୱନି ପ୍ରଶ୍ନ କରିଥିଲେ - ତୁ ଏକ ପବିତ୍ର ସତ୍ତା। ମୁଁ ନିଷ୍ପତ୍ତି ନେଇଛି ତୋତେ ପୃଥିବୀ ପୃଷ୍ଠକୁ ପ୍ରେରଣ କରିବା ପାଇଁ। ତେବେ ତୋ ନିମନ୍ତେ ରହିଛି ଏକ ତାତ୍ପର୍ଯ୍ୟପୂର୍ଣ୍ଣ ପ୍ରଶ୍ନ। ଏକ ଧନଶାଳୀ ବ୍ୟକ୍ତିର ପରିବାରରେ ଶହେ ବର୍ଷର ଆୟୁଷ ନେଇ ତୁ ଓହ୍ଲାଇବୁ ପୃଥିବୀର ମାଟି ମା' କୋଳକୁ। ଆଉ ଯଦି ଏକ ଦିବ୍ୟ ଆତ୍ମାର ସାନ୍ନିଧ୍ୟରେ ତୁ ରହିବାକୁ ଚାହୁଁ ତାହା ହେଲେ ତୋର ଆୟୁଷ ନିର୍ଦ୍ଧାରିତ ହୋଇଛି ମାତ୍ର ବାରବର୍ଷ ବୟସ।'

ସେହି ଦିବ୍ୟ ଆଲୋକ ରେଖାରୁ ଶୁଭୁଥିବା ଏହି ପ୍ରଶ୍ନ ଶୁଣି ମୁଁ କ'ଣ ପ୍ରାର୍ଥନା କଲି ସେ କଥା ଆଉ କ'ଣ ବୁଝାଇ କହିବା ଦରକାର? ବାପା, ତୁମର ପବିତ୍ର ଓ ଆଲୋକିତ ଆତ୍ମାର ସ୍ପର୍ଶଲାଭ କରିବା ପାଇଁ ମୁଁ ବାଛି ନେଇଗଲି ବାରବର୍ଷର ଜୀବନକାଳକୁ। ତୁମେ ଭାବୁଛ ନା ଏଇ ବାରବର୍ଷର ଜୀବନକାଳ କେତେ ଅଳ୍ପ ବୋଲି; ମାତ୍ର ସେହି ବାରବର୍ଷ ମୋ ପାଇଁ ଏକ ସୁଦୀର୍ଘ ଯୁଗ। ବାରଟି ବର୍ଷ ତୁମ ପରି ସାଧୁ ମଣିଷଙ୍କ ସଂସ୍ପର୍ଶ ଲାଭ କରି ମୁଁ ଅନେକ ଜନ୍ମର ଅନୁଭୂତି ଏହି ଗୋଟିଏ ଜନ୍ମରେ ହିଁ ପ୍ରାପ୍ତ ହୋଇଛି। ବାରବର୍ଷ ବୟସର ଧର୍ମପଦ କୋଣାର୍କ ମନ୍ଦିରର ମୁଣ୍ଡି ମାରି ସମୁଦ୍ରରେ ଝାସ ଦେଇଦେବା କଥା କିଏ ବା ନ ଜାଣେ! ବାପା! ତୁମେ ଶୁଣିଲେ ହୁଏତ ଆଶ୍ଚର୍ଯ୍ୟ ହୋଇପାର ଯେ ଧର୍ମପଦର ଅମର ଆତ୍ମା ସହିତ ମୋର ବାର୍ତ୍ତାଳାପ ହୋଇସାରିଛି। ବିଶ୍ୱକବି ରବୀନ୍ଦ୍ରନାଥଙ୍କ ଯେଉଁ ପୁଅ ଶମୀ ଅକାଳରେ ପ୍ରାଣତ୍ୟାଗ କଲା, ତା' ଆତ୍ମାର ଆଲୋକ ରେଖା ସହିତ ମୋର ମଧ୍ୟ ଭାବବିନିମୟ ଘଟିଛି। ଏସବୁ ଘଟଣା ଘଟିପାରେ ଏକ ସୂକ୍ଷ୍ମାତିସୂକ୍ଷ୍ମ ଜଗତରେ ବିଭିନ୍ନ ସ୍ତରରେ। ମୁଁ ଯେଉଁ ସ୍ତରରେ ରହିଛି ସେଇ ସ୍ତରର କକ୍ଷଲୋକରେ ଥିବା ଏହି ମହାନ୍ ଆତ୍ମାମାନେ ମୋତେ ପ୍ରେରଣା ଦେଇଥିଲେ ବାରବର୍ଷର ଜୀବନ ଭିକ୍ଷା କରିବା ପାଇଁ। ସେଥିପାଇଁ ମାତ୍ର ବାରବର୍ଷ ତୁମ ପାଖରେ ମୁଁ ରହିପାରିଲି। ଏହି ସମୟ ତୁମ ପାଇଁ ଅଳ୍ପ

ମନେରହିବା ସ୍ୱାଭାବିକ। କିନ୍ତୁ ମୋ ପାଇଁ ଏ ବାରଟି ବର୍ଷ ହେବା ବାରଟି ଯୁଗଠାରୁ ମଧ୍ୟ ଅଧିକ। ସନ୍ଧ୍ୟାରେ ଯେଉଁ ଗଙ୍ଗଶିଉଳି ଫୁଲ ଫୁଟିଉଠେ ତା ସହିତ ମୋର ବାର୍ତ୍ତାଳାପ ହୋଇଥିଲା। ଗଙ୍ଗଶିଉଳି ଫୁଲଟିଏ ସେତେବେଳେ ମୋତେ କହିଉଠିଲା - କିଏ କହେ ମୁଁ ଅଳ୍ପାୟୁଷ ବୋଲି ? ପ୍ରଦୋଷରୁ ପ୍ରତ୍ୟୁଷ ପର୍ଯ୍ୟନ୍ତ ମୋ ଜୀବନକାଳ କେତେ ଦୀର୍ଘ, କେତେ ଆନନ୍ଦମୟ ତାହା କାହାକୁ ବୁଝାଇ କହିବା ମୋ ପକ୍ଷରେ ସମ୍ଭବ ନୁହେଁ। ପୃଥିବୀରେ ମଣିଷମାନେ ସମୟର ଦୀର୍ଘତା ଯେଉଁ ଶୈଳୀରେ ମାପନ୍ତି ସେହି ଅନୁସାରେ ସୂକ୍ଷ୍ମ ଜଗତରେ ସମୟକୁ ମପାଯାଏ ନାହିଁ। ଗୋଟିଏ ମଣିଷର ଜୀବନକାଳ ପୃଥିବୀରେ ଶହେଟି ବର୍ଷ ହୋଇପାରେ ମୋ କ୍ଷେତ୍ରରେ ଗୋଟିଏ ରାତି ସେହି ଶହେ ବର୍ଷଠାରୁ ଆହୁରି କେତେ ଗୁଣ ଅଧିକ ତାହା ବୁଝାଇ କହିବା ଅସମ୍ଭବ।

ଏସବୁ କଥା ବାପା ତୁମକୁ କହିବାର ରହସ୍ୟ ମୋଠାରୁ ତୁମେ ଅଧିକ ଅନୁଭବ କରୁଛ। ତେଣୁ ଯେଉଁ ବାରଟି ବର୍ଷ ତୁମ ସ୍ନେହ ବଳୟରେ ରହି ମୁଁ ଦିବ୍ୟ ଅନୁଭୂତି ଅର୍ଜନ କଲି, ତାହା ମୋ ଜୀବନକୁ କରିଦେଇଛି ସାର୍ଥକ ଓ ମହିମାମଣ୍ଡିତ। ତେଣୁ ତୁମେ ମୋ ପାଇଁ ଆଉ ଶୋକାଭିଭୂତ ହୁଅନାହିଁ ବାପା। ଭାବିବ ତୁମ ସ୍ନେହାଧୀନ ଅର୍ଜୁନ ତୁମ ପାଖରେ ସର୍ବଦା ରହିଛି, ଏକ ସୂକ୍ଷ୍ମ ଆଲୋକ କଣିକା ହୋଇ। ତୁମର ସ୍ନେହ ଲାଭ କରି ମୁଁ ହୋଇଛି ଧନ୍ୟ। ଗୋଟିଏ ନୁହେଁ, ଅନେକ ଯୁଗର ଅନୁଭୂତି ଓ ସିଦ୍ଧିରେ ମୋର ଆତ୍ମସତ୍ତା ହୋଇଛି ପବିତ୍ର ଓ ମହିମାନ୍ୱିତ। ସେଥିପାଇଁ ତୁମକୁ ମୋର କୋଟିକୋଟି ପ୍ରଣାମ ବାପା। ତୁମ ପରି ପୁଣ୍ୟାତ୍ମାଙ୍କ ସାନ୍ନିଧ୍ୟରେ ଗୋଟିଏ କ୍ଷଣ ମଧ୍ୟ ଅନେକ ଯୁଗର ଶୁଦ୍ଧତା ପ୍ରଦାନ କରିପାରେ। ମୁଁ ସେହି ପରିଶୁଦ୍ଧ ସ୍ପର୍ଶରେ ଚିର ସ୍ନିଗ୍ଧ, ଚିର ଉଜ୍ଜ୍ୱଳ ଓ ଚିରକାଳ କାନ୍ତିମୟ ହୋଇ ରହିବି ନିଶ୍ଚୟ।'

ଅର୍ଜୁନଙ୍କ ଅଶରୀରି ସତ୍ତାର ଏଇ ବକ୍ତବ୍ୟ ଗଙ୍ଗାଧରଙ୍କୁ ଯେତିକି ବିସ୍ମୟାଭିଭୂତ କରିଦେଲା, ସେତିକି ଅଚିନ୍ତନୀୟ ନୂତନ ପ୍ରେରଣାରେ ଆପ୍ଳୁତ କରିଥିଲା। ଏ ଘଟଣାଟିକୁ ସେ ମିଥ୍ୟା ବୋଲି, ନିଜ ଆଖିର ଭ୍ରମ ବୋଲି କଦାପି ଭାବିପାରୁନଥିଲେ। ଅର୍ଜୁନଙ୍କ ସୂକ୍ଷ୍ମ କୋମଳ ସ୍ନିଗ୍ଧ ମୂର୍ତ୍ତିଟି ସତରେ କ'ଣ ତାଙ୍କୁ ସ୍ୱପ୍ନାଚ୍ଛନ୍ନ ଅବସ୍ଥାରେ ଦେଖା ଦେଇଥିଲା ନା ଜାଗ୍ରତ ଅବସ୍ଥାରେ ! ସେ ଦେଖିଲେ ଅର୍ଜୁନର କଲ୍ୟାମଣୟ ଆତ୍ମାଟିକୁ। ଏକଥା କାହାକୁ ସେ କହିପାରିବେ ନାହିଁ। ଜୀବନର କେଉଁ ସୂକ୍ଷ୍ମତର ଅନୁଭୂତିକୁ ବା ସେ କହିପାରିଛନ୍ତି କାହାକୁ ?

ଯେଉଁମାନେ ଗଙ୍ଗାଧରଙ୍କୁ ସାନ୍ତ୍ୱନା ଦେବା ପାଇଁ ଘରକୁ ଆସୁଥିଲେ ସ୍ୱୟଂ ନିଜେ ଗଙ୍ଗାଧର ସେମାନଙ୍କୁ ପ୍ରଦାନ କରୁଥିଲେ ଅଶ୍ରୁବିଗଳିତ ନୟନରେ ସାନ୍ତ୍ୱନାର

ଦିବ୍ୟ ଭାଷା । କେହି ଜାଣିପାରୁନଥିଲେ ଯେ ଗଙ୍ଗାଧରଙ୍କ ଆଖିରୁ ନିର୍ଗତ ହେଉଥିବା ସ୍ଵଚ୍ଛ ଅଶ୍ରୁବିନ୍ଦୁ ପୁତ୍ର ଶୋକରେ ଅବସନ୍ନ ପ୍ରାଣର ପ୍ରକାଶ ନା କୌଣସି ଦୈବୀଶକ୍ତି ସଂସ୍ପର୍ଶରେ ଭିନ୍ନ ଅନ୍ତଃଚକ୍ଷୁର ଏହା ଦିବ୍ୟାଶ୍ରୁ ! ସମସ୍ତଙ୍କ ପ୍ରଶ୍ନିଳ ଆଖି ଗଙ୍ଗାଧରଙ୍କ ପାଖରେ କେନ୍ଦ୍ରୀଭୂତ ହେଉଥିବାବେଳେ ସ୍ଵୟଂ ଗଙ୍ଗାଧର ସମସ୍ତଙ୍କ ଆଖି ସହିତ ଆଖି ମିଶାଇ ଆତ୍ମାର ଯେଉଁ ଅନୁଭବ ବ୍ୟକ୍ତ କରୁଥିଲେ, ତାହାର ଭାବ ଓ ଭାଷା ଅନୁଭବ କରିପାରିବେ ବା କେତେ ଜଣ ?

BLACK EAGLE BOOKS

www.blackeaglebooks.org
info@blackeaglebooks.org

Black Eagle Books, an independent publisher, was founded as a nonprofit organization in April, 2019. It is our mission to connect and engage the Indian diaspora and the world at large with the best of works of world literature published on a collaborative platform, with special emphasis on foregrounding Contemporary Classics and New Writing.